조선후기 통신사 필담창화집 번역총서 16

七家唱和集–桑韓唱酬集·桑韓唱和集·賓館縞紵集

칠가창화집–상한창수집·상한창화집·빈관호저집

조선후기 통신사 필담창화집 번역총서 16

七家唱和集－桑韓唱酬集·桑韓唱和集·賓館縞紵集

칠가창화집－상한창수집·상한창화집·빈관호저집

기태완 역주

보고사

이 역서는 2008년도 정부재원(교육과학기술부 학술연구조성사업비)으로 한국연구재단의 지원을 받아 연구되었음(KRF-2008-322-A00073)

이 번역총서는 2012년도 연세대학교 정책연구비(2012-1-0332) 지원을 받아 편집되었음.

차례

◇빈관호저집 賓館縞紵集

◇영인자료 [우철]

일러두기

1. 통신사 필담창화집 번역총서는 제1차 사행(1607)부터 제12차 사행(1811)까지, 시대순으로 편집하였다.
2. 각권은 번역문, 원문, 영인자료(우철)의 순서로 편집하였다.
3. 300페이지 내외의 분량을 한 권으로 편집하였으며, 분량이 적은 필담창화집은 두 권을 합해서 편집하고, 방대한 분량의 필담창화집은 권을 나누어 편집하였다.
4. 번역문에서 일본 인명과 지명은 한국 한자음 그대로 표기하고, 처음 나오는 부분의 각주에 일본어 발음을 표기하였다. 그러나 번역자의 견해에 따라 본문에서 일본어 발음대로 표기를 한 경우도 있다.
5. 번역문에서 책명은『 』, 작품명은「 」로 표기하였다.
6. 원문은 표점 입력하였는데, 번역자의 의견에 따라 표기하는 것을 원칙으로 하였지만, 가능하면 한국고전번역원에서 정한 지침을 권장하였다. 이 경우에는 인명, 지명, 국명 같은 고유명사에 밑줄을 그어 독자들이 읽기 쉽게 하였다.
7. 각권은 1차 번역자의 이름으로 출판되었는데, 최종연구성과물에 책임연구원과 공동연구원의 이름이 반드시 들어가야 한다는 한국연구재단의 원칙에 따라 최종 교열책임자의 이름으로 출판되는 책도 있다.
8. 제1차 통신사부터 제12차 통신사에 이르기까지 필담 창화의 특성이 달라지므로, 각 시기 필담 창화의 특성을 밝힌 논문을 대표적인 필담 창화집 뒤에 편집하였다.

칠가창화집(七家唱和集)

상한창수집(桑韓唱酬集)·상한창화집(桑韓唱和集)·빈관호저집(賓館縞紵集)

상한창수집(桑韓唱酬集)

『상한창수집』은 1책의 필사본이다. 1711년 신묘년(辛卯年) 통신사 일행과 일본 인사의 필담록이다.

본 자료는 『칠가창화집(七家唱和集)』 중의 하나로서, 관재(觀齋) 원보용(源保庸: 1666~1721)이 조선의 제술관 이현(李礥)·서기 홍순연(洪舜衍)·엄한중(嚴漢重)·남성중(南聖重) 등과 주고받은 시들이다. 시기는 사행이 귀로에 올랐던 동지(冬至) 무렵이었다.

저자는 관재(觀齋) 원보용(源保庸)인데 강호(江戶) 사람이다. 한학자 복부아부(服部鵞溪)의 아들로서 복부관재(服部觀齋)라고 한다. 이름은 보용(保庸), 자는 소경(紹卿), 별호는 용개(龍溪), 통칭은 등오랑(藤五郞)(藤九郞)이고, 목하순암(木下順庵)의 문인이다. 갑부번주(甲府藩主) 덕천강풍(德川綱豊)의 강호루전저(江戶樓田邸)에서 유원(儒員)을 지냈고, 장군 던천가선(德川家宣)의 막부유관(幕府儒官)을 지냈다.

주요 필담참여자는 조선 측에서는 제술관 동곽(東郭) 이현(李礥), 서기 경호(鏡湖) 홍순연(洪舜衍), 용호(龍湖) 엄한중(嚴漢重), 범수(泛叟) 남성중(南聖重) 등이고, 일본 측에서는 관재(觀齋) 원보용(源保庸)이다.

상한창화집(桑韓唱和集)

『상한창화집』은 1책으로 목판본이다. 소장처는 내각문고(일본 국립공문서관)이다.

본 자료는 『칠가창화집(七家唱和集)』 중의 하나로서 1711년 신묘년(辛卯年) 통신사 일행과 일본 인사와의 필담집이다.

저자는 평원성(平元成)인데 토비하주(土肥霞洲)라고 한다. 이름은 원성(元成), 자는 윤중(允仲), 호는 하주(霞洲)·신천(新川)이고 통칭은 원사랑(源四郎)이다. 강호(江戶) 사람으로 막부(幕府)에서 급사(給仕)를 했다.

주요 필담참여자는 조선 측에서는 부사 정암(靖庵) 임수간(任守幹), 종사관 남강(南岡) 이방언(李邦彦), 제술관 동곽(東郭) 이현(李礥), 서기 경호(鏡湖) 홍순연(洪舜衍), 용호(龍湖) 엄한중(嚴漢重), 범수(泛叟) 남성중(南聖重) 등이고, 일본 측에서는 하주(霞洲) 평원성(平元成)이다.

빈관호저집(賓館縞紵集)

『빈관호저집』은 2책으로 목판본이다. 소장처는 내각문고(일본 국립공문서관)이다.

1711년 신묘년(辛卯年) 통신사 일행과 일본 인사와의 필담집이다. 『칠가창화집(七家唱和集)』 중의 하나이다.

저자는 지원여일(祇園餘一)이며 지원남해(祇園南海(ぎおん なんかい): 1676~1751)로 불린다. 본성은 원(源)이고, 이름은 여일랑(餘一郎)·정경(正卿)·유(瑜)라고 하며, 자는 백옥(白玉)이고, 호는 남해(南海)·봉래(蓬萊)·철관도인(鐵冠道人)·기거인(箕踞人)·상운(湘雲)·신천옹(信天翁)·관래정(觀雷亭) 등이다. 통칭은 여일인(餘一人)이다. 유학자 겸 시인이었으며, 유명한 문인화가(文人畵家)로서 복부남곽(服部南郭)·유택기원(柳澤淇園)·팽성백천(彭城百川) 등과 함께 일본문인화의 조(祖)이다. 기주번(紀州藩)에 출사했다. 남려석개(野呂介石)와 상산옥주(桑山玉州)와 함께 기주삼대남화가(紀州三大南畵家)로 불렸다.

주요 필담참여자는 조선 측에서는 부사 정암(靖庵) 임수간(任守幹), 종사관 남강(南岡) 이방언(李邦彦), 제술관 동곽(東郭) 이현(李礥), 서기 경호(鏡湖) 홍순연(洪舜衍), 용호(龍湖) 엄한중(嚴漢重), 범수(泛叟) 남성중(南聖重) 등이며, 일본 측에서는 지원여일(祇園餘一), 천의(天漪) 고현대(高玄岱) 등이다.

남해가 동곽 이현에게 준 150운의 장편 시, 용호 엄한중에게 준 100운의 장편 시, 범수 남성중에게 준 50운의 장편 시가 주목 되며, 또한 남해의 〈대판성오십운(大坂城五十韻)〉은 당시 일본에서 명편으로 회자되었다고 한다.

상한창수집
桑韓唱酬集

상한창수집(桑韓唱酬集)

관재(寬齋) 원보용(源保庸)[1]

○ 동곽(東郭) 이공(李公: 李礥)[2]의 문궤에 올리다
呈東郭李公文几

관재(寬齋)

오랫동안 사모함[慕藺][3]을 품어왔는데, 다행히 의형(儀荊)[4]을 얻으니, 금일의 해후는 참으로 천 년에 한 번 있을 기우(奇遇)입니다. 기쁨을 이길 수 없어서, 삼가 거친 언사의 율시 1편을 읊어서 비리한 회포를 폈습니다.

---

1 관재(寬齋) 원보용(源保庸) : 복부관재(服部寬齋). 강호(江戶) 사람. 이름은 보용(保庸), 자는 소경(紹卿), 통칭은 등오랑(藤五郞), 호는 관재(寬齋). 목하순암(木下順庵)에게서 배웠다. 경학은 정주(程朱)를 종으로 삼았다. 관직은 막부유관(幕府儒官)을 지냈다. 향보(享保) 6년에 55세로 죽었다. 저서로 『관재유고(寬齋遺稿)』이 있다.

2 동곽(東郭) 이공(李公) : 이현(李礥, 1654~?). 본관은 안악, 자는 중숙(重叔), 호는 동곽(東郭), 1675년에 진사, 1693년에 문과 장원, 1697년에 문과중시급제(文科重試及第). 태상통판첨정(太常通判僉正), 지부원외랑(地部員外郎)을 지내고, 안릉(安陵) 현감 역임. 1711년 통신사 제술관(製述官)으로 일본에 다녀왔다. 정선흥(鄭善興)의 문인.

3 모린(慕藺) : 현인을 사모하는 것. 『史記·司馬相如列傳』에 "그 부친이 그 이름을 견자(犬子)라고 지었다. …… 이미 배우고서, 인상여(藺相如)의 사람됨을 사모하여 이름을 상여(相如)로 바꾸었다"고 했다.

4 의형(儀荊) : 의용(儀容).

만 리 풍연 속 웅장한 여행을 다하니 萬里風煙窮壯遊
백년의 이웃나라 우호를 사신이 닦았네 百年隣好使臣修
땅은 접역(鰈域)[5]과 막히어 산천이 다르지만 地遏鰈域山川異
조수는 상영(桑瀛)[6]에 접하여 일동으로 흐르네 潮接桑瀛日東流
곡 안에는 〈양춘곡(陽春曲)〉의 영조(郢調)[7]를 전하고 曲裏陽春傳郢調
허리춤에는 서리 기운의 오구(吳鉤)[8]를 찼네 腰間霜氣佩吳鉤
부평초의 종적이 잠시 강동관(江東館)에 머무니 萍踪暫駐江東館
어찌 선사(仙査)[9]를 좇아서 직녀와 견우를 물을 것인가? 寧逐仙査問女牛

5 접역(鰈域) : 조선의 별명(別名). 접(鰈)은 가자미. 일명 비목어(比目魚). 『漢書·郊祀志』에서 동해에 비목어가 나온다고 했는데, 나중에 한국을 가리키는 말이 되었음.

6 상영(桑瀛) : 부상영주(扶桑瀛州)의 준말. 부상은 전설 속의 해가 뜨는 곳. 영주는 전설 속의 동해에 있다는 삼신산의 하나. 일동(日東) : 일본을 말함.

7 양춘곡(陽春曲)의 영조(郢調) : 양춘곡은 전국시대 초(楚)나라의 옛 악곡의 이름. 나중에 고아한 악곡이란 의미로 쓰이게 되었다. 영조(郢調)는 영은 초나라의 도성의 이름으로 영 지역의 음악을 말함.

8 오구(吳鉤) : 춘추시대 명검의 이름.

9 선사(仙査) : 선사(仙槎). 여우(女牛) : 직녀(織女)와 견우(牽牛). 『박물지(博物志)』에 "옛 설(說)에 은하수[天河]와 바다가 통했다고 했다. 근세 어떤 사람이 해변에 살았는데, 해마다 팔월이면 뜬 뗏목[浮槎]이 오고가며 날짜를 어기지 않았다. 그 사람은 기특한 뜻을 지니고 뗏목을 타고 떠났다. …… 10여 개월 만에 어느 한 곳에 도착했는데 성곽 형상이 있었다. 궁중에 베 짜는 부인이 있었는데, 한 장부가 소를 끌고 물가에서 물을 먹이고 있었다. 그곳이 어디인지 물었더니, 대답하기를 '엄군평(嚴君平)을 찾아가면 알 수 있으리라'고 했다. 돌아올 때 촉(蜀)에 이르러 군평에게 물었더니, '모년(某年) 모월(某月)에 객성(客星)이 견우성(牽牛星)을 범했다'라고 했다. 그 연월을 계산해보니 바로 그 사람이 은하수에 도착했던 때였다"라고 했다. 『형초세시기(荊楚歲時記)』에는, 한무제(漢武帝)가 장건(張騫)을 대하(大夏)에 사신을 보내 하수(河水)의 근원을 찾게 했는데 뗏목을 타고 은하수를 방문했다고 함.

○삼가 관재 사백의 운에 차운하다

敬次寬齋詞伯韻

동곽(東郭)

정절(旌節)[10]이 곧 해외여행을 이루니	旌節仍成海外遊
양쪽 나라 사명(詞命)[11]이 이전의 수교를 사모하네	兩邦詞命慕前修
산은 봉황의 날개처럼 하늘을 찌르며 솟았고	山如鳳翼攙天起
물은 용의 허리처럼 성곽을 껴안고 흐르네	水似龍腰抱郭流
시를 재촉하며 자주 발우를 침이[12] 진정 좋은데	正好催詩頻擊鉢
어찌 반드시 각자의 장구(藏鉤)[13]를 일으키랴?	何須取興各藏鉤
선구에서 서로 만남은 진정 우연인데	仙區邂逅眞犯偶
체류하며 꿈꾸지 않으니 토우와 같네	淹滯休夢類土牛

10 정절(旌節) : 사신의 깃발과 부절(符節).

11 사명(詞命) : 사령(使令). 문서를 담당하는 관원을 말함.

12 시를 재촉하며 자주 발우를 침이 : 격발최시(擊鉢催詩)를 말함. 양(梁)나라 소문염(蕭文琰)이 구리 발우[銅鉢]을 쳐서, 그 소리가 사라지기 전에 시를 지었다고 함.

13 장구(藏鉤) : 고대 유희의 하나.

○나라는 동서로 나뉘있지만, 여기서 맑은 의용을 접하니, 경앙의 그리움이 오늘 문득 위로가 되었습니다. 삼가 거친 율시 1수를 지어 용호 엄사백[嚴漢重]의 책상에 올립니다

國隔東西，茲接清儀，景仰之思，今日頓慰. 敬賦蕪律一首，以呈龍湖嚴詞兄桉右[14]

관재(寬齋)

깃발[旌旆][15] 펄럭펄럭[翩翩][16] 상재(上才)[17]를 옹위하고	旌旆翩翩擁上才
해문의 물결 낮아 비단 돛이 왔네	海門波穩錦帆來
동관에서 부절을 쥐니 서리[霜華][18]가 날리고	東關持節霜華動
서악에서 말 머무니 설색이 열리었네	西嶽駐鞍雪色開
만 리 친교의 즐거움에 관포(管鮑)[19]를 묻고	萬里交歡問管鮑
한 장소의 좋은 벗들은 진뢰(陳雷)[20]와 같네	一場朋好似陳雷
홀로 연시(燕市)에서 천금의 준마[21]를 보는데	獨看燕市之金駿
어찌 양털 옷[羊裘][22]을 입고 낚시터를 향하랴?	豈攬羊裘向釣臺

14 용호엄사형(龍湖嚴詞兄) : 엄한중(嚴漢重). 호는 용호(龍湖). 현감(縣監)을 지냈음.

15 정패(旌旆) : 사신의 깃발을 말함.

16 편편(翩翩) : 깃발이 펄럭이는 모양.

17 상재(上才) : 높은 재능의 인재.

18 상화(霜華) : 서리.

19 관포(管鮑) : 관중(管仲)과 포숙(鮑叔). 이른 바 관포지교(管鮑之交)의 주인공들.

20 진뢰(陳雷) : 동한(東漢)의 진중(陳重)과 뇌의(雷義). 같은 군(郡)의 사람으로 우정이 두터워서 진뢰교칠(陳雷膠漆)이라고 했음.

21 연시(燕市)에서 천금의 준마 : 천금매골(千金買骨)의 고살을 말함. 인재를 구하려고 현상금을 거는 것을 말함. 연시는 전국시대 연(燕)나라의 국도. 곽외(郭隗)가 연(燕)나라 소왕(昭王)에게, 천금으로 천리마를 구하려는데 구할 수가 없어서 천리마의 뼈를 오백금을 주고 사왔다는 이야기를 들려주고 인재를 구할 것을 설득했다고 함.

22 양털 옷[羊裘] : 한(漢)나라 엄광(嚴光)이 유수(劉秀)와 함께 공부했는데, 나중에 유수

○관재 사백이 보인 운을 받들어 차운하다
奉次寬齋詞伯示韻

용호(龍湖)

원문의 초격[轅門草檄][23]에는 미천한 재능이 부끄러운데 轅門草檄愧微才
막부에서 끊임없이[翩翩][24] 붓을 실어오네 幕府翩翩載筆來
양국의 문서가 성의와 믿음을 드러내니 兩國幣書誠信著
한 당에서 술잔 들고 담소를 열었네 一堂盃酒笑談開
지나온 험한 길은 눈이 가득 쌓이고 飽經險阻改盈雪
성명을 익히 들어 귀에 천둥소리 흐르네 慣聽聲名耳灌雷
동강(桐江)[25]의 낚시터로 고개 돌리고 回首桐江應釣處
감히 자주 망향대에 오르지 않네 不堪頻上望鄉臺

가 제위에 오르자, 변성명하고 은거하여 양털 옷을 입고 낚시를 하였음.

23 원문의 초격[轅門草檄] : 군영(軍營)의 격문서.

24 편편(翩翩) : 끊임없이 이어지는 모양.

25 동강(桐江) : 부춘강(富春江)의 상류. 일찍이 후한(後漢) 엄광(嚴光)이 은거하여 낚시하던 곳임.

○오랫동안 풍채에 대해 들어왔는데 문득 성대한 의용에 임하니, 몹시 다행입니다. 공손이 하조(下調)[26] 1편을 지어서 범수(泛叟) 남사형(南詞兄: 南聖重)[27]의 시 읊는 책상에 올립니다

久聞風采, 忽臨盛儀, 爲幸已多. 恭賦下調一篇, 以呈泛叟南詞兄吟案

관재(寬齋)

사객의 재명이 고금에 이르는데	使客才名達古今
외로운 몸이 만 리에서 단심을 걸었네	孤身萬里挂丹心
하늘 끝에 지기가 있어 새롭게 경개(傾蓋)[28]하고	天涯知己新傾蓋
좌석에 좋은 손님이 있어 이렇게 모였네[盍簪][29]	席上嘉賓此盍簪
역의 숲은 동쪽으로 오니 단풍잎이 늙었고	驛樹東來楓葉老
강관은 서쪽으로 바라보니 바다구름이 깊네	江關西望海雲深
종자기[鍾期][30]가 떠난 후 그대가 다시 있으니	鍾期去後君還在
〈유수(流水)〉와 〈고산(高山)〉[31]곡으로 기쁘게 금을 타네	流水高山好敲琴

26 하조(下調) : 수준이 낮은 시. 겸사임.

27 범수(泛叟) 남사형(南詞兄) : 남성중(南聖重, ?~?). 본관 의령(宜寧), 범수는 그의 호, 자는 중용(仲容), 1655년 통신사 종사관(從事官)이었던 남용익(南龍翼, 1628~1692)의 아들. 1711년 통신사 종사서기(從事書記) 부사과(副司果).

28 경계(傾蓋) : 수레의 덮개를 기울이는 것. 수레를 타고 가다가 친한 사람을 만나서 서로 수레 덮개를 맞대고 얘기함을 말함.

29 모였네[盍簪] : 합잠(盍簪)은 사인(士人)들이 모이는 것. 『易·豫』에 "勿疑, 朋盍簪"이라 했는데, 왕필(王弼)의 주에 "盍, 合也; 簪, 疾也"라고 했음. 벗들이 신속하게 모이는 것을 말함.

30 종기(鍾期) : 종자기(鍾子期). 『列子·湯問』에 "백아(伯牙)는 금(琴)을 잘 탔는데, 종자기는 잘 들었다. 백아가 금을 타면서 뜻이 고산(高山)에 있으면, 종자기가 '좋구나! 드높은 것이 태산(泰山)과 같도다!'라고 했다. 뜻이 유수(流水)에 있으면, 종자기가 '좋구나! 넘실대는 것이 강하(江河)와 같구나!'라고 했다"고 했다. 종자기가 죽은 후 백아는 금의 현을 끊어버리고 다시 연주하지 않았다고 함.

31 유수고산(流水高山) : 백아의 〈고산유수〉곡. 당나라 때 〈고산〉곡과 〈유수〉곡으로 나

○관재 사백의 운을 받들어 차운하다
奉次寬齋詞伯韻

범수(泛叟)

한나라의 문물이 지금 성대한데 一邦文物盛於今
소나무 무성하니 측백나무의 기쁜 마음이 없겠는가? 松茂能無柏悅心
비리한 노래가 〈설곡〉에 수창하기가 몹시 부끄러운데 俚唱多慚酬雪曲
객상에서 빈번히 조정의 관리를 왕림케 하네 客床頻荷枉朝簪
해천에 날 저무니 돌아가는 객이 멀고 海天日暮歸客遠
정원엔 바람이 많아 낙엽이 깊네 庭院風多落葉深
술잔 들고 단란히 긴 밤을 즐기는데 杯酒團圞聊永夕
나그네에게 남금(南琴)[32]의 연주를 면해주네 免教羈抱奏南琴

○문득 제공들을 받들다
頓奉諸公

동곽(東郭)

해외에 곤륜산의 선인들이 떨어지니 海外落崑仙
여러 현인들이 아마 그들이 아니던가? 羣賢無乃是
지금 일동에 수재들을 아니 方知日東秀
산하만 아름다운 것이 아니네 不特山河美

누었음.

32 남금(南琴) : 우순(虞舜)이 〈남풍가(南風歌)〉를 연주했던 오현금(五絃琴).

○빠른 붓으로 동곽 사백의 운에 차운하다
走筆次東郭詞伯韻

관재(寬齋)

문염(文焰)[33]이 만 장으로 기니	文焰萬丈長
어찌 옳고 그름을 논하랴?	何論非與是
이런 모임 예로부터 어려운데	此會從古難
금일 사미(四美)[34]를 갖추었네	今日具四美

○좌상의 제공들을 기록하여 받들다
錄奉座上諸公

용호(龍湖)

서원의 시선들의 모였는데[西園詩仙會][35]	西園詩仙會
천년 사찰[梵宇][36]이 한가롭네	千年梵宇閑
훗날 서로 추억하더라도	他日倘相憶
만 리 운산으로 막혔으리라	萬里隔雲山

33 문염(文焰) : 문장의 광염(光焰).

34 사미(四美) : 양신(良辰)·미경(美景)·상심(賞心)·낙사(樂事).

35 서원시선회(西園詩仙會) : 송나라 소식(蘇軾)·황정견(黃庭堅)·진관(秦觀)·조무구(晁无咎) 등이 서원(西苑)에서 모임을 가졌는데, 당시 사람들이 〈서원아집도(西苑雅集圖)〉를 그렸다.

36 사찰[梵宇] : 범우(梵宇)는 불교의 사찰.

○급히 용호 사백의 혜운에 차운하다
走次龍湖詞伯惠韻

관재(寬齋)

좌석이 오래되니 기운 해가 지고 座久斜陽沒
술잔을 찾음이 한가롭네 酒盃來色閑
기이한 만남의 이 모임을 기뻐한데 奇逢歡此會
한 번 이멸하면 강산으로 막히리라 一別限江山

○한산하여 다시 좌상의 제공들을 받들다
閑散又奉座上諸公

동곽(東郭)

양국에 천리 거리가 없으니 兩國無千里
여러 현인들이 한 때를 함께 하네 群賢共一時
정이 깊으니 곧 의기투합하고 情深仍托契
술에 취하니 다시 시를 논하네 酒振更論詩
여관에 묵으니 누가 서로 방문하는가? 旅泊誰相訪
단란한 모임을 쉽게 기약하지 못하네 團圓未易期
홍애(洪崖)[37]는 기이한 문장인데 洪崖至奇藻
좋은 모임이 들쭉날쭉함을 원망하네 佳會怨差池

37 홍애(洪崖) : 전설 속의 선인(仙人)의 이름. 여기서는 경호(鏡湖) 홍순연(洪舜衍)을 가리킴.

○급히 동곽 사백의 운에 차운하다
走次東郭詞伯韻

관재(寬齋)

문장 논하는 고아한 모임을 만나니　論文逢雅會
이 흥이 언제 있었던가?　此興在何時
사람은 천년 절개를 껴안고　人擁千年節
정 깊은 다섯 글자 시이네　情深五字詩
술자리 무르익자 마주한 대화에 통하고　酒酣通晤語
운자 찾으며 좋은 기약을 즐거워하네　求韻喜佳期
함께 자리한 이방의 객이　共座殊方客
붓의 꽃을 연지(硯池)에 적시네　筆花□硯池

○지난번 봉도(丰度)[38]를 뵙지 못했는데, 지금 의범을 접하니 참으로 소원에 흡족하여 특별한 행운을 어찌 감당하겠습니까? 삼가 야비한 노래 1장을 지어서 경호(鏡湖) 홍사형(洪詞兄)[39]의 문탑에 올립니다 囊違丰度, 今接懿範, 誠愜素願, 深幸何勝? 謹賦野誦一章, 以呈鏡湖洪詞兄文榻

관재(寬齋)

사성(使星)[40]의 광채가 문규(文奎)[41]를 비추니　使星光彩映文奎

38 봉도(丰度) : 우미(優美)한 거동과 자태.

39 경호(鏡湖) 홍사형(洪詞兄) : 홍순연(洪舜衍, 1653~?) : 본관은 남양, 경호는 그의 호, 자는 명구(命九). 1677년에 생원(生員), 1705년에 문과(文科) 급제하여 흥덕군수(興德郡守)가 되었다. 1711년에 일본 통신사 정사서기로 갔으며, 그 이후 중국사행(中國使行)에 제술관(製述官)으로 갔다가 돌아오지 못했다.

흰 배와 푸른 발[白舫青簾][42]이 더불어 헤매지 않네 白舫青簾與不迷
해외의 형용이 세월을 머물고 海外形容淹日月
천애의 바람 더하여 동서가 막히었네 天涯風倍隔東西
휘파람 노래로 소문산(蘇門山) 봉황소리[43]를 비로소 들으니 嘯歌初聽蘇門鳳
역로에 어찌 함곡관(函谷關) 닭소리[44]가 있었으랴? 驛路何須函谷鷄
만리 강산에 일흥이 많으니 萬里江山多逸興
기쁘게 채필(彩筆)[45]로 새 시를 짓네 好將彩筆入新韻

40 사성(使星) : 사신(使臣)의 별칭.

41 문규(文奎) : 규수(奎宿). 28수(宿) 중의 하나. 서방(西方) 백호(白虎) 7수 중의 제1수. 16개의 별을 지니고 있음. 그 모양이 문자(文字)와 같아서 사람의 문운(文運)과 문장(文章)을 주관한다고 함.

42 흰 배와 푸른 발[白舫青簾] : 백방청렴(白舫青簾)은 흰 목재의 배와 푸른 발. 두보(杜甫)의 〈送李八秘書赴杜相公幕〉 시에 "青簾白舫益州來, 巫峽秋濤天地迴"라고 했음.

43 소문산(蘇門山) 봉황소리 : 『진서(晉書)·완적전(阮籍傳)』에 "완적이 일찍이 소문산에서 손등(孫登)을 만나서 함께 종고(從古)와 서신도기술(栖神導氣術)을 의론하려고 했다. 손등이 응하지 않아서, 완적은 길게 휘파람을 불며 물러나왔다. 산기슭 반쯤에 이르렀을 때 봉황의 소리 같은 것을 들었는데, 바위골짜기에 메아리쳤다. 곧 손등의 휘파람소리였다"고 했다.

44 함곡관(函谷關) 닭소리 : 전국시대 제(齊)나라 맹상군(孟嘗君)이 진(秦)나라에서 도망칠 때 한 밤중에 함곡관에서 객(客)에게 닭소리를 내게 하여 관문을 열게 해서 무사히 탈출하였다고 함. 함곡관은 하남성 영보현(靈寶縣) 서남에 있음.

45 채필(彩筆) : 남조(南朝) 강엄(江淹)이 젊었을 때 꿈속의 사람에게서 오색필을 받았는데, 이로부터 문사(文思)가 크게 진보했다. 그런데 어느 날 꿈속에서 자칭 곽박(郭璞)이라고 자칭하는 사람이 오색필을 돌려달라고 하며 가지고 갔는데, 구로부터 짓는 시에 가구(佳句)가 없었다고 함.

○관재의 혜운을 받들어 차운하다
奉次寬齋惠韻

경호(鏡湖)

하늘 위 전날 밤에 별들 규성에 모이고	天上前宵星聚奎
대무(大巫)[46]가 자리에 임하니 그리움이 다시 헤매네	大巫當座思還迷
만나 맞이함이 평초가 물에 뜬 것과 같으니	逢迎至似萍浮水
의기가 어찌 동해의 서쪽을 논하랴?	意氣何論東溟西
성대한 문장은 강물이 협곡을 기울린 듯하고	浩浩文瀾江倒峽
출중한 풍범은 군계일학이네	昻昻風範鶴群鷄
가지고 가서 훗날의 면모를 대신하라고	持歸欲替他時面
나를 위해 은근히 채필로 지어주네	爲我慇懃彩筆題

○동곽 사백의 음궤에 올리다
呈東郭詞伯吟几

관재(寬齋)

풍모를 뵙지 못한 지 문득 열흘이 지났습니다. 몽매에도 잊지 못하고 항상 그리움을 품었는데, 지금 다시 고아한 풍도를 접하니 감개함이 넘침이 있습니다. 삼가 두 절구를 지어서 회포를 말합니다.

문장(文場)[47]에서 한 번 이별 후 열흘이 되지 않았는데	文場一別未盈旬

46 대무(大巫) : 자기가 경복(敬服)하는 사람을 말함.

47 문장(文場) : 문장을 짓는 장소.

몽매에도 이신(李紳)[48]을 생각하게 하네 夢寐敎人憶李紳
동으로 와서 시를 아끼지 마시오 寄語東來詩不惜
해내에 유전되어 길이 진보로 삼으리라 流傳海內永爲珍

선풍도골이 이청련(李靑蓮)[49] 같으니 仙風道骨李靑蓮
만난 후 서로의 그리움에 하루가 일 년 같네 會後相思日爲年
대아(大雅)[50]가 미망한데 그대가 다시 이으니 大雅微茫君復屬
남긴 음률 갱이(鏗爾)[51]하게 주현에서 울리네 遺音鏗爾動朱絃

○관재 사백을 받들어 차운하다
次奉寬齋詞伯

동곽(東郭)

동도(東都)에서 엄체하여 이미 열흘이 되니 淹滯東都已浹旬
아름다운 그대의 성가는 조신(朝紳)[52] 중에 으뜸이네 艶君聲價冠朝紳
필한에 투신했지만 다만 여사이고 縱投筆翰只餘事
백석(白晳)[53]의 풍류가 진보를 늘어놓았네 白晳風流足席珍

48 이신(李紳) : 당나라 시인. 여기서는 동곽 이현을 말함.
49 이청련(李靑蓮) : 당나라 이백(李白). 청련은 그의 호.
50 대아(大雅) : 본래 『시경』의 편명인데, 바른 풍조의 시문을 말함.
51 갱이(鏗爾) : 갱연(鏗然). 금속의 맑은 소리.
52 조신(朝紳) : 조정의 벼슬아치.
53 백석(白晳) : 하얀 용모. 『한서(漢書)·곽광전(霍光傳)』에 "신장이 7척 3촌인데, 하얀 용모[白晳]에 미목이 성글었다"고 했음.

그대 시의 아름다움은 수중의 연꽃 같은데　君詩艶似水中蓮
강해에서 서로 만나지 못하고 새밑이 되었네　江海相違屬暮年
천년의 상음(賞音)[54]을 두 번 만나기 어려우니　千載賞音難再見
〈고산유수(高山流水)〉[55]곡으로 백아(伯牙)의 현[56]을 연주하리라　爲將山水奏牙絃

○ 석상에서 급히 써서 전운을 다시 차운하여 동곽 사백께 드리다 席上走筆再次前韻，以呈東郭詞伯

관재(寬齋)

빈관에서 엄류한 지 이십 일이지만　賓館淹留雖二旬
풍상이 밤마다 잠신(簪紳)[57]에 들었네　風霜夜夜入簪紳
돌아가는 배가 내일 서로 떠나가면　歸舟明日如相去
문채를 때때로 생각하며 가보로 명하리라　文彩時思命世珍

가을바람이 월계(越溪)[58]의 연꽃을 불어 꺾고　秋風吹斷越溪蓮
이슬 가고 서리 오니 반년이 지났네　露往霜來半度年
산수가 음률이 있어 음악보다 나은데　山水有音勝絲竹

54 상음(賞音) : 지음(知音)과 같음. 음률을 잘 이해하는 것. 전하여 자신을 잘 알아주는 벗을 말함.

55 고산유수(高山流水) : 전국시대 금(琴)의 명인인 백아(伯牙)가 작곡했다는 금곡(琴曲).

56 백아(伯牙)의 현 : 백아(伯牙)는 전국시대 금(琴)의 명인.

57 잠신(簪紳) : 관모를 고정하는 비녀와 비망록으로 쓰는 띠. 관복을 말함.

58 월계(越溪) : 중국 남부 월(越) 지역의 냇물.

객정에서 몇 번이나 맑은 현소리를 들었던가? 　客程幾度聽淸絃

○다시 한 절구를 지어 경호 홍사형께 드리다
重賦一絶，以呈鏡湖洪詞兄

관재(寬齋)

해우하여 상봉한 하계진(賀季眞)[59]인데 　邂逅相逢賀季眞
청담과 풍운이 아름다운 상인(常人)[60]이네 　淸談風韻美常人
천추의 섬계 구비[剡曲][61]엔 빼어난 승경이 많은데 　千秋剡曲多奇勝
온 시야의 호수 빛이 흥겹게 새롭네 　滿目湖光入興新

○관재의 운을 받들어 차운하다
奉次寬齋韻

경호(鏡湖)

휴휴(休休)[62]한 부채(符彩)[63]를 천진에 맡기니 　休休符彩任天眞
그대를 한번 보고 군자인(君子人)임을 알았네 　一見知君君子人

59 하계진(賀季眞) : 당나라 하지장(賀知章). 계진은 그의 자. 이백(李白)을 적선(謫仙)이라 부르며 친교를 맺었고, 만년에는 고향으로 돌아가서 도사가 되었음. 풍류로 유명했음.

60 상인(常人) : 상덕(常德)을 지닌 사람.

61 섬계 구비[剡曲] : 섬계(剡溪)는 조아강(曹娥江)의 상류. 절강성 승현(嵊縣) 남쪽.

62 휴휴(休休) : 기백이 큰 모양.

63 부채(符彩) : 옥(玉)의 아름다운 횡문(橫文). 아름다운 시문을 비유함.

여사의 문장은 독보로 추대되고	餘事文章推獨步
우연히 마구 읊은 시가 또한 정신이 있네	偶吟漫詠亦精神

○ 다시 영준한 풍채를 뵙고, 문단에서 교제를 맺어 정성으로 돌보심이 더욱 깊었습니다. 마구 두 절구를 지어서 용호(龍湖) 엄사백(嚴詞伯)[64]께 드립니다

再瞻英標, 締交於文壇, 款眷逾深. 漫綴二絶 以呈龍湖嚴詞伯

관재(寬齋)

상국의 가인이 학업의 여가에	上國佳人學業餘
만 편 아름다운 시들이 경거(璚琚)[65]와 같네	萬篇雕藻似璚琚
건안재자(建安才子)[66] 중 누구에게 비할 것인가?	建安才子誰相比
진림(陳琳)의 척서(尺書)[67]보다도 훨씬 낫네	絶勝陳琳尺之書

64 용호(龍湖) 엄사백(嚴詞伯) : 엄한중(嚴漢重, 1665~?). 본관은 영월(寧越). 자는 자정(子鼎). 1706년 정시(庭試) 병과에 합격. 고창(高敞) 군수를 지냈다. 1711년 통신사 때 부사서기(副使書記)로 파견되었다.

65 경거(璚琚) : 아름다운 옥. 훌륭한 시문을 말함.

66 건안재자(建安才子) : 건안칠자(建安七子). 한(漢)나라 말 건안(建安) 연간의 공융(孔融)·진림(陳琳)·왕찬(王粲)·서간(徐幹)·완우(阮瑀)·응창(應瑒)·유정(劉楨) 등 7명의 문사. 이들은 조조(曹操)의 3부자와 함께 건안시대 문학을 이끌었음.

67 진림(陳琳)의 척서(尺書) : 진림(陳琳)은 자가 공자(孔璋)이고, 건안칠자 중의 한 사람. 일찍이 원소(袁紹)의 전문장(典文章)이 되었는데, 군중(軍中)의 문서는 그의 손에서 나온 것이 많았다. 가장 저명한 것은 「위원소격예주문(爲袁紹檄豫州文)」인데 조조(曹操)의 죄상을 밝힌 것이다. 조조의 부조(父祖)까지 언급하며 선동력이 풍부했다. 나중에 조조에게 투신하여 벼슬했다.

객로를 따라간 사람은 돌아가지 못하는데 客路追之人未歸
흰 서리는 눈처럼 나그네 옷에 들어오네 白霜如雪入征衣
여요(餘姚)[68]의 후손에 그대가 지금 있는데 餘姚華胄君今在
명성은 부춘(富春)[69]과 더불어 만 나라를 빛내네 名與富春萬國輝

○관재 사백을 받들어 차운하다
次奉寬齋詞伯

용호(龍湖)

그대의 쌓은 학문은 삼여(三餘)[70]가 풍부하여 知君積學富三餘
맑은 말을 크게 풀어놓고 옥거(玉琚)는 거절하네 大放淸辭拒玉琚
듣자니 그대 나라에 고적이 많다던데 聞說貴邦多古籍
진나라 화재 이전의 책을 보고 싶구려 要觀秦代火前書

세월 편안히 연말에 이르러 나그네 돌아가니 歲晏至涯客子歸
북풍이 눈 날려 헤진 옷깃을 쥐네 北風飛雪攬殘衣
마땅히 방망(博望) 선사객(仙槎客)[71]을 따라서 宜隨博望仙槎客

68 여요(餘姚) : 진(秦)나라 때 설치한 현 이름. 절강성 소흥현(紹興縣) 동쪽. 순(舜)의 후손들 봉한 곳이라고 함. 여기서는 순을 말함.

69 부춘(富春) : 산 이름. 일찍이 엄광(嚴光)이 은거했던 곳. 엄한용의 성씨가 엄(嚴)씨이기 때문에 이렇게 언급한 것임.

70 삼여(三餘) : 독서에 마땅한 3가지 한가한 때. 겨울은 일 년 중의 한가한 때이고, 밤은 하루 중의 한가한 때이고, 장맛비 내리는 때는 시절의 한가한 때로서 독서에 적합한 때라는 것.

71 방망(博望) 선사객(仙槎客) : 한(漢)나라 장건(張騫)을 말함. 일찍이 방망후(博望侯)

동강(桐江) 객수(客宿)[72]의 빛을 헛되이 저버렸네 虛負桐江客宿輝

○거듭 고아한 의표를 접하고, 몹시 고풍에 젖었습니다. 감개함을 어찌 구하겠습니까? 두 절구를 지어서 범수 남사형께 올립니다
重接雅儀, 深浥高風, 感刻何求? 以賦二絶, 呈泛叟南詞兄

관재(寬齋)

거듭 풍류의 완시평(阮始平)[73]을 접하니 重接風流阮始平
어진 이들의 유람에서 지난 날 명성을 알았네 賢遊昔日識佳名
서쪽으로 오니 또한 청운기(靑雲器)[74]가 있으니 西來亦有靑雲器
옥수(玉樹) 빙호(氷壺)[75]의 수려한 기운이 맑네 玉樹氷壺秀氣淸

머리 묶은 남아가 웅장한 여행을 섬기니 結髮男兒事壯遊
객중에서 하필 〈등루부(登樓賦)〉[76]를 지으랴? 客中何必賦登樓

에 봉해졌는데, 한무제의 명으로 뗏목을 타고 황화의 원류를 찾아갔다가 은하수로 올라가 직녀를 만났다는 전설이 전함.

72 동강(桐江) 객수(客宿) : 엄광(嚴光)이 광무제(光武帝)의 객이 되어 함께 침상에서 잠을 잤는데, 자면서 발을 광무제의 배에 올려놓았다. 이튿날 태사(太史)가 객성(客星)이 제좌(帝坐)를 범했으니 몹시 위급하다고 아뢰었다고 한다. 동강은 부춘강(富春江)의 상류로서 엄광이 은거하여 낚시하였던 곳임.

73 완시평(阮始平) : 진나라 시평(始平) 태수를 지낸 완함(阮咸). 자는 중용(仲容), 진류(陳留) 위씨(尉氏) 사람. 완적(阮籍)의 조카로서 죽림칠현 중의 한 사람이었다.

74 청운기(靑雲器) : 고원(高遠)함을 말함. 안연년(顔延年)의 〈五君詠·阮始平〉에 "仲容靑雲器, 實禀生民秀"라고 했음.

75 옥수(玉樹) 빙호(氷壺) : 고결한 풍채와 마음을 비유함.

76 등루부(登樓賦) : 왕찬(王粲)의 〈등루부(登樓賦)〉. 왕찬이 동탁(董卓)의 난을 피하여

하양(河陽)에 진정 〈서정기(西征記)〉[77]가 있으니	河陽定有西征記
기쁘게 동쪽을 향해 오는 흐르는 물에 부쳤네	好向東來附水流

○관재 기원에 올리다
稟寬齋祇園

범수(泛叟)

몹시 취하여 힘이 없어서 화답을 할 수 없으니, 부끄러워 탄식하고, 부끄러워 탄식합니다. 마땅히 틈을 타서 차운하여 올리렵니다.

○떠도는 부평초가 우연히 모여서 운을 받들고 말을 접했는데, 술에 취해 겸양하시니, … 칠언율시 1수를 읊어서 동곽께 받들어 올립니다. 겸하여 홍경호·엄용호·남범수 세 서기께 올립니다
風萍偶聚, 承韻接辭, 飮醉挹淸, □感昌窮卒, 賦七絶一首, 以奉李東郭學士兼呈洪鏡湖·嚴龍湖·南泛叟三書記

관재(寬齋)

난의 자리를 여기 다시 펴서 즐거움을 다 하고	蘭筵復此罄交歡
해외인맹(海外隣盟)[78]에 붓끝을 움직이네	海外隣盟動筆端

형주(荊州)의 유표(劉表)에게 의탁하고 있을 때 강릉(江陵)의 성루에 올라 고향을 그리워하며 읊은 부.

77 하양(河陽)에 진정 〈서정기(西征記)〉 : 하양은 하양령(河陽令)을 지낸 진(晉)나라 반악(潘岳)을 말함. 서정기(西征記)는 반악이 지은 〈西征賦〉.

78 해외인맹(海外隣盟) : 해외의 이웃나라와의 맹약.

온 나라의 상풍(商風)[79]이 예로부터 있었는데　闔國商風從古在
팔조기교(八條箕敎)[80]가 지금도 남아 있네　八條箕敎至今殘
뗏목 타고 마땅히 장건(張騫)[81]의 흥이 있어서　乘槎應有張騫興
노를 치며 홀로 조적(祖逖)[82]의 바라봄을 이루네　擊楫獨成祖逖看
지은 작품은 도사(陶謝)[83]의 솜씨가 풍부하여　述作精瞻陶謝手
온 마당의 문장의 물결이 파란을 일으키네　滿場文派起波瀾

○관재 사안을 차운하여 받들다
次奉寬齋詞案

동곽(東郭)

만나는 장소에 매번 이를 때마다 곧 가장 즐겁고　每到逢場輒最歡
좌중의 온화한 기운이 눈썹 끝에 맴도네　座中和氣參眉端
화로 연기는 머리털에 차향을 끼치니　爐烟惹鬢茶香動
대숲 눈기운이 옷에 스미어 술기운 사라지네　竹雪侵衣酒力殘

79 상풍(商風) : 상(商)나라의 풍속.

80 팔조기교(八條箕敎) : 『후한서(後漢書)·동이전(東夷傳)』에 "기자(箕子)가 예의(禮義)와 전잠(田蠶)을 가르치고, 또 팔조지교(八條之敎)를 제정했다"고 했다.

81 뗏목 타고 마땅히 장건(張騫) : 『형초세시기(荊楚歲時記)』에는, 한무제(漢武帝)가 장건(張騫)을 대하(大夏)에 사신을 보내 하수(河水)의 근원을 찾게 했는데 뗏목을 타고 은하수를 방문했다고 함.

82 조적(祖逖) : 진(晉)나라 범양(范陽) 사람. 자는 사치(士稚). 예주자사(豫州刺史)를 지냈음. 여러 번 석륵(石勒)의 군대를 격파했는데, 황하를 건너 석륵을 치러갈 때 노를 치며 맹세하기를 중원(中原)을 수복하지 못하면 살아서 돌아오지 않겠다고 했음.

83 도사(陶謝) : 도연명(陶淵明)과 사령운(謝靈運). 육조시대의 대표적인 시인들.

신의 있는 사람이 홀로 천리에서 응하니 有信人獨千里應
그대 모습을 대하고 어찌 두 마음으로 보겠는가? 對君其豈二心看
세간의 교유의 자태가 온전함이 얼마인가? 世間交態全多少
번복함이 도도하여 진정 파란과 같네 翻覆滔滔正似瀾

○관재 사백께 남겨서 사례하다
留謝寬齋詞伯

범수(泛叟)

며칠이나 해상의 선인을 좇아 노닐었던가? 幾日從遊海上仙
갈림길에 임하니 슬픈 꿈이 의연하네 臨岐怊悵夢依然
이별 후 잊지 못할 곳을 아니 懸知別後難忘處
술 취해 함께 읊조리던 흰 구름의 하늘이리라 倚醉同吟白雪天

신묘년 남지(南至) 후일(後日)

○범수 사백의 사례의 운을 받들어 화답하다
奉和泛叟詞伯留謝韻

관재(寬齋)

사람들은 봉래산 제일의 신선으로 보는데 人見蓬萊第一仙
매번 풍채를 생각할 때마다 배나 표연하네 每思風采倍飄然
돌아가는 배 내일이면 소식이 멀어지고 歸舟明日音容隔
위수(渭樹)[84]는 만 리 푸른 바다 하늘에 있으리라 渭樹萬里碧海天

○다시 혜운에 차운하여 올리다
再次惠韻以呈

관재(寬齋)

창해(滄海)[85]에서 다시 선인을 찾을 필요 없으니　不須滄海更求仙
몸이 삼신산(三神山)[86]에 있어 그리움 아득하네　身在三山思渺然
책상 위 명주는 밤에 떨어지고　案上明珠夜來落
달빛 많은데 홀로 흰 구름의 하늘을 생각하네　月多獨想白雲天

○엄용호 사백이 서쪽으로 돌아감을 전송하다
送嚴龍湖詞伯西歸

관재(寬齋)

사객이 하늘 끝으로 돌아가니　使客歸天末
비단 돛 바다 끝을 날아가네　錦帆飛海涯
이별의 연회[祖筵][87]에서 이별하는 곳　祖筵分手地
밤 술자리에 상을 마주할 때이네　夜宴對床時
만나고 흩어짐이 긴 여정으로 막혔으나　聚散長程阻
명성을 만고에 드리웠네　聲名萬古垂

84 위수(渭樹) : 이별 후의 그리움을 말함. 두보(杜甫)의 〈춘일억이백(春日憶李白)〉 시에 "渭北春天樹, 江東日暮雲"이라고 했음.

85 창해(滄海) : 전설 속의 신선이 산다는 곳.

86 삼신산(三神山) : 중국 전설에서 발해만(渤海灣) 동쪽에 있다는 봉래산(蓬萊山)·방장산(方丈山)·영주산(瀛洲山)의 3산.

87 조연(祖筵) : 이별의 연회.

풍류를 언제나 볼 것인가? 風流何日看
재회가 기약 없어 한스럽네 再會恨無期

○이별시를 받들어 화답하여 관재 사안에 올리다
奉和別詩，呈寬齋詞案

용호(龍湖)

피곤한 종적은 부상 바다 밖에 있는데 倦迹桑溟外
돌아갈 마음은 한수 가에 있네 歸心漢水涯
일 년 양명일이 一年陽溟日
만리 객이 돌아갈 때이네 萬里客還時
상봉의 정이 새로 흡족했는데 傾蓋情新洽
갈림길에 임하여 눈물이 나오려 하네 臨岐淚欲垂
고아한 용모를 다시 보기 어려운데 高標難再覿
다만 꿈속 기약에 있네 惟有夢中期

신묘년 남지(南至) 후일

○이동곽 사백이 서쪽으로 돌아감을 전송하는 20운
送李東郭詞伯西歸二十韻

관재(寬齋)

굴대에 기름칠하고 끌채 돌리는 날 가까워 脂轄回轅近
이별가를 객당에서 합창하네 驪歌唱客堂
올 때는 털옷을 갈옷으로 바꿨는데 來時裘換葛

가는 날은 더위가 서늘함을 이루었네	去日燠成涼
나루머리엔 바람과 안개 합쳐지고	津頭風煙合
고향 산으로 가는 도로가 머네	鄕山道路長
남은 세월 장려를 따라가고	殘歲隨瘴癘
행색이 빙상으로 들어가네	行色入氷霜
밭두둑의 사물은 일찍 변했고	隴上物變早
성변의 버들과 뽕나무 황량하네	城邊柳桑荒
절모가 한수로 돌아가려고	節旄還漢水
깃발이 부상에서 나오네	旌旆出扶桑
나랏일에 외로운 마음이 붉고	王事孤心赤
임금 은혜에 양 귀밑머리 희끗하네	主恩兩鬢蒼
높은 누대의 신기루를 뚫고	層樓干蜃氣
높은 언덕의 양장구절을 지나네	峻陂度羊腸
술잔엔 포도주 초록빛이 감돌고	盃酒葡萄綠
음편엔 귤나무가 황금열매를 뽑아냈네	吟鞭橘抽黃
장한 회포로 채색 붓을 휘두르고	壯懷揮彩筆
남은 꿈은 상아 삿대에 감도네	殘夢繞牙檣
이별하는 여관엔 서탑(徐榻)[88]을 매달아두고	離館懸徐榻
역정엔 육장(陸裝)[89]이 보이네	驛亭見陸裝

88 서탑(徐榻) : 서치탑(徐稚榻). 동한(東漢) 진번(陳蕃)이 태수가 되어 군(郡)에서 빈객을 접하지 않았는데, 오직 서치만을 만나면서 특별히 그를 위한 탑[걸상]을 준비했다. 그리고 서치가 가면 그 탑을 매달아 두었다.

89 육장(陸裝) : 한(漢)나라 육가(陸賈)의 행장. 남월(南越)로 사신을 가서 천금을 기증받았음.

잠시 만나 반기는 눈이 좋았는데	暫逢青眼好
다시 백미랑(白眉郎)[90]을 대했네	更對白眉郎
지은 글이 바야흐로 더욱 무겁고	摛藻方滋重
친교를 논하여 도가 더욱 드러나네	論交道愈彰
금란으로 곧 친교를 맺으니	金蘭纔結契
죽백에 영원히 향기 흐르네	竹帛永流芳
성곽 나선 사람은 천 리에서	出郭人千里
나라 향해 바다 한 곳에 있네	向邦海一方
하늘 끝에서 수레 매기 어려운데	天涯難命駕
눈발 속에서 어찌 배를 타는가?	雪裏豈乘航
즐거움의 흡족함을 다하지 못했는데	未罄交歡洽
공연히 만남이 다급함을 근심하네	空愁會面忙
젖은 허공은 섬들을 나누고	涵虛分島嶼
다른 땅은 삼성과 상성으로 떨어졌네	殊壤隔參商
앉아 오래되니 등불에 무리가 생기고	坐久燈生暈
밤 깊으니 달빛이 대들보를 비추네	夜深月照梁
홀홀히 조장(祖帳)[91]을 가지 못하고	忽忽違祖帳
그리워하며 일어나 방황하네	相憶起彷徨

90 백미랑(白眉郎) : 뛰어난 인재를 말함. 촉(蜀)나라의 마씨(馬氏)의 오형제 중 눈썹에 흰눈썹이 있는 맏형인 마량(馬良)이 가장 뛰어났다는 고사에서 나온 말로, 곧 여럿 가운데서 가장 뛰어난 사람을 뜻한다.

91 조장(祖帳) : 이별하는 장막.

○홍경호 사백이 서쪽으로 돌아감을 전송하다
送洪鏡湖詞伯西歸

관재(寬齋)

객로가 하늘 북쪽으로 돌아가니	客路還天北
저녁구름은 땅의 동쪽을 막았네	暮雲隔地東
평봉(萍蓬)[92]이 이로부터 멀어지리니	萍蓬從此闊
편지는 절로 전달되기 어렵네	魚雁自難達
바다를 지나는 채색 익조의 배가 떠있고	過海浮文鷁
휘두르는 붓은 채색 무지개를 관통하네	揮毫吐彩虹
강성에서 돌아가는 깃발이 가까워	江城歸旆近
몇 번이나 고아한 풍류를 사모했던가?	幾度慕高風

○남범수 사백이 서쪽으로 돌아감을 전송하다
送南泛叟詞伯西歸

관재(寬齋)

날 헤아리니 돌아갈 기한이 가까워	計日歸期近
이별가로 사객을 전송하네	驪歌送使臣
상서로운 바람[翔風][93]엔 내리는 눈이 많고	翔風多雨雪
서쪽 깃발은 호진으로 막혔네	西旆隔胡秦
필마는 천산에 있는데	匹馬千山在

92 평봉(萍蓬) : 부평초(浮萍草)와 날리는 쑥대. 정처 없이 떠도는 것을 말함.
93 상풍(翔風) : 상풍(祥風)과 같음. 상서로운 바람.

나그네 배엔 만 리 가는 사람이네	征帆萬里人
해문의 물결이 온화함을 아니	海門知浪穩
신선이 어찌 나루를 헤매겠는가?	仙侶豈迷津

桑韓唱酬集

寬齋 源保庸

○呈東郭李公文几 寬齋

久懷慕藺，幸獲儀荊，今日之邂逅，洵千歲之奇遇也．不勝欣躍，謹賦蕪詞一律，以攄俚懷．

萬里風煙窮壯遊，百年隣好使臣修．地遏鰈域山川異，潮接桑瀛日東流．曲裏陽春傳郢調，腰間霜氣佩吳鉤．萍踪暫駐江東館，寧逐仙查問女牛？

○敬次寬齋詞伯韻 東郭

旌節仍成海外遊，兩邦詞命慕前修．山如鳳翼攙天起，水似龍腰抱郭流．正好催詩頻擊鉢，何須取興各藏鉤．仙區邂逅眞犯偶，淹滯休夢數土牛．

○國隔東西，玆接淸儀，景仰之思，今日頓慰．敬賦蕪律一首，以呈龍湖嚴詞兄桉右

旌旆翩翩擁上才，海門波穩錦帆來．東關持節霜華動，西嶽駐鞍雪色開．萬里交歡問管鮑，一場朋好似陳雷．獨看燕市之金駿，豈攬羊裘向釣臺？

○奉次寬齋詞伯示韻 龍湖

轅門草檄愧微才, 幕府翩翩載筆來. 兩國幣書誠信著, 一堂盃酒笑談開. 飽經險阻改盈雪, 慣聽聲名耳灌雷. 回首桐江應釣處, 不堪頻上望鄉臺.

○久聞風采, 忽臨盛儀, 爲幸已多. 恭賦下調一篇, 以呈泛叟南詞兄吟案 寬齋

使客才名達古今, 孤身萬里挂丹心. 天涯知己新傾蓋, 席上嘉賓此盍簪. 驛樹東來楓葉老, 江關西望海雲深. 鍾期去後君還在, 流水高山好敲琹.

○奉次寬齋詞伯韻 泛叟

一邦文物盛於今, 松茂能無柏悅心. 俚唱多慚酬雪曲, 客床頻荷枉朝簪. 海天日暮歸客遠, 庭院風多落葉深. 杯酒團圞聊永夕, 免教羈抱奏南琹.

○頓奉諸公 東郭

海外至崑仙, 羣賢無乃是? 方知日東秀, 不特山河美.

○走筆次東郭詞伯韻 寬齋

文焰萬丈長, 何論非與是? 此會從古難, 今日具四美.

○錄奉座上諸公 龍湖

西園詩仙會, 千年梵宇閑. 他日倘相憶, 萬里隔雲山.

○走次龍湖詞伯惠韻 寬齋

座久斜陽沒, 酒盃來色閑. 奇逢歡此會, 一別限江山.

○閑散又奉座上諸公 東郭

兩國無千里, 群賢共一時. 情深仍托契, 酒客更論詩. 旅泊誰相訪, 團圓未易期. 洪崖至奇藻, 佳會怨差池.

上使記室洪鏡湖, 適有忌期不來列會, 故云.

○走次東郭詞伯韻 寬齋

論文逢雅會, 此興在何時? 人擁千年節, 情深五字詩. 酒酣通晤語, 夜靜喜佳期. 共座殊方客, 算□□硯池.

○囊違半度, 今接懿範, 誠愜素願 深幸何勝? 謹賦野誦一章, 以呈鏡湖洪詞兄文榻. 寬齋

使星光彩映文奎, 白舫青簾與不迷. 海外形容淹日月, 天涯風倍隔東西. 嘯歌初聽蘇門鳳, 驛路何須函谷鷄? 萬里江山多逸興, 好將彩筆入新韻.

○奉次寬齋惠韻 鏡湖

天上前宵星聚奎, 大巫當座思還迷. 逢迎至似萍浮水, 意氣何論東溟西? 浩浩文瀾江倒峽, 昻昻風範鶴群鷄. 持歸欲替他時面, 爲我慇懃彩筆題.

○呈東郭詞伯吟几 寬齋

自違汪度, 倏忽經旬, 夢寐不忘, 常懷跂望. 今復接雅範, 感佩有餘,

敬賦二絶以述懷.

文場一別未盈旬, 夢寐教人憶李紳. 寄語東來詩不惜, 流傳海內永爲珍.

仙風道骨李青蓮, 會後相思日爲年. 大雅微茫君復屬, 遺音鏗爾動朱絃.

○次奉寬齋詞伯 東郭

淹滯東都已浹旬, 艶君聲價冠朝紳. 縱投筆翰只餘事, 白晳風流足席珍.

君詩艶似水中蓮, 江海相違屬暮年. 千載賞音難再見, 爲將山水奏牙絃.

○席上走筆再次前韻, 以呈東郭詞伯. 寬齋

賓館淹留雖二旬, 風霜夜夜入簪紳. 歸舟明日如相去, 文彩時思命世珍.

秋風吹斷越溪蓮, 露往霜來半度年. 山水有奇勝絲竹, 客程幾度聽清絃.

○重賦一絕, 以呈鏡湖洪詞兄 寬齋

邂逅相逢賀季眞, 清談風韻美常人. 千秋剡曲多奇勝, 滿目湖光入興新.

○奉次寬齋韻 鏡湖

休休符彩任天眞, 一見知君君子人. 餘事文章推獨步, 偶吟漫詠亦精神.

○再瞻英標, □締交於文壇, 款眷逾深. 漫綴二絶, 以呈龍湖嚴詞伯.
寬齋

上國佳人學有餘, 萬篇雕藻似璚瓊琚. 建安才子誰相比? 絶勝陳琳尺之書.

客路追之人未歸, 白霜如雪入征衣. 餘姚華冑君今在, 名與富春萬國輝.

○次奉寬齋詞伯 龍湖

知君積學富三餘, 大放淸辭拒玉琚. 聞說貴邦多古籍, 要觀秦代火前書.

歲晏至涯客不歸, 北風飛雪攪□衣. 宜隨博望仙槎客, 虛負桐江客宿輝.

○重接雅儀, 深浥高風, 感刻何求, 以賦二絶, 呈泛叟南詞兄. 寬齋

重接風流阮始平, 賢遊昔日識佳名. 西來亦有靑雲器, 玉樹氷壺秀氣淸.

結髮男兒事壯遊, 客中何必賦登樓? 河陽定有西征作, 好向東來附水流.

○稟寬齋祇園 泛叟

醉甚力盡, 未能□和, 慙歎慙歎, 後當乘間, 次呈耳.

○風萍偶聚, 承韻接辭, 飮醉挹淸, □感昌窮卒, 賦七絶一首, 以奉李東郭□□兼呈洪鏡湖·嚴龍湖·南泛叟三書記. 寬齋

蘭筵復此罄交歡, 海外隣盟動筆端. 闔國商風從古在, 八條箕敎至

今殘. 乘槎應有張騫興, 擊楫□成祖逖看. 述作□瞻陶謝手, 滿場文派起波瀾.

○ 次奉寬齋詞案 東郭

每到逢場輒最歡, 座中和氣參眉端. 爐烟惹鬢茶香動, 竹雪侵衣酒力殘. 有信人獨千里應, 對君□豈二心看? 世間交態全多少, 翻覆滔滔正似瀾.

○ 留謝寬齋詞伯 泛叟

幾日從遊海上仙, 臨岐怊悵夢依然. 懸知別後難忘處, 倚醉同吟白雪天.

辛卯南至後日.

○ 奉和泛叟詞伯留謝韻 寬齋

人見蓬萊第一仙, 每思風采倍飄然. 歸舟明日音容隔, 渭樹萬里碧海天.

○ 再次惠韻以呈 寬齋

了須滄海更求仙, 身在三山思渺然. 案上明珠夜來落, 月多獨想白雲天.

○ 送嚴龍湖詞伯西歸 寬齋

使客歸天末, 錦帆飛海涯. 祖筵分手地, 夜□對床時. 聚散長程阻, 聲名萬古垂. 風流何日看? 再會恨無期.

○奉和別詩呈寬齋詞案 龍湖

倦迹桑溟外, 歸心漢水涯. 一年陽溟日, 萬里客還時. 傾蓋情新洽, 臨岐淚欲垂. 高標難再覩, 維有夢中期.

辛卯南至後之日

○送李東郭詞伯西歸二十韻 寬齋

脂轄回轅近, 驪歌唱客堂. 來時裘換葛, 去日燠成涼. 津頭風煙合, 鄕山道路長. 殘歲隨瘴癘, 行色入氷霜. 隴上物變早, 城邊柳桑荒. 節旄還漢水, 旌旆出扶桑. 王事孤心赤, 主恩兩鬢蒼. 層樓干蜃氣, 峻阪度羊腸. 盃酒葡萄綠, 吟鞭橘柚黃. 壯懷揮彩筆, 殘夢繞牙檣. 離館懸徐榻. 驛亭見陸裝. 暫逢青眼好, 更對白眉郞. 摛藻方滋重. 論交道愈彰. 金蘭纔結契, 竹帛永流芳. 出郭人千里, 向邦海一方. 天涯難命駕, 雪槎豈承航. 未罄交歡洽, 空愁會面忙. 涵虛分島嶼, 殊壤隔參商. 坐久燈生暈, 夜深月照梁. 忽忽違祖帳, 相憶起彷徨.

○送洪鏡湖詞伯西歸 寬齋

客路還天北, 暮雲隔地東. 萍蓬從此闊, 魚雁自難惠. 過海浮文鷁, 揮毫吐彩虹. 江城歸旆近, 幾度慕高風.

○送南泛叟詞伯西歸 寬齋

計日歸期近, 驪歌送使臣. 翔風多雨雪, 西旆隔胡秦. 匹馬千山道, 征帆萬里人. 海門知浪穩, 仙侶豈迷津?

상한창화집

桑韓唱和集

상한창화집(桑韓唱和集)

하주(霞洲) 토비평원성(土肥平元成)[1]

정덕(正德) 원년(元年) 신묘(辛卯) 10월에 한사(韓使)가 내빙(來聘)했다. 유조(儒曹)에 명하여 필어창화(筆語唱和)를 하도록 했다. 신(臣) 원성(元成) 또한 반열에 들어가서 2번 모였다. 삼가 이를 편찬하여 올린다.

○ 조겸재께 올리는 계

呈趙謙齋啓

하주(霞洲)

삼가 생각건대 건곤(乾坤)의 지위는 대려(帶礪)[2]와 나란하고, 천년의 맹약을 오래 닦았습니다. 남북의 길이 먼데, 배와 수레가 만 리의 나라

1 하주(霞洲) 토비평원성(土肥平元成) : 토비하주(土肥霞洲). 강호(江戶) 사람. 이름은 원성(元成), 자는 윤중(允仲), 통칭(通稱)은 원사랑(源四郎), 호는 하주(霞洲)·신천(新川). 관직은 막부유원(幕府儒員). 시서(詩書)에 뛰어났다. 보력(寶曆) 7년에 65세로 죽었다. 저서로 『하주잡찬(霞洲雜纂)』 등이 있다.

2 대려(帶礪) : 의대(衣帶)와 지석(砥石). 『사기(史記)·고조공신후자연표(高祖功臣侯者年表)』에 "봉작(封爵)의 맹세에 '황하(黃河)가 허리띠 같게 되고, 태산(泰山)이 숫돌 같이 되더라도, 나라의 영원한 평안함이 묘예(苗裔)에 미치리라'고 했다"고 했음.

에 새로 통하니, 왕사(王事)를 급히 받들었습니다. 임금께서 신하를 알아서 다른 나라로 주선(周旋)하니, 하루를 일 년처럼 보고, 예경(禮經)으로 우호를 계승하고, 국보(國寶)로 선린(善隣)합니다. 삼가 정사(正使) 겸재(謙齋) 조공(趙公)[3]의 대(臺) 아래에 올립니다. 사림(士林)의 난혜(蘭蕙)이고, 인수(人藪)[4]의 봉린(鳳麟)[5]인데, 하늘이 성신(星辰)의 정(精)을 주고, 땅이 하악(河嶽)의 기(氣)를 주었습니다. 윤문윤무(允武允文)[6]에 종횡하고, 오비(奧秘)[7]의 도(道)를 다하여 장군과 재상에 출입합니다. 경륜(經綸)의 재능을 짊어지고, 학문은 구류(九流)[8]를 탐색하고, 직분은 육전(六典)[9]에 의거하고, 전경(銓鏡)[10]은 당(唐)나라 문부(文部)[11]를 따르고, 균형(鈞衡)[12]은 주(周)나라 천관(天官)[13]을 우러릅니다. 내정(鼐鼎)[14]

3 조공(趙公) : 조태억(趙泰億) : 1675~1728. 본관은 양주(楊州). 자는 대년(大年), 호는 겸재(謙齋)·태록당(胎祿堂). 1702년(숙종 28) 식년문과에 급제하여 검열·지평·정언·북평사(北評事)·수찬·부교리 등을 지냈다. 1707년 문과중시에 급제하고, 이듬해 문학·교리를 지낸 후 이조정랑을 거쳐 우부승지에 올랐다. 이듬해 철원부사로 나갔다가 1710년 대사성에 올라 통신사로 일본에 다녀왔다. 1712년 왜인의 국서(國書)가 격식에 어긋났다는 이유로 문외출송(門外黜送)되었다가 이듬해 풀려나왔다. 좌의정을 지냈다.

4 인수(人藪) : 사람들의 수풀.

5 봉린(鳳麟) : 봉황과 기린(麒麟).

6 윤문윤무(允武允文) : 문사(文事)와 무공(武功)을 겸비함.

7 오비(奧秘) : 오묘(奧妙).

8 구류(九流) : 각종 학술 유파. 선진(先秦) 때는 유(儒)·도(道)·음양(陰陽)·법(法)·명(名)·묵(墨)·종횡(縱橫)·잡(雜)·농(農) 등의 구가(九家)로 나누었음.

9 육전(六典) : 치전(治典)·교전(敎典)·예전(禮典)·정전(政典)·형전(刑典)·사전(事典).

10 전경(銓鏡) : 평선감별(評選鑑別).

11 문부(文部) : 이부(吏部).

12 균형(鈞衡) : 국가 정무(政務)의 중임(重任)을 말함.

13 천관(天官) : 백관(百官).

은 마땅히 염매(鹽梅)[15]를 위한 것인데, 국가에서 모두 주석(柱石)이라 부르고, 공(功)은 기각(麒閣)[16]에서 무겁고, 명성은 용문(龍門)[17]에서 높습니다. 온 조정에서 기뻐하고, 군성(羣姓)[18]이 우러릅니다. 저 성(成)은 말지전재(末技輇材)[19]로서 용렬한 무리의 미천한 관직입니다. 글을 읽은 것이 많지 않아서 대방(大方)의 식견에 몹시 부끄럽고, 지은 글은 몹시 졸렬하여 항상 상국(上國)의 풍(風)을 생각합니다. 정(情)은 규경(葵傾)[20]과 같아서 길에서 특히 기뻐합니다. 반면(半面)의 돌아봄을 청하며, 편지를 썼습니다. 짧은 시간의 기이한 인연이 아니라면, 어찌 마음의 정성을 펴겠습니까? 살펴주시기를 몹시 바랍니다. 불비(不備).

---

14 내정(鼐鼎) : 세발 달린 가마솥.

15 염매(鹽梅) : 소금과 매실. 국가에서 필요한 현재(賢才)를 말함. 『서(書)·설명(說明)』에 "若作和羹, 爾惟鹽梅"라고 했음.

16 기각(麒閣) : 기린각(麒麟閣). 한(漢)나라 선제(宣帝) 때 미앙궁(未央宮)에 있던 누각 이름. 곽광(霍光) 등 11공신의 초상을 봉안했음.

17 용문(龍門) : 한(漢)나라 이응(李膺)이 고사로서 명망이 있었는데 사람들이 그를 한 번 만난 것을 용문(龍門)에 올랐다고 했음.

18 군성(羣姓) : 백관(百官)과 만민(萬民).

19 말지전재(末技輇材) : 말단의 기예와 천박한 재능.

20 규경(葵傾) : 해바라기가 해를 향하듯이 사모하는 정을 말함.

○ 임정암(任靖菴)[21]께 올리는 계
呈任靖菴啓

하주(霞洲)

삼가 생각건대, 제학(鯷壑)[22] 한 길에서 〈사모(四牡)〉[23]를 다 노래하는 중에 경파(鯨波)가 만 겹인데, 수레가 육오(六鼇)[24]의 위를 지납니다. 행낭을 둔 곳에 인연이 있는데 어찌 모수(毛遂)[25]가 초(楚)나라에 사신 가는 것을 묻겠습니까? 매단 돛이 탈이 없음은 마땅히 육개(陸凱)[26]가 형(荊)으로 돌아간 것과 동일합니다. 의장(儀章)[27]이 모습을 바꾸고, 명교(名教)[28]가 기쁨을 이룹니다. 삼가 부사(副使) 정암(靖菴) 임공(任公)의 대(臺) 아래에 올립니다. 천장(天章)[29]을 홀로 간직하고, 인서(人瑞)[30]를 간혹 냅니다. 관직은 시강(侍講)의 요직에 있고, 지위는 통훈(通訓)의

---

21 임정암(任靖菴) : 임수간 (任守幹) : 1665~1721년. 본관은 풍천(豊川). 자는 용여(用汝), 호는 돈와(遯窩). 1710년 통신부사가 되어 일본에 파견되었으나 대마도주의 간계에 속아 투옥, 파직되었다. 나중에 승지를 지냈다.

22 제학(鯷壑) : 동해 골짜기. 제(鯷)는 동해 안에 산다는 종족의 이름.

23 사모(四牡) : 『시경·소아(小雅)』의 편명. 사신이 왕사(王事)에 근로함을 위로하는 노래임.

24 육오(六鼇) : 전설 속의 발해(渤海) 동쪽에 있는 대여(岱輿)·원교(員嶠)·봉래(蓬萊)·영주(瀛洲)·방호(方壺) 등 오산(五山)을 머리로 이고 있다는 6마리 큰 바다거북.

25 모수(毛遂) : 전국시대 위(魏)나라 대량(大梁) 사람. 일찍이 귀곡선생(鬼谷先生)에게 배우고, 조(趙)나라 평원군(平原君) 조승(趙勝)의 문객이 되었음. 조승을 수행하여 초(楚)나라로 사신을 갔음.

26 육개(陸凱) : 북위(北魏) 대(代) 사람. 선비족(鮮卑族). 자는 지군(智君).

27 의장(儀章) : 의절(儀節). 예절.

28 명교(名教) : 명성과 교화.

29 천장(天章) : 천문(天文).

30 인서(人瑞) : 인사(人事)의 길조(吉兆).

존귀함에 있습니다. 한 때의 벌열(閥閱)이 일찍이 원양(袁楊)[31]의 명가(名家)에서 나왔고, 역대의 규모(規模)가 연허(燕許)[32]의 대수(大手)에서 연유한 것이 많습니다. 의관(衣冠: 사대부)이 모두 영수(領袖)로 추대하고, 하옥(廈屋)[33]이 함께 동량(棟梁)으로 우러릅니다. 어찌 다만 한묵(翰墨)만이 영화이겠습니까? 하물며 또한 치교(治敎)를 조반(朝班)에 크게 들어냄에 있어서겠습니까? 잠시 전석(前席)의 질문을 멈추고, 청결한 길에서 멀리 깃발을 실은 행차를 재촉하고, 구름을 재치고 하늘을 보고, 우물을 나와서 바다를 말합니다. 저 성(成)은 관계과견(款啓寡見)[34]하고, 말은 비루하고 학문은 소홀하고, 재능은 반 말[斗]도 없는데, 즐겨 문자(文字) 사이를 따랐습니다. 나이가 약관(弱冠)에 이르러, 외람되게 잠신(簪紳)의 뒤를 모셨습니다. 풀과 쑥대에 아침 해가 비추면, 서찬(鼠竄)[35]을 본받기가 어렵습니다. 강해(江海)가 용납해 줄 수 있다면, 장차 부추(鳧趨)[36]를 바라겠습니다. 봉후(封侯)와 만호(萬戶)도 두루 식한(識韓)[37]을 구합니다. 편지로 지은 짧은 말은 가장 절실한 모린(慕藺)[38]

31 원양(袁楊) : 원안(袁安)과 양진(楊震). 둘 다 동한(東漢) 때의 명문(名門) 출신으로 치적이 많았음.

32 연허(燕許) : 당나라 연국공(燕國公) 장설(張說)과 허국공(許國公) 소정(蘇頲). 둘 다 문장이 뛰어나서 당시에 연허대수필(燕許大手筆)이라 불렸음.

33 하옥(廈屋) : 대옥(大屋).

34 관계과견(款啓寡見) : 견식(見識)이 적음.

35 서찬(鼠竄) : 쥐처럼 놀라 달아남.

36 부추(鳧趨) : 오리 떼가 날아서 좇아가는 것처럼 기뻐함.

37 식한(識韓) : 식형(識荊)과 같음. 이백(李白)의 「여한형주서(與韓荊州書)」에 "저는 천하의 담사(談士)들과 서로 모여서 말하기를 '살아서 만호후(萬戶侯)에 봉해지지 않고, 다만 한형주(韓荊州)를 한 번 알고 싶다'고 했습니다"라고 했음. 한형주는 한조종(韓朝

입니다. 자애롭게 헤아려주시기를 몹시 바랍니다, 불비(不備).

○이남강께 올리는 계

呈李南岡啓

하주(霞洲)

삼가 생각건대, 규(圭)를 잡고 사신을 감은 예로부터 그랬습니다. 옹절(擁節)[39]의 재능은 지금도 여전히 있습니다. 충신(忠信)[40]이 파도를 건너와서 영원히 주(周)나라 시대의 장인(丈人)의 전대(專對)를 칭합니다. 엄위(嚴威)[41]가 장려(瘴癘)[42]를 무릅쓰고, 세월 따라 늙음이 온다는 노래를 공연히 비웃습니다. 사민(士民)들이 즐겁게 맞이하고, 도읍(都邑)들이 다투어 봅니다. 삼가 종사(從事) 남강(南岡) 이공(李公)의 대(臺) 아래에 올립니다. 가치는 천마(天馬)를 초월하고, 명성은 인룡(人龍)에 비합니다. 풍신(風神)이 청통(淸通)[43]하고, 직책은 비요(秘要)[44]를 관장합니다. 가보(家寶)와 국진(國珍)이 마땅히 무한한 복을 받습니다. 시종

宗). 식한은 처음 면식함을 말함.

38 모린(慕藺) : 사모함. 한(漢)나라 사마상여(司馬相如)가 전국시대 조(趙)나라 인상여(藺相如)를 사모하여 자신의 이름을 상여라고 했다고 함.

39 옹절(擁節) : 부절(符節)을 잡고 사신을 가는 것.

40 충신(忠信) : 충성성실(忠誠信實). 사신 일행을 말함.

41 엄위(嚴威) : 위엄 있는 사신의 행렬을 말함.

42 장려(瘴癘) : 남방의 열병을 일으키는 습하고 무더운 기운.

43 청통(淸通) : 청명통달(淸明通達).

44 비요(秘要) : 비정(秘庭)의 요직. 비정은 임금의 조서(詔書)를 꾸미는 곳.

(時宗)[45]과 민망(民望)[46]이 참으로 많은 인사들의 선발에 응합니다. 문질(文質)은 육경(六經)[47]의 은미한 말을 찾습니다. 예악(禮樂)은 오히려 삼대(三代)의 옛 뜻을 생각합니다. 영화(英華)가 마음에 가득하고, 문채가 지기(志氣)를 드러냅니다. 건곤을 포괄하여 풍류(風流)가 옹옹(雝雝)[48]하고, 문물이 혁혁(赫赫)하고, 옥(玉)을 윤기 나게 하고, 쇠의 견고함을 회복하게 합니다. 저 성(成)은 도(道)를 닦지 못했고, 재능은 더욱 군색하고, 외람되게 박속(樸樕)[49]한 성품을 꾸미고, 준마가 뛰어가는 행차를 멀리 좇았습니다. 평소 오거서(五車書)가 없어서 널리 들을 수 없었고, 항상 두 짝 나막신이 없으니, 어찌 두루 유람할 수 있겠습니까? 계로(季路)를 수행하여, 여남(汝南)의 평[50]을 기다린다고 하여도, 한 번 오르는 용납이 있다면 삼고(三顧)를 모두 마칠 것입니다. 삼가 성대하게 살펴주시기를 바랍니다. 불비(不備).

45 시종(時宗) : 당시의 사람들이 존숭하는 사람.

46 민망(民望) : 백성들이 우러르는 사람.

47 육경(六經) : 시(詩)·서(書)·예(禮)·춘추(春秋)·역(易)·악(樂) 등.

48 옹옹(雝雝) : 화락(和樂)한 모양.

49 박속(樸樕) : 평용(平庸). 천루(淺陋).

50 동한(東漢) 허소(許劭)는 여남(汝南) 평여(平輿) 사람인데, 종형 정(靖)과 함께 고명(高名)을 지니고 함께 인물들을 품평하기를 좋아했다. 이를 여남평(汝南評)이라고 함.

○이동곽께 올리는 편지
呈李東郭書

하주(霞洲)

옛 우호를 실천하여 닦는 것은 군인(君人)[51]의 성대한 사업입니다. 다른 나라로 건너가는 것은 사환(仕宦)의 아름다운 일입니다. 그래서 열국(列國)의 교빙(交聘)은 『춘추(春秋)』에서 반드시 기록하였고, 대부(大夫)의 현로(賢勞)[52]는 풍아(風雅)[53]에서 노래하였습니다. 삼가 이군(李君) 족하(足下)께. 올립니다. 고아한 명망이 일찍 이루어지고, 영문(榮問)[54]이 휴창(休暢)[55]합니다. 지금 만 리 밖에서 사명을 받들었는데, 시절이 갖옷과 갈옷을 바꾸었습니다. 길은 풍파로 인하여 고생이 심한데 위로할 바를 모르겠습니다. 문후가승(文候佳勝)[56]을 싣고 달려와서 여기 이르렀는데, 천만(千萬) 진중(珍重)합니다. 문득 선인의 수레가 우리나라에 임하니, 성내의 인사들이 목을 빼들고 바라봅니다. 보는 자는 눈을 비비고, 듣는 자는 귀를 세웁니다. 먼 모퉁이 먼 고을에서도 오히려 그 풍채(風采)를 상상하는데, 하물며 도읍에서 지척 사이에 있는 자들이겠습니까? 그러나 관수(官守)[57]의 직분이 있기 때문에 허용해 줄 길이 없습니다, 묵묵히 국영(局影)[58]하며, 굶주린 사람이 음식

51 군인(君人) : 인군(人君).

52 현로(賢勞) : 근로(勤勞).

53 풍아(風雅) : 『시경』의 국풍(國風)과 대아(大雅)·소아(小雅).

54 영문(榮問) : 아름다운 성예(聲譽).

55 휴창(休暢) : 아름답게 통창(通暢)함.

56 문후가승(文候佳勝) : 서찰로 문후(問候)하는 것.

57 관수(官守) : 관리, 혹은 관리의 직책.

을 꿈꾸는 것과 다르지 않음이 대개 적지 않습니다. 저는 봉호(蓬蒿: 초야) 아래에서 태어나고 적력(磧礫)[59] 사이에서 놀아서, 약한 날개와 작은 비늘이 의부(依附)할 바가 없습니다. 겨우 한묵(翰墨)에서 벼슬하여, 외람되게 의관(衣冠: 사대부)들과 교제했습니다. 물러나서는 시서(詩書)를 꾸미지 않고, 나아가서는 명성을 팔지 않았습니다. 재능과 학문이 무상(無狀: 불초)한데 대현(大賢)의 문하에 감히 문자를 칭하겠습니까? 비록 그렇지만, 호향(互鄕)[60]은 더불어 말하기 어려우나, 오히려 부자(夫子)는 나아갔습니다. "호박(琥珀)은 썩은 지푸라기를 취하지 않고, 자석(磁石)은 굽은 바늘을 받지 않는다"[61]는 것은 옛 사람의 미담(美談)이 아닙니다, 이에 속으로 대현군자(大賢君子)가 반드시 수자(豎子: 小子)를 버리지 않을 것을 기뻐했습니다. 옛날에 "백락(伯樂)이 기북(冀北)[62]을 한 번 방문하자, 말의 무리가 마침내 비워졌다"[63]고 말했는데. 그것을 해석한 자가 "이는 양마(良馬)이다"라고 했습니다. 제가 생각건대, 천금(千金)의 말은 비록 백락이 없더라도 그 천금을 잃은 적이 없으므로, 구유에 엎드려 있더라도 어찌 슬프겠습니까? 그러므로 백락이 기북을 방문하여 다만 그 좋은 것만 취한 것은 참된 백락이

58 국영(局影) : 두려워 위축된 모양.

59 적력(磧礫) : 얕은 물의 사석(沙石). 좌사(左思)의 〈오도부(吳都賦)〉에 "翫其磧礫而不窺玉淵者, 未知驪龍之所盤也"라고 했음.

60 호향(互鄕) : 『논어(論語)』에 나오는 고을 이름. 옛날 풍기(風氣)가 나쁜 곳이었음.

61 『오지(吳志)·우번전(虞翻傳)·주(注)』에 나오는 말.

62 기북(冀北) : 기주(冀州)의 북쪽. 예로부터 준마의 생산지로 유명했음.

63 당나라 한유(韓愈)의 「송온처사부하양군서(送溫處士赴河陽郡序)」에 나오는 말.

아닙니다. 아울러 그 불량한 것도 취하여서 잘 길러서 양마가 되게 하는 것이 백락의 현량함일 것입니다. 지금 족하(足下)의 도(道)는 내외(內外)가 없으며, 재능은 고금을 겸비하고, 조정에 들어가서는 학사(學士) 직책을 차지하고, 나가서는 사자(使者)의 권병을 잡습니다. 화려한 수레가 가는 곳마다 채색 붓이 사람들을 놀라게 하니, 그처럼 백락이 되는 것이 위대하지 않습니까? 아마 저를 기북에서 출중하게 해줄 수 있는 것은 또한 다만 족하께서 한 번 돌아봐주심에 달려있을 뿐입니다. 어찌 여기실지 모르겠습니다. 마침 용문(龍門)에서 구의(樞衣)[64]하려고 하면서, 잠시 비루한 정성을 진술하여 지의(贄儀)[65]로 충당하고자 했습니다. 너그럽게 헤아려주시기를 몹시 바랍니다. 불비(不備).

○통신 정사 겸재 조공께 올리다

上通信正使謙齋趙公

하주(霞洲)

어젯밤 쌍성(雙星)이 바다 위에 매달리니	昨夜雙星海上懸
편편(翩翩)[66]한 관개(冠蓋)[67]가 조선에서 왔네	翩翩冠蓋自朝鮮
장군이 기꺼이 한(漢)나라의 계책을 물으니	將軍肯問漢廷策
국사(國士)가 오주(吳主)의 현명함을 칭찬하네	國士原稱吳主賢

64 구의(樞衣) : 옷깃을 여미고 맞이하려 나가는 것. 공경한 모습을 말함.

65 지의(贄儀) : 폐백을 올리는 예의.

66 편편(翩翩) : 문채가 나는 모양.

67 관개(冠蓋) : 관원의 관복(冠服)과 수레. 특히 사자(使者)를 지칭함.

외사(外使)[68]의 선발이 높아서 삼품이 존귀하고　外使選高三品貴
중대(中臺)[69]의 직책이 중요하여 오조(五曹)[70]의 권병이네　中臺職重五曹權
당년의 옥절에 빛이 나고　當年玉節光俱動
장검은 천애에서 다시 하늘에 의지했네　長劍天涯更倚天

○ 통신 부사 정암 임공께 올리다
上通信副使靖菴任公

하주(霞洲)

금문(金門)[71]을 향해 옷자락 끈 것을 칭찬함을 생각하니　憶向金門稱曳裾
연성완벽(連城完璧)의 인상여(藺相如)[72]이네　連城完璧是相如
용문(龍門)[73]에서 객을 보내는 길이 오히려 가깝고　龍門致客路猶近
호관(虎觀)[74]에서 경서 읽음은 한 해가 넘네　虎觀讀經年有餘

---

68 외사(外使) : 사자(使者).

69 중대(中臺) : 상서성(尙書省).

70 오조(五曹) : 상서성(尙書省) 아래의 5개 관서. 한(漢)나라 때의 제도임.

71 금문(金門) : 금마문(金馬門). 한(漢)나라 궁문의 이름. 학사들이 대조(待詔)하던 곳임. 금마객(金門客)은 한림학사(翰林學士)을 말함.

72 인상여(藺相如) : 전국시대 조(趙)나라 상경(上卿). 강국 진(秦)나라가 조나라의 국보 화씨벽(和氏璧)을 15개 성(城)과 바꾸자고 강요하자, 진나라로 사신을 가서 외교력을 발휘하여 화씨벽을 다시 조나라로 가져왔음. 이를 완벽귀조(完璧歸趙)라고 함. 또 이 벽옥을 연성벽(連城璧)이라고 함.

73 용문(龍門) : 한(漢)나라 이응(李膺)은 고상한 인사였는데, 사람들이 그의 접대를 받으면, 용문(龍門)에 올랐다고 했다고 함.

어찌 중류에서 뱃전 두들김[75]을 묻겠는가?	何問中流仍擊楫
구절(九折)에서 수레를 돌리지 않았다고[76] 또 듣었네	復聞九折不回車
큰 바다거북을 한 번 낚은 곳[77]이 어디인가?	巨鼇一釣知何處
만 리 고향의 꿈은 또한 비었네	萬里鄉園夢亦虛

○통신 종사 남강 이공께 올리다
上通信從事南岡李公

하주(霞洲)

상도(上都)의 큰 진(鎭)에서 전주(全州)를 바라보면	上都巨鎭望全州
완산(完山)이 가장 깊은 곳이라 들었네	聞道完山最是幽
왕기(王氣)가 천년 동안 해악(海嶽)에 모으고	王氣千年鍾海嶽

74 호관(虎觀) : 백호관(白虎觀). 한(漢)나라 때 궁중의 경학(經學)을 강론하던 장소.

75 중류에서 뱃전 두들김 : 진(晉)나라 조적(祖逖)이 병사들을 이끌고 북벌(北伐)할 때, 강의 중류를 건너면서 배의 상앗대로 뱃전을 치며 중원(中原)을 수복할 것을 맹세하였다.

76 구절(九折) …… 않았다고 : 구절(九折)은 구절판(九折坂). 사천성 영경현(榮經縣) 서쪽 공협산(邛峽山)에 있음. 『한서(漢書)·왕존전(王尊傳)』에 "왕양(王陽)이 익주자사(益州刺史)가 되어서 이 구절판에 이르러 '선인(先人)의 유체(遺體)를 받들고 이 험한 곳을 어찌 넘을 것인가'하고 병을 핑계하고 돌아갔다. 나중에 왕존이 자사가 되었을 때 구절판에 이르러 관리에게 묻기를 '이곳이 왕양이 길을 두려워했던 곳이냐'라고 물었다. 관리가 그렇다고 하자, 왕준이 마부를 재촉하여 구절판을 넘었다. 왕양은 효자이고, 왕존은 충신이다"라고 했다.

77 큰 바다거북을 한 번 낚은 곳 : 『장자(莊子)·외물(外物)』에서, 임공자(任公子)가 큰 갈고리로 50마리의 소를 미끼로 하여서, 회계산(會稽山)에 걸터앉아 동해에 낚싯대를 드리우고 대어를 낚아서 인근 천리 땅의 백성들에게 먹였다고 했음. 또 『열자(列子)·탕문(湯文)』에 "용백국(龍伯國)의 대인(大人)이 몇 걸음을 걸어가서 오산(五山)에서 한 번의 낚시로 연달아 6마리 큰 거북을 잡았다"고 했다.

문종(文宗)이 한 시대에 풍류를 일으켰네 文宗一代起風流
등고(登高)하는 대부(大夫)의 부(賦)[78]를 모두가 알고 登高共識大夫賦
전대(專對)하는 사자의 유람을 두루 보네 專對偏看使者遊
동해의 작은 뗏목이 먼 나라로 돌아오니 東海片槎還絶域
나그네 마음이 어찌 다시 누대에 기대는데 있겠는가? 客心豈復在凭樓

위는 10월 25일에 기증한 것이다.

○ 하주의 사안에 받들어 사례하다
奉謝霞洲詞案

겸재(謙齋)

부상(扶桑)이 지척이라 해가 높이 떴고 扶桑咫尺日高懸
성궐에 이어진 구름의 기색이 선명하네 城闕連雲氣色鮮
만 리 선사(仙槎)로 원객이 오니 萬里仙槎來遠客
한 때의 문원(文苑)에 여러 현인들 가득하네 一時文苑盛諸賢
비리한 곡으로 높은 곡조에 답하기 어려우니 難將俚曲酬高調
어찌 말의 공교함이 조화의 권세를 빼앗겠는가? 豈有詞工奪化權
상봉하여 빈관의 모임을 이룬다면 傾蓋倘成賓館會
밤 깊은 은촉의 추운 날에 술을 마시리라 夜闌銀燭飮寒天

78 등고(登高)하는 대부(大夫)의 부(賦) : 삼국 왕찬(王粲)의 〈등루부(登樓賦)〉을 말함. 왕찬이 동탁(董卓)의 난을 피하여 형주(荊州)의 유표(劉表)에게 의탁하고 있을 때 강릉(江陵)의 성루에 올라 고향을 그리워하며 읊은 부.

시와 변려문을 받았는데, 모두 지극히 전려(典麗)하고 정밀하고 뛰어났습니다. 3번 반복하여 읊으며 감탄하니, 백붕(百朋)[79]을 얻은 듯했습니다. 다만 칭찬하여 줌이 너무 지나쳐서 제가 감당할 바가 아닙니다. 남에게 견줄 수 있는 무리가 아닌데, 어찌 말을 아는 사람에게 허물이 되지 않겠습니까? 감개함이 비록 깊지만, 부끄러움과 송구함이 또한 많습니다. 여행의 피로를 살펴보니, 장어(長語)를 지을 수가 없어서 단지 단율(短律)로써 성대한 은총에 삼가 사례하니, 부끄러움이 심합니다. 상봉을 소망하지만, 계할(戒轄)[80]이 촉박합니다. 언제나 소매를 받들고 유쾌하게 흉금을 펴겠습니까? 조만간 이루어지기를 삼가 바랍니다. 부디 헤아려주시기를 바랍니다.

○ 하주의 사안에 받들어 사례하다

奉謝霞洲詞案

정암(靖菴)

부상의 채색 놀이 나그네 소매를 비추고	扶桑霞彩照征裾
형승의 강관은 그림보다 낫네	形勝江關畵不如
만 리의 풍요(風謠)가 월(越)나라 변경과 통하고	萬里風謠通越絶
천년의 백성과 사물은 반이 진(秦)나라의 여분이네	千年民物半秦餘
운연의 땅은 곧장 삼도(三島)[81]에 연결되고	雲烟地卽連三島

79 백붕(百朋) : 백 대(對)의 패화(貝貨). 붕(朋)은 통화(通貨)로 사용하는 2매(枚)의 패(貝).

80 계할(戒轄) : 수레를 준비함.

문학하는 사람에게는 풍부한 오거서(五車書)[82]가 많네 文學人多富五車
문득 새 시를 여탑(旅榻)[83]에 부치는 것을 보고 忽見新詩投旅榻
명성 아래의 인사가 헛되지 않음을 비로소 아네 始知名下士無虛

황공하게 변려문의 구절과 시편을 주셨는데, 사채(詞采)가 청신(淸新)하고, 예의(禮意)가 근실하고 진지합니다. 저는 고루한데 무엇으로써 받들어 감당하겠습니까? 다만 먼 길을 온 뒤의 피로의 병이 더욱 심하여, 정밀한 생각을 모아서 변사(騈詞)[84]를 짓지 못하고, 단지 단편(短篇)으로써 삼가 성지(盛旨: 성의)에 답합니다. 비록 너그럽게 헤아려 주실지라도, 어찌 마음의 부끄러움을 이기겠습니까?

○ 하주의 사안에 받들어 사례하다

奉謝霞洲詞案

남강(南岡)

해외의 기이한 장관이 다시 구주(九州)인데 海外奇觀更九州
선실(禪室)에 왕래하니 더욱 맑고 그윽하네 往來禪室轉淸幽

81 삼도(三島) : 전설 속의 동해에 있다는 삼신산(三神山). 봉래도(蓬萊島)·영주도(瀛洲島)·방장도(方丈島).

82 오거서(五車書) : 5수레에 실을 만한 많은 서적. 많은 장서를 말함.

83 여탑(旅榻) : 여관의 평상.

84 변사(騈詞) : 변려문(騈儷文). 변(騈)은 2마리의 말이 나란히 수레를 끌고 다니는 것을 뜻하고, 려(儷)는 1쌍의 남녀를 뜻한다. 이는 변려문의 문체가 모두 대구로 이루어졌기 때문에 생긴 명칭이다. 변문·변체문이라고도 하며, 당대(唐代)부터는 변려문이 4자와 6자로 이루어진다고 하여 사륙문(四六文)으로 부르기도 했다.

문장으로 둘도 없는 인사를 기쁘게 얻으니 文章喜得無雙士
재능과 명망이 원래 제일류로 추대되었네 才望元推第一流
좋은 대화가 절로 깊어서 경개(傾蓋)[85]하여 돌아보고 良晤自深傾蓋顧
교제의 기약 기대하며 합잠(盍簪)[86]하여 노니네 交期且待盍簪遊
골똘한 읊음으로 경거(瓊琚)[87]의 기증에 보답하려는데 沈吟欲報瓊琚贈
비바람 소소히 어둠이 누대에 가득하네 風兩蕭蕭夜滿樓

위는 10월 그믐에 화답하여 보내온 것이다(右十月晦和來)

○학사 이군 안하에 올리다
呈學士李君案下

하주(霞洲)

서리 날리는 부용검(芙蓉劍)[88]의 검기가 비끼고 霜飛芙蓉劍氣斜
부절 나눠 오히려 스스로 천애에서 체류하네 分符猶自滯天涯
낭관(郎官)은 조정 신하의 말을 별처럼 비추고 郎官星照朝臣馬
태수(太守)는 사자의 수레를 비처럼 따르네 太守雨隨使者車
왕찬(王粲)은 소년 때 좌석을 놀라게 했고[89] 王粲少年耐驚座

85 경개(傾蓋) : 길을 가다 우연히 상봉하여 수레덮개를 기우리고 대화하는 것.
86 합잠(盍簪) : 사인(士人)들이 모이는 것. 『易·豫』에 "勿疑, 朋盍簪"이라고 했는데, 왕필(王弼)의 주에 "盍, 合也, 簪, 疾也"라고 했다. 벗들이 모이려고 빨리 오는 것을 말함.
87 경거(瓊琚) : 좋은 옥의 일종. 주로 빼어난 시문을 비유함.
88 부용검(芙蓉劍) : 고대 보검의 이름.
89 왕찬(王粲)은 …… 했고 : 왕찬(177~217)은 자가 중선(仲宣)이고, 동한(東漢) 말의 문

공융(孔融)[90]은 오늘의 통가(通家)[91]에 비견되네 孔融今日擬通家
서로 보니 말이 다른 걸 한스러워 하지 않고 相看不恨方音異
당 위의 문광(文光)이 채색 놀을 여네 堂上文光開彩霞

○서기 엄사백의 안하에 올리다

呈書記嚴詞伯案下

하주(霞洲)

두 깃발이 무릉(武陵) 물가에 잠시 머무니 雙旌暫駐武陵濱
나는 수레가 연이어 여기서 나루를 묻네 飛蓋連翩此問津
명성은 객성(客星)[92]과 나란한데 도리어 사신이 되고 名比客星還作使
덕은 천마(天馬)[93]와 같은데 오히려 사람에 의지하네 德如天馬尙依人
구름 헤치고 모두 보니 옛날이 생각나는데 披雲共覩堪思舊
경개(傾蓋)하여 서로 아니 새 친구임을 깨닫지 못하네 傾蓋相知不覺新
도처의 강산이 마땅히 도움을 주니 到處江山應有助

사로서 건안칠자(建安七子) 중의 한 사람이다. 소년 시절에 당시 문단의 종장이었던 채옹(蔡邕)을 방문했는데, 채옹이 왕찬이 왔다는 전갈을 받고 신발을 거꾸로 신은 채 달려가서 맞이하고 좌객들에게 자신은 왕찬만 못하다고 왕찬을 지극히 칭송했다.

90 공융(孔融) : 153~208. 자는 문거(文擧). 건안칠자 중의 한사람이다. 일찍이 북해(北海)의 상(相)이 되어 항상 술자리를 마련하여 빈객들을 대접했다. 후진을 이끌어 주기를 좋아하고, 권귀(權貴)에 굽히지 않았는데, 나중에 조조(曹操)에게 피살되었다.

91 통가(通家) : 대대로 아는 집안.

92 객성(客星) : 고상한 인사를 말함. 후한 엄광(嚴光)이 광무제(光武帝)의 객이 되어 함께 침상에서 잠을 잤는데, 자면서 발을 광무제의 배에 올려놓았다. 이튿날 태사(太史)가 객성(客星)이 제좌(帝坐)를 범했으니 몹시 위급하다고 아뢰었다고 한다.

93 천마(天馬) : 전설 속의 상제(上帝)가 타고 허공을 달린다는 말.

채색 붓[94] 높이 떨쳐 이웃나라를 감동시키네　彩毫高拂動殊隣

향기로운 명성에 일찍이 만족했는데, 문득 고아한 용의를 접하니, 기뻐서 손뼉 치는 것을 어찌 그치겠습니까? 애오라지 파창(巴唱)[95]을 진술하여 좌우에 올립니다. 삼가 근화(斤和)[96]를 바랍니다.

○서기 남사백의 안하에 올리다
呈書記南詞伯案下

하주(霞洲)

사명을 받들고 이국에서 기세가 출중한데　銜命殊方氣出群
남궁(南宮)이란 성자(姓字)[97]를 또 일찍이 들었네　南宮姓字復曾聞
흰 서리의 들에 이어지는 말이 비단을 펼치고　白霜連野馬開練
붉은 잎의 숲을 지나는 깃발이 구름을 물들이네　紅葉度林旌染雲
정려(鼎呂)[98]의 공이 높아 나라에 보답하고　鼎呂功高能報國

---

94 채색 붓 : 남조(南朝) 강엄(江淹 : 444~505)이 꿈속에서 어떤 사람에게 오색필(五色筆)을 받았는데 이로부터 문사(文思)가 크게 진전되었다고 한다. 말년에 꿈속에서 곽박(郭璞)이라고 자칭하는 자가 붓을 돌려달라고 하여 주었는데 이로부터 문사가 몹시 쇠퇴했다고 한다.

95 파창(巴唱) : 하리파곡(下里巴曲)을 말함. 시골의 파(巴) 지역의 노래. 열등한 노래를 말함. 여기서는 열등한 시를 비유한 것임.

96 근화(斤和) : 자신의 시를 바로잡아주고[斤正] 화답해 달라는 것.

97 남궁(南宮)이란 성자(姓字) : 남궁씨는 주(周)나라 무왕(武王) 때 남궁괄(南宮括)이 빈민 구휼에 힘쓴 기록이 있고, 공자(孔子)의 질녀의 사위에 동명의 제자가 있다.

98 정려(鼎呂) : 정(鼎)은 하우(夏禹)가 주조했다는 구정(九鼎). 여(呂)는 주(周)나라 종

강호의 길이 먼데 더욱 임금을 걱정하네 江湖路遠更憂君
조정으로 돌아가 의젓하게 옥당 위에 있으니 歸朝倚倚玉堂上
당년 제일의 공훈임을 모두가 아네 渾識當年第一勳

지척에서 의범을 접하고, 친히 경탄(謦歎)을 받들고, 함부로 거친 말을 지어서 한 찬거리로 준비했습니다. 삼가 영정(郢正)을 바랍니다.

○ 하주 사백의 운에 삼가 차운하다

敬次霞洲詞伯韻

동곽(東郭)

부사산(富士山)은 드높게 성곽 밖에 비껴있고 富嶽岧嶤郭外斜
웅장한 도성이 멀리 해문(海門)의 물가를 누르고 있네 雄都逈壓海門涯
높은 누대 구름이 시선의 붓을 두르고 高樓雲繞詩仙筆
역로의 날 찬데 먼 객의 수레가 있네 驛路天寒遠客車
의발(衣鉢)이 모두 태학사(太學士)로부터 왔으니 衣鉢皆從太學士
문장이 스스로 충분히 대방가(大方家)이네 文章自足大方家
나의 진골(塵骨)[99]이 부끄러운데 끝내 허물벗기 어렵고 媿余塵骨終難蛻
어디서 서로 이끌며 붉은 놀 속으로 들어갈까? 安得相携入紫霞

묘(宗廟)에 있는 대종(大鐘). 『사기(史記)·평원군우경열전(平原君虞卿列傳)』에 "모선생(毛先生)이 한 번 초(楚)에 가고, 조(趙)에 사신을 간 것은 구정대려(九鼎大呂)보다 무겁다. 모선생의 3촌의 혀는 백만의 군사보다 강하다"고 했음.

99 진골(塵骨) : 속인(俗人)의 뼈대.

○하주 사백에게 차운하여 받들다
次奉霞洲詞伯

용호(龍湖)

채색 배가 처음 대해(大海)의 물가에 머무니	彩船初停大海濱
아기(牙旗)[100]가 무릉(武陵) 나루에 오래 체류하네	牙旗久滯武陵津
누가 시의 명망 있는 먼 뗏목의 객을 아는가?	誰知詩望遠槎客
일찍이 성도(成都)[101]의 □석인(□石人)이었네	曾是成都□石人
서폐(書幣)[102]로 이미 두터운 정성의 신의를 다하고	書幣已輸誠信厚
관상(冠裳)[103]에서 예의의 새로움을 기쁘게 보네	冠裳喜覩禮儀新
강역이 동서로 격했다고 말하지 마오	莫言疆域東西隔
양국이 기쁨을 나누는 것은 선린에 있네	兩國交驩在善隣

○하주 사백에게 받들어 답하다
奉酬霞洲詞伯

범수(泛叟)

연막(蓮幕)[104]이 사람들 따름이 절로 부끄러운데	自慚蓮幕謾隨群
풍연(風烟)이 듣던 바와 같아서 기쁘네	惟喜風烟協所聞
창해(滄海)[105]는 서쪽으로 임하여 동해에 이어지고	滄海西臨連東海

100 아기(牙旗) : 상아로 장식한 깃발. 사신의 깃발을 말함.
101 성도(成都) : 중국 사천성에 성도시(成都市). 촉한(蜀漢)의 도성이었음.
102 서폐(書幣) : 문서와 폐백.
103 관상(冠裳) : 예복.
104 연막(蓮幕) : 관서(官署)의 막료(幕僚)에 대한 미칭.

고향 산을 북쪽으로 바라보니 돌아가는 구름이 머네 鄉山北望杳歸雲
시를 보고 눈물 흘리며 선자(先子)를 생각하는데 看詩有淚思先子
돌아가는 사절은 성군(聖君)에게 보답할 공이 없네 返節無功報聖君
제공들의 문예가 풍부함을 앉아서 보니 坐看諸公文藝富
밝은 계책이 훗날 빼어난 공을 세우리라 煥猷他日樹奇勳

○이학사께 올리고, 겸하여 엄서기와 남서기께 드리다

呈李學士兼贈嚴南二書記

하주(霞洲)

사신 깃발이 동쪽으로 임하여 옛 맹약을 닦고 文旆東臨修舊盟
풍연이 아득하게 푸른 바다를 지나네 風烟渺渺度滄瀛
가을 돛에 달빛 서린 고사포(高砂浦)[106]인데 秋帆月挂高砂浦
새벽 기마를 구름 속에 맞이하는 대판성(大坂城)[107]이네 曉騎雲迎大坂城
호표관(虎豹關)의 험한 관문이 천리에 웅장한데 虎豹關重關千里壯
부용산(芙蓉山) 한 산악은 만년에 밝네 芙蓉一嶽萬年明
사신이 도착한 날 비단 시주머니가 무거운데 詞臣到日錦囊重
꿈속의 청산(青山)은 나그네의 밤의 정이네 夢裏青山客夜情

105 창해(滄海) : 전설 속의 신선의 거주지.
106 고사포(高砂浦) : 일본 파주(播州 : 播磨國)에 있는 포구 이름.
107 대판성(大坂城) : 오사카 성.

○ 하주 사백께 차운하여 받들다
次奉霞洲詞伯

용호(龍湖)

용호(龍湖)의 갈매기 해오라기와 이미 맹약을 저버리고　龍湖鷗鷺已寒盟
동쪽으로 가는 뗏목을 좇아 큰 바다에 이르렀네　謾逐東槎到大瀛
오르내리는 위험한 배는 험한 물결을 지나고　出沒危舟經險瀨
험한 길로 가는 수레는 높은 성을 넘었네　間關征駕越層城
먼 길을 지나오니 머리털이 온통 세었는데　長遼閱歷頭全白
명승지에 오래 머무니 시야가 비로소 밝네　勝地淹留眼始明
글자에 의탁하나 만 리의 사람이라 말하지 마오　托辭休言人萬里
선비가 지기(知己)를 만나니 절로 다정하네　士逢知已自多情

○ 동곽의 사안에 올리다
呈東郭詞案

하주(霞洲)

회포를 몇 년 만에 지금 다시 열었던가?　懷抱幾年今復開
날 차가운 세모에 마구 서로 재촉하네　天寒歲暮漫相催
말은 다섯 마디로 웅변을 다하고　言從盧五盡雄辨
걸음은 세 걸음 만에 민첩한 재능을 아네　步不過三識捷才

○ 하주께 차운하여 받들다

次奉霞洲

동곽(東郭)

나그네 회포를 지금 다행히 그대 대하고 여니 客懷今幸對君開
돌아갈 계책으로 어찌 일정을 재촉하랴? 歸計何須旅日催
골똘히 생각하여 정을 집어내니 온통 적막하여 滞思拈情渾寂寞
그대의 기이한 재간에 승복해도 무방하리라 不妨輸子騁奇才

○ 범수 남군께 올리다

呈泛叟南君

하주(霞洲)

남팔(南八)[108]이 남아임을 비로소 아니 始知南八是男兒
달빛 뚫는 외로운 뗏목이 돌아가지 않았네 貫月孤槎猶未歸
술자리에서 즐겁게 만난 한 당의 모임인데 樽酒歡逢一堂會
지척에서 문장을 논하며 지는 햇살을 애석해 하네 論文咫尺惜斜暉

108 남팔(南八) : 당나라 남제운(南齊雲). 장순(張巡)과 함께 휴양성(睢陽城)에서 안록산(安綠山)의 반란군을 막다가, 성이 함락되어 항복을 강요당했으나 굴복하지 않고 죽었음.

○삼가 제공께 받들다
頓奉諸公

동곽(東郭)

해외에 진선(眞仙)이 있다던데	海外有眞仙
여러 현인들이 그들인가 싶네	群賢無乃是
일동의 수려함을 비로소 아니	方知日東秀
산하가 아름다울 뿐만이 아니네	不特山何美

○이학사께 받들어 답하다
奉復李學士

하주(霞洲)

동방은 군자의 나라인데	東方君子邦
서로 만나니 비로소 옳음을 깨닫네	相値覺今是
붓 아래엔 옥 구슬이 많고	筆下珠璣多
흉중엔 비단 수가 아름답네	胸中錦繡美

○좌상의 제공들께 써서 올리다
錄奉座上諸公

용호(龍湖)

양국의 시선들이 모이니	兩國詩仙會
천년의 범우(梵宇)[109]가 한가롭네	千年梵宇閑
훗날 서로 생각할 때	他日倘相憶

만 리의 구름 낀 산 막혔으리라　　萬里隔雲山

○삼가 엄용호께서 주신 운에 답하다
敬酬嚴龍湖示韻

하주(霞洲)

보찰(寶刹)[110]의 은촉이 빛나고　　寶刹光銀燭
천추의 좋은 모임이 한가롭네　　千秋勝會閑
상아 상앗대가 서쪽으로 떠나는 날　　牙檣西去日
생각 머금고 봉래산을 바라보리라　　含意望萊山

○헤어지려 할 때 다시 좌상의 제공께 올리다
臨散，又奉座上諸公

동곽(東郭)

양국에 천 리가 없으니　　兩國無千里
여러 현인들이 한 때를 함께 하네　　群賢共一時
정이 깊어 곧 친교를 위탁하고　　情深仍托契
술이 다하여 다시 시를 논하네　　酒盡更論詩
여관에 머무니 누가 방문하는가?　　旅泊誰相訪

109 범우(梵宇) : 불사(佛舍). 불교 사찰.
110 보찰(寶刹) : 불교 사찰.

단란한 모임 기약을 바꾸지 않네 團圓未易期
홍애(洪涯)[111]에게 빼어난 글이 있는데 洪涯有奇藻
좋은 모임을 어길까 두렵네 佳會恐差也

상사기실(上使記室) 홍경호(洪鏡湖)가 마침 기기(忌期)가 있어서 모임에 오지 못했기 때문에 언급한 것이다.

○차운하여 동곽 사백께 받들어 사례하다
次韻, 奉謝東郭詞伯

하주(霞洲)

쌍검이 별을 뚫는 날 雙劍衝星日
작은 뗏목이 바다에 통할 때이네 片槎通海時
금란(金蘭) 같은 친밀한 벗에게 부끄러운데 金蘭慙密友
요벽(瑤璧) 같은 좋은 시를 얻었네 瑤璧獲高詩
만 리의 만남이 비록 막혔지만 萬里逢雖阻
백년의 정은 기약이 있네 百年情有期
북명(北溟)의 붕새[112]가 구만리를 날아가려고 溟鵬逐九萬
한 번 날개를 쳐서 천지를 일으키네 一擊起天他

111 홍애(洪涯) : 고대 신선의 이름. 전설에 황제(黃帝)의 악관(樂官) 영륜(伶倫)이 도를 닦아서 신선이 되어 홍애라고 하였다고 함.

112 북명(北溟)의 붕새 : 붕새는 『장자(莊子)·소요유(逍遙遊)』에 새 이름. 곤(鯤)이라는 물고기가 붕새로 변하여 삼천리로 날개를 쳐서 올라가 남쪽바다로 구만리를 간다고 함.

저녁 어둠이 갑자기 밀려와서, 회포를 다 풀지 못하고, 잠시 나중의 모임을 기약했다.

위는 10월 28일에 객관에서 창화한 것이다.

○ 전운에 차운하여 동곽 사안에 받들어 부치다
次前韻, 奉寄東郭詞案

하주(霞洲)

시야 끊긴 높은 하늘에 북두성이 비껴있고	目斷層霄北斗斜
풍류가 꿈에 들어와 뜻이 끝이 없네	風流入夢意無涯
노래 재촉하는 이요루(二樂樓)[113]엔 눈앞에 술이 있고	歌催二樂目前酒
놀러 나온 백상루(百祥樓)[114]엔 꽃 너머에 수레가 있네	遊出百祥花外車
옥절(玉節)의 공을 이루니 비로소 궁궐을 생각하고	玉節功成方戀闕
상호의 뜻[桑弧志][115]이 있어 집 생각하지 않네	桑弧志在不思家
평봉(萍蓬)[116]의 한 번 만남이 천행에 인연하니	萍蓬一會緣天幸
다시 시문 자리를 얻어서 구하(九霞)[117] 술 따르네	更得文筵酌九霞

113 이요루(二樂樓) : 충북 단양군에 있는 누대 이름.

114 백상루(百祥樓) : 평안남도 안주군 안주읍 북쪽 교외의 청천강 기슭에 있는 누대 이름.

115 상호의 뜻[桑弧志] : 상호지(桑弧志)는 남아의 사방에 대한 웅대한 뜻이다. 고대에 남아를 낳으면 뽕나무 활로 사방에 활을 쏘아 높은 공을 세우기를 기원했다고 함.

116 평봉(萍蓬) : 부평초(浮萍草)와 전봉(轉蓬). 정처 없이 떠도는 것을 말함.

117 구하(九霞) : 구하상(九霞觴). 술잔의 이름. 좋은 술을 말함.

그대가 안악(安嶽)의 후인(後人)이라 칭하고, 또 안릉태수(安陵太守)를 지냈다고 했기 때문에 시 안에 두 지역의 승경을 기록했다.

○전운을 이어서 용호 사안에 올리다
賡前韻, 呈龍湖詞案

하주(霞洲)

고상한 풍모가 위빈(渭濱)[118]과 같다고 모두 말하는데	共說高風似渭濱
푸른 도포의 서기가 평진(平津)[119]에 있네	靑袍書記屬平津
용주(龍珠)가 수레를 비추어[120] 천리를 부끄럽게 하고	龍珠照乘慙千里
제마(齊馬)[121]가 하늘을 날아 만인을 놀라게 하네	齊馬沖天驚萬人
세월이 정을 이끄니 공연히 적막하고	歲月關情空寂寞
산천이 부(賦)로 들어오니 도리어 청신(淸新)하네	山川入賦却淸新
훗날 교유가 막힘을 한스러워 마오	他時不恨交遊隔
지기(知已)가 있으면 가까운 이웃과 같다오[122]	知已猶存若比隣

118 위빈(渭濱) : 태공망(太公望) 여상(呂尙)을 말함. 『한비자(韓非子)·유로(喩老)』에 "문왕(文王)이 위빈(渭濱)에서 태공(太公)을 천거한 것은 귀하게 여겼기 때문이다"고 했다. 후에 위빈은 태공을 가리키게 되었다.

119 평진(平津) : 평진저(平津邸). 한(漢)나라 공손홍(公孫弘)의 관저. 공손홍은 평진후(平津侯)에 봉해지자, 동각(東閣)을 열어서 현사(賢士)들을 대접하였음.

120 용주(龍珠)가 수레를 비추어 : 수레를 환하게 비춘다는 조승주(照乘珠)를 말함.

121 제마(齊馬) : 주(周)나라 때 금로(金路 : 금색의 큰 수레)를 끌던 말.

122 지기(知已)가 있으면 가까운 이웃과 같다오 : 당나라 왕발(王勃)의 〈杜少府之任蜀州〉 시에 "海內存知已, 天涯若比隣"이라고 했음.

○전운을 따라서 범수 사안에 올리다
步前韻, 呈泛叟詞案

하주(霞洲)

태평한 사해에서 같은 무리를 얻으니	太平四海得同羣
소객의 준성(駿聲)[123]이 평소 듣던 대로네	騷客駿聲因素聞
관문(關門)이 자기(紫氣)[124]를 차지한 것을 이미 기뻐하는데	已喜關門占紫氣
또한 여항에 청운(靑雲)[125]이 붙은 것을 아네	也知閭巷附靑雲
당년에 절역에서 사신이 되었는데	當年絶域能爲使
훗날 엄랑(嚴廊)[126]에서 그대를 정하여 보냈네	他日嚴廊定致君
도를 전함에 봉모(鳳毛)가 호곡(壺谷)[127]을 계승하니	傳道鳳毛繼壺谷
명가가 동쪽에서 스스로 높은 공훈을 지녔네	名家東自有高勳

본조(本朝) 명력(明曆) 연간에 군(君)의 선인(先人) 호곡선생(壺谷先生)이 통신종사(通信從事)로서 내빙(來聘)했다고 한다.

위는 11월 2일 기증한 것이다(右十一月二日贈)

123 준성(駿聲) : 성예(聲譽).

124 관문(關門)이 자기(紫氣) : 노자(老子)가 서역으로 가기 위해 함곡관(函谷關)을 지날 때 자기(紫氣)가 서려있었다고 한다.

125 청운(靑雲) : 도덕이 고상하여 덕망 있는 인사를 말함.

126 엄랑(嚴廊) : 장엄한 낭묘(廊廟). 조정(朝廷)을 말함.

127 봉모(鳳毛)가 호곡(壺谷) : 봉모는 남의 자제를 칭하는 미칭이고, 호곡은 남용익(南龍翼 : 1628~1692)의 호. 1655년(효종 6) 통신사의 종사관으로 일본에 다녀왔다. 남성중(南聖重)은 남용익의 아들이다.

○하주 사안에 차운하여 받들다
次奉霞洲詞案

동곽(東郭)

외로운 객관 침침한데 촛불그림자 비껴있고	孤館深深燭影斜
밤 추운데 고향생각이 하늘 끝에 있네	夜寒鄉思有天涯
언제 다시 푸른 바다의 노를 저을 건가?	何時更理滄溟楫
이역에 여전히 먼 객의 수레가 머물렀네	異域猶淹遠客車
저절로 세월이 객의 마음을 상심하게 하는데	自足星霜傷客意
예로부터 풍월은 시인에게 속했다네	古來風月屬詩家
좇아가 노니니 진정 속세를 초월한 듯하여	追遊正若超塵臼
여러 신선들이 붉은 놀을 밟는 것을 선망하지 않네	不羨群仙躡紫霞

신묘(辛卯)년 중동(仲冬) 지일(至日)

○이전에 보내준 운에 다시 차운하여 삼가 하주 사백께 올리다
追次前惠韻，仰呈霞洲詞伯

용호(龍湖)

시가 빈 서재의 적막한 물가에 이르니	詩到空齋寂寞濱
읊어보며 입에서 침이 흐르는 줄도 알지 못하네	吟來不覺口津津
부상의 바다 삼천리에서	那知桑海三千里
시단의 제일인을 얻어 볼 줄을 어찌 알았으랴?	得見騷壇第一人
좋은 해에 옥절(玉節)이 빙례를 닦음이 오래인데	玉節芳年修聘久
이날 금란(金蘭)의 교우가 진정 새롭네	金蘭此日定交新
천애에서 벗이 없다고 어찌 상심하랴?	天涯肯恨無相識

도리어 이방에 덕 있는 이웃이 있음을 기뻐하네 却喜殊方有德隣

위는 둘째 모임에서 기록하여 보인 것이다(右第二會日錄示)

○이학사의 안하에 올리다
呈李學士案下

하주(霞洲)

고범(高範)[128]을 한 번 접한 이후, 공사(公私)가 분주하여, 문황(文幌)[129]에 문후를 잇지 못했습니다. 오늘 눈발을 무릅쓰고 와서 다시 친밀한 좌석을 얻으니 어찌 통쾌하지 않겠습니까?

문장의 광염이 환하게 해동을 비추니 文焰輝輝照海東
요석(瑤席)[130]을 가까이 모시고 호걸영웅을 아네 近陪瑤席識豪雄
추운 가을 계원(桂苑)[131]에서 마땅히 달을 노래하고 秋寒桂苑應歌月
조용한 낮의 난대(蘭臺)[132]에선 바람을 읊으려 하네 晝靜蘭臺欲賦風
어찌 변경을 개척하여 무제(武帝)에게 간알하랴? 肯用開邊干武帝

128 고범(高範) : 고상한 풍범(風範).
129 문황(文幌) : 문채 있는 휘장.
130 요석(瑤席) : 옥으로 장식한 좌석.
131 계원(桂苑) : 계수나무를 심은 원림(園林). 사장(謝莊)의 〈월부(月賦)〉에 "洒淸蘭路, 肅桂苑"이라 했음.
132 난대(蘭臺) : 전국시대 초(楚)나라의 대(臺) 이름. 난대에서 읊은 송옥(宋玉)의 〈풍부(風賦)〉가 있음.

일찍이 촉(蜀)을 교화시킨 문옹(文翁)[133]을 얻었네　曾緣化蜀得文翁
천지의 이 모임은 다시 얻기 어려운데　天壤此會知難再
강개하여 서로 기약하니 기운이 무지개 같네　慷慨相期氣若虹

○ 홍서기 사안에 올리다
呈洪書記詞案

하주(霞洲)

천고의 먼 유람이 또한 웅장한데　千古遠遊亦壯哉
상수(湘水)에 떠가는 것은 사마천의 재간[134]뿐이 아니네
浮湘不獨馬遷才
하늘에서 한 물수리가 가을기운을 타고 내려오고　天間一鶚乘秋下
바다 위에선 쌍용이 어둠을 비추며 오네　海上雙龍照夜來
명월을 함께 보며 식옥(拭玉)[135]을 잇고　明月共看仍拭玉
청운을 서로 알며 술잔을 생각하네　青雲相識思銜杯
계진(季眞)[136]에게 여전히 풍류가 남았는데　季眞猶有風流在
다급히 떠나는 배를 재촉함을 다시 한스러워하네　却恨忽忽去鷁催

133 문옹(文翁) : 한(漢)나라 문제(文帝) 때 촉(蜀)의 군수(郡守)가 되어서, 성도(成都)에 학관(學官)을 일으켜서 문풍을 크게 떨치고, 교화를 크게 일으켰음.

134 상수(湘水)에 …… 사마천의 재간 : 한(漢)나라 사마천은 젊은 시절에 상수(湘水)를 건너 남방을 두루 유람하였음.

135 식옥(拭玉) : 명을 받들고 사신을 가는 것.

136 계진(季眞) : 당나라 하지장(賀知章)의 자.

지난번에 이학사(李學士)와 엄서기(嚴書記)와 남서기(南書記)를 알현할 때, 마침 그대가 기신(忌辰) 때문에 사양하여, 곧 광의(光儀)를 뵙지 못하고 소망이 크게 어긋났습니다. 지금 다시 여러 객들과 와서 외람되게 청혜(青盻)[137]를 욕되게 했습니다. 은혜에 감개함을 감당할 수 없어서 애오라지 비리한 말을 지어서 올립니다. 부디 장졸(藏拙)을 말산(抹刪)해 주시기를 바랍니다.

○엄서기 사안에 올리다
呈嚴書記詞案

하주(霞洲)

엄조(嚴助)[138]처럼 승명려(承明廬)[139]를 싫증냄이 아니데	非關嚴助厭承明
당일에 사자의 영광을 볼 수 있네	當日能看使者榮
하리(下里)의 화답가는 모두 영곡(郢曲)[140]인데	下里和歌皆郢曲
상방(上邦)의 표해(表海)는 충분히 제성(齊聲)이네[141]	上邦表海足齊聲

137 청혜(青盻) : 반기는 눈동자.

138 엄조(嚴助) : 서한(西漢) 회계군(會稽郡) 오현(吳縣) 사람. 원명은 장조(莊助). 회계태수(會稽太守)를 지냈음. 『한서(漢書)·엄조전(嚴助傳)』에 "군(君)은 승명려(承明廬)를 싫어하고, 시종(侍從)의 일을 노고롭게 여기고, 고향을 생각하고 나가서 군리(群吏)가 되었다"고 했음.

139 승명려(承明廬) : 한(漢)나라 때 시신(侍臣)들이 숙직하던 장소.

140 화답가는 모두 영곡(郢曲) : 초(楚)나라 도성 영(郢)의 노래. 고아한 노래를 말함.

141 표해(表海)는 …… 제성(齊聲)이네 : 『좌전(左傳)·양공(襄公) 29년』에 의하면, 춘추시대 오(吳)나라 계찰(季札)이 노(魯)나라에 가니, 노나라에서 그를 위하여 제시(齊詩)를

풍진 속 함께 봉상의 뜻[蓬桑志][142]을 아니　風塵共識蓬桑志
돌아보는 눈동자엔 두루 호저의 정[縞紵情][143]이 맺혔네　顧盻偏憑縞紵情
하늘가에서 돌아갈 기한이 지금 좇아오니　天畔歸期方從來
긴 밤의 나그네 마음 놀랄 만하네　可堪永夜客心驚

○남서기 사안에 올리다
呈南書記詞案

하주(霞洲)

길 가며 어찌 또 풍상을 괴로워하랴?　征途豈復苦風霜
원래 남아는 사방에 뜻을 둔다네　元是男兒志四方
만국의 국풍을 관람한 오계자(吳季子)[144]이고　萬國觀風吳季子
일가의 사업을 전한 채중랑(蔡中郞)[145]이네　一家傳業蔡中郎
나는 부(府)에 가서 구욕(鴝鵒)[146]을 춤춘 것이 부끄러운데

노래했다. 계찰이 그 악을 듣고 "아름답구나! 앙앙(泱泱)하다! 대풍(大風)이구나! 동해(東海)를 표식(表式)한 것은 아마 태공(太公)이 아니던가?"라고 했음.

142 봉상의 뜻[蓬桑志] : 쑥대 화살과 뽕나무 활을 든 남아의 사방에 대한 웅지를 말함.

143 호저의 정[縞紵情] : 오(吳)나라 계찰(季札)이 정(鄭)나라 자산(子産)에게 호대(縞帶)를 선물하자, 자산은 저의(紵衣)를 선물했음. 다정한 우정을 말함.

144 오계자(吳季子) : 오(吳)나라 계찰(季札). 여러 나라에 사신을 가서 각국의 풍요(風謠)를 관람했음.

145 채중랑(蔡中郞) : 채옹(蔡邕). 한(漢)나라 헌제(獻帝) 때 중랑장(中郎將)을 지냈음. 자는 백개(伯喈). 여러 학문에 정통하고, 일가가 화목했음.

146 구욕(鴝鵒) : 춤 이름. 『진서(晉書)·사상전(謝尙傳)』에 "사상(謝尙)이 처음 부(府)에 도착하여 알현을 통했는데, 도(導)가 말하기를 '그대가 구욕무(鴝鵒舞)를 추면 온 좌석이

	我慚到府舞鴝鵒
남들이 대(臺)에 올라 봉황을 읊었다고 하네	人似登臺賦鳳凰
언제 빛나는 사신 깃발 먼 바다로 떠나가는가?	幾日榮旌遠海去
비단 돛대가 열린 곳에 천 상앗대를 보네	錦帆開處見千檣

○ 하주 사안에 차운하여 받들다

次奉霞洲詞案

동곽(東郭)

묵은 빚이 분명 일동에 있으니	宿債分明在日東
그대의 시는 사웅(詞雄)과 같네	愛君詩似詞□雄
객창에서 이미 삼추의 절서를 전별하고	客牕已餞三秋序
돌아가는 돛은 장차 만 리 바람을 매달려고 하네	歸帆將懸萬里風
호기로 지난날엔 나라를 떠난 것을 경시했는데	豪氣向來輕去國
먼 유람으로 오늘엔 흡사 노인이 된 듯하네	遠遊今日恰成翁
취중에 간담을 서로 쏟아놓고	醉中肝膽相輸瀉
삼척 웅도(雄刀)가 붉은 무지개를 토하네	三尺雄刀吐紫虹

상상에 잠긴다는데, 어찌 그러겠는가?'라고 했다. 사상이 '좋소'라고 하고, 즉시 책(幘)을 쓰고 춤을 추었다"고 했다. 당나라 두심언(杜審言) 〈贈崔融二十韻〉에 "興酣鴝鵒舞, 言洽鳳凰翔"이라 했음.

○하주가 주신 운을 받들어 답하다
奉酬霞洲惠韻

경호(鏡湖)

일동의 형승이 또한 빼어나니	日東形勝亦奇哉
보불(黼黻)[147]의 재능을 모아냄이 마땅히 많네	鍾出宜多黼黻才
산관에 우연히 가객들을 이끌어 오니	山館偶携佳客至
곤구(崑丘)[148]에 도리어 여러 선인들이 온 듯하네	崑丘還似衆仙來
고음의 〈양춘곡(陽春曲)〉[149]은 화답하기 어렵고	高吟難和陽春曲
좋은 맛의 백옥(白玉) 술잔의 술을 빈번이 들이키네	美味頻霑白玉杯
문언(文言)으로 이방에서 참으로 해후하니	文言殊方眞邂逅
눈 오는 중에 돌아가는 수레를 재촉하지 마오	雪中歸蓋莫相催

○하주 사백의 운을 받들어 차운하다
奉次霞洲詞伯韻

범수(泛叟)

삼신산이 어찌 육오(六鰲)[150]의 서리에 있는가?	三山何在六鰲霜
옥절이 공연히 한 지방에 머물렀네	玉節空留地一方
우연히 만나 소객들을 이끌어 모이니	偶値招提騷客會

147 보불(黼黻) : 예복 위의 아름다운 수 문양. 문사(文詞)의 화려함을 말함.
148 곤구(崑丘) : 전설 속의 선인이 산다는 곤륜산(崑崙山).
149 양춘곡(陽春曲) : 초(楚)나라 도성 영(郢)의 노래. 고아하여 화답하기 어렵다고 함.
150 육오(六鰲) : 전설 속의 삼신산을 머리로 이고 있다는 6마리 큰 바다거북.

척당(倜儻)[151]한 젊은이를 기쁘게 만났네 欣逢倜儻少年郎
바위 깊은 못가엔 날다람쥐가 떨어지고 岩幽池上落鼯鼠
대나무 차가운 숲 속엔 봉황이 깃들었네 竹寒林中宿鳳凰
제공들은 반드시 취하시구려 寄語諸公須盡醉
내일아침엔 나는 돌아가는 상앗대를 저으려 하오 明朝吾欲拂歸檣

○동곽 학사께 다시 차운하여 받들다
重次奉東郭學士

하주(霞洲)

북해(北海)[152]를 다시 모시니 뜻이 같고 追陪北海意猶同
문채로 그대가 일세의 영웅임을 아네 文采知君一世雄
상국의 범주가 기성(箕聖)[153]에 속하는데 上國範疇屬箕聖
동방의 관면이 화풍(華風)[154]에 접했네 東方冠冕接華風
당년에 절부를 옹위하여 사신을 수행하여 當年擁節隨星使
해를 대하고 기심(機心)을 잊으니 해옹(海翁)[155]과 같네 對日忘機似海翁

151 척당(倜儻) : 작은 예절에 매이지 않는 모양.

152 북해(北海) : 북해상(北海相)을 지낸 공융(孔融)을 말함. 공융이 북해상을 지내면서 빈객들을 좋아하여 항상 술동이의 술을 비우게 하지 않았는데, 이를 북해준(北海樽)이라고 함.

153 기성(箕聖) : 기자(箕子).

154 화풍(華風) : 중국 풍. 중국의 문물을 말함.

155 해옹(海翁) : 바닷가의 노인. 『열자(列子)·황제(黃帝)』에 "바닷가의 사람이 갈매기를 좋아했는데, 매일 아침 바닷가로 나가서 갈매기와 놀았다. 갈매기가 다가와서 백 번 머물기를 그치지 않았다. 그 부친이 말하기를 '갈매들이 모두 너를 좇아서 논다고 들었는데,

청련(青蓮)[156]의 〈붕부(鵬賦)〉가 나옴을 이미 아는데 已識青蓮鵬賦出
붓을 휘둘러 만 길 긴 무지개를 날리네 揮毫萬丈拂長虹

○경호 사백께 다시 답하다

重酬鏡湖詞伯

하주(霞洲)

천애에서 한 번 만나니 기(氣)가 웅장한데 天涯一値氣雄哉
좌석 끝의 저력(樗櫟)[157]의 재능이 공연히 부끄럽네 空愧席端樗櫟才
해후하니 몇 사람이 줄지어 나왔던가? 邂逅幾人鱗次出
오늘 풍류의 우의(羽儀)[158]가 왔네 風流今日羽儀來
산의 꿈이 피리 부는 데 이르고 □山有夢到吹笛
서리 눈발 속에 시를 가지고 술잔을 대하네 霜雪將詩對把杯
객과 주인이 서로 잊고 넘치는 흥취 많으니 客主相忘多逸興
나그네 수심을 재촉하지 마오 □華莫使旅愁催

네가 잡아오면 내가 가지고 놀겠다'고 했다. 이튿날 바닷가로 나가니, 갈매기들은 춤추며 날며 내려오지 않았다"고 했음.

156 청련(青蓮). 청련거사(青蓮居士) 이백(李白). 〈대붕부(大鵬賦)〉를 지었음.

157 저력(樗櫟) : 참죽나무와 상수리나무. 쓸모없는 나무를 말함. 열등한 재능을 비유함.

158 우의(羽儀) : 고위직에 있으면서 덕을 지닌 존경 받는 사람을 말함.

○동곽 선생께 올리다
呈東郭先生

하주(霞洲)

빈번히 좌객의 영중(郢中)[159] 노래를 듣는데	頻聞座客郢中歌
동곽(東郭)의 신발소리[160]는 지금 어떠한가?	東郭履聲今若何
눈발이 예전 같이 떨어지니	古□六花依舊落
고인(高人)의 시상이 이때에 많네	高人詩思此時多

○하주 사백의 안하에 차운하여 받들다
次奉霞洲詞伯案下

동곽(東郭)

객의 회포 쓸쓸하게 슬픈 노래 울리고	客懷寥落動悲歌
이 흐르는 세월이 끊임없음을 어찌하랴?	奈此流光荏苒何
시사(詩社)를 방문하여 이 날에 이르니	詩社過從仍此日
바쁨을 잊고 한 시에 수창함이 많네	撥忙酬唱一詩多

159 영중(郢中) : 춘추전국시대 초(楚)나라 도성. 영중의 노래는 고아한 노래를 말함.

160 동곽(東郭)의 신발소리 : 한(漢)나라 동곽(東郭) 선생이 빈곤하여 신발 밑창이 없어서 눈발 속을 가면 맨발로 땅을 밟았다고 한다. 『사기(史記)·골계전(滑稽傳)』에 보임.

○경호 서기께 올리다
呈鏡湖書記

하주(霞洲)

평생 한 곡을 지녔는데	平生存一曲
이곳에서 지음(知音)을 만났네	此處値知音
일찍이 황금 같은 말을 샀고	早買黃金語
겸하여 〈백설음(白雪吟)〉[161]을 들었네	兼聞白雪吟
건곤에 고향 꿈이 짧은데	乾坤鄕夢短
밤낮으로 세월의 차가움이 깊네	日夜歲寒深
천초(淺草)의 긴 강물이	淺草長河水
나그네 마음을 흘러 보내는 것 같네	若爲流客心

객관 동쪽에 천초하(淺草河)가 있다(客館東有淺草河)

○하주께서 항공하게 주신 운을 받들어 차운하다 후일에 화답해 온 것이다
奉次霞洲辱韻 後日和來

경호(鏡湖)

경개(傾蓋)하여 서로 만난 곳에	傾蓋相逢地
고산유수음(高山流水音)[162]이 있네	高山流水音

161 백설음(白雪吟) : 백설곡(白雪曲). 초(楚)나라 도성 영(郢)의 노래. 고상한 노래로 유명함.

162 고산류수음(高山流水音) : 고산류수곡(高山流水曲). 백아(伯牙)가 연주했다는 금곡(琴曲). 고아한 노래를 말함.

시단에서 그대가 독보인데　　騷壇君獨步
세상에서 나의 슬픈 노래를 말하네　　世語我悲吟
걸상 대하고 시를 적어 화답하고　　對榻題詩和
술잔을 전하는 탁자 소리가 깊네　　傳杯托聲深
남아가 만년의 절개를 기약하여　　男兒期晩節
함께 세한심(歲寒心)[163]을 보존합시다　　同保歲寒心

신묘 중동(辛卯仲冬)

○다시 동곽 사안에 올리고, 겸하여 삼서기께 주다
再呈東郭詞案兼贈三書記

하주(霞洲)

봉래도 밖에 오색구름 날고　　蓬萊島外五雲飛
갈석궁(碣石宮)[164] 높은데 설색이 희미하네　　碣石宮高雪色微
바닷가의 진선(眞仙)들이 오늘 밤에 모이니　　海上眞仙聚今夕
어디서 별빛을 보아야 할지 모르겠네　　不知何處望星輝

163 세한심(歲寒心) : 한 겨울에도 변하지 않는 송백(松柏) 같은 절개.

164 갈석궁(碣石宮) : 전국시대 연(燕)나라 소왕(昭王)이 제(齊)나라 추연(騶衍)을 위하여 지어주었다는 궁(宮).

○하주께 급히 차운하다
走次霞洲

처마 끝에 요란하게 설화가 날고	簷端繚亂雪花飛
저녁 아지랑이가 숲에 가득하여 햇살이 희미하네	暮靄盈林照色微
취한 후 돌아가는 말을 재촉하지 마오	醉後休敎歸騎促
온 당에 관청 촛불이 바로 빛을 낸다네	滿堂官燭正生輝

○용호 사백께 올리다
呈龍湖詞伯

하주(霞洲)

임공대(任公臺)[165] 동쪽에 있고	任公臺東在
엄자뢰(嚴子瀨)[166]가 길게 흐르네	嚴子瀨長流
대(臺)는 멀고 물이 맑게 빛나니	臺逈水淸映
영거(盈車)[167]를 구하지 마오	盈車不用求

그대가 부사 인공의 서기로 왔기 때문에 언급한 것이다.

---

165 임공대(任公臺) : 임공(任公)은 전설 속의 인물로서, 회계산(會稽山)에서 동해에 낚시를 드리우고 대어(大魚)를 낚아서 제하(制河) 동쪽과 창오(蒼梧) 북쪽 사람들을 먹였다고 함.

166 엄자뢰(嚴子瀨) : 엄릉뢰(嚴陵瀨). 절강성 동려현(桐廬縣) 남쪽에 있는 물 이름. 동한(東漢) 엄광(嚴光)이 은거하며 낚시를 했다고 함. 사령운(謝靈運)의 〈칠리뢰(七里瀨)〉 시에 "目覩嚴子瀨, 想屬任公釣"라고 했음.

167 영차(盈車) : 영거지어(盈車之魚). 수레를 가득 채우는 큰 물고기.

○범수가 남해에게 보여준 운에 화답하다
和泛叟見示南海韻

하주(霞洲)

눈발 차가운 산음(山陰)의 밤에 雪冷山陰夜
그리움으로 대규(戴逵)를 방문할 때이네[168] 相思訪戴時
하량(河梁)[169]의 천고의 뜻을 河梁千古意
비로소 오언시로 얻었네 始獲五言詩

○이별에 임하여 급히 써서 이학사께 주다
臨別, 走筆贈李學士

하주(霞洲)

사신이 먼 나라에 통하고 使華通絶域
세월은 섣달로 들어갔네 歲律入窮冬
문물이 천년을 다하고 文物盡千載
해산(海山)이 모두 만 리이네 海山總萬里

168 눈발 …… 때이네 : 『세설신어(世說新語)·임탄(任誕)』에 "왕자유(王子猷 : 徽之)는 산음(山陰)에 살았는데, 밤에 대설(大雪)이 내리자 잠을 깨고서 문을 열고 술상을 차려오게 했다. 사방을 둘러보니 교연(皎然)하여, 일어나 서성이며 좌사(左思)의 〈초은시(招隱詩)〉를 읊었다. 문득 대안도(戴安道 : 逵)가 생각났다. 이때 대안도는 섬(剡)에 있었는데, 즉시 작은 배를 타고 찾아갔다. 밤을 지내고 비로소 그 문에 이르렀는데, 들어가지 않고 돌아갔다. 사람들이 그 까닭을 물으니, 왕휘지가 '나는 본래 흥이 나서 갔는데, 흥이 다하여 돌아왔다. 어찌 반드시 대안도를 만날 필요가 있겠는가?'라고 했다"고 했다.

169 하량(河梁) : 이별을 말함. 한(漢)나라 이릉(李陵)의 〈여소무(與蘇武)〉 시에 "攜手上河梁, 遊子暮何之? …… 行人難久留, 各言長相思"라고 한 데서 유래함.

주묘(周廟)[170]에 대객(大客)을 머물러두고	周廟留大客
진관(晋館)[171]에서 고방(高邦)[172]에 사례하네	晋館謝高邦
옥복(玉服)[173]이 중전(中殿)으로 좇아가고	玉服趨中殿
금연(金筵)[174]에 외옹(外饔)[175]이 열 지어있네	金筵列外饔
아름다운 풍채는 제일로 추대되고	風儀推第一
문자는 무쌍임을 아네	文字識無雙
인사들이 모두 명학(鳴鶴)이라 칭하고	士共稱鳴鶴
사람들은 와룡(臥龍)[176]을 얻은 듯하다고 하네	人猶得臥龍
화손(華孫)[177]이 전례를 수행하고	華孫隨典禮
한자(韓子)[178]가 미봉(彌縫)을 바라네	韓子望彌縫
대필(大筆)은 마땅히 정(鼎)을 들어올리고[179]	大筆宜扛鼎
고담(高談)은 종은 치는 듯하네	高談似擊鐘

170 주묘(周廟) : 주(周)나라의 종묘(宗廟).

171 진관(晋館) : 진(晉)나라의 객관(客館).

172 고방(高邦) : 상대방 나라에 대한 경칭.

173 옥복(玉服) : 복식에 패용하는 옥. 화려한 복식의 사람을 말함.

174 금연(金筵) : 화려한 연회.

175 외옹(外饔) : 주(周)나라 때 관직의 하나. 외제사(外祭祀)의 음식과 빈객의 음식을 관장하던 관직.

176 와룡(臥龍) : 누워있는 용. 종종 때를 얻지 못한 영웅을 비유함. 제갈량(諸葛亮)의 호가 와룡이었음.

177 화손(華孫) : 중화의 자손. 『춘추좌씨전(春秋左氏傳)』에 "문공 15년 3월에 송나라 사마(司馬) 화손(華孫)이 와서 맹서하였다.[文公十有五年三月 宋司馬華孫 來盟]"라고 했다.

178 한자(韓子) : 당나라 한유(韓愈)의 별칭.

179 대필(大筆)은 …… 정(鼎)을 들어올리고 : 필력이 무거운 솥을 들어올릴 만하다는 것. 문장이 뛰어난 것을 말함.

교분을 논하니 마음이 쉽게 굴복하고 論交心易服
석별의 시는 좇아가기 어렵네 惜別詩難從
내 그리움을 밝은 달에 매다니 我思憑明月
밤마다 강을 따라 비추네 宵宵照從江

위는 11월 5일 객관에서의 창화이다(右十一月五日, 客館唱和)

○통신 종사관 남강 이공의 〈대판성〉 배율을 받들어 화답하다 奉和通信從事官南岡李公大坂城排律

하주(霞洲)

휴운(休運)[180]이 천년에 응하고 休運應千載
덕풍(德風)이 사방을 바라보네 德風觀四方
와룡(臥龍)이 옛 골짜기를 떠나고 臥龍離舊壑
명봉(鳴鳳)이 높은 언덕에서 나오네 鳴鳳出高岡
인호(隣好)는 조정의 보배이고 隣好朝廷寶
예경(禮經)은 군자의 방책이네 禮經君子防
푸른 구름이 나는 수레에 날리고 青雲拂飛蓋
푸른 바다는 연이은 노에서 출렁이네 滄海動連檣
영명한 동료들이 제주(題柱)[181]를 함께 하고 英僚共題柱

180 휴운(休運) : 성세(盛世).

181 제주(題柱) : 제주지(題柱志). 제교지(題橋志)와 같음. 공명(功名)에 대한 포부를 말함. 한(漢)나라 사마상여(司馬相如)가 촉(蜀)을 떠나서 장안(長安)으로 갈 때 성도성(成都城) 북쪽 승선교(昇仙橋) 기둥에 적기를 "적거사마(赤車駟馬)를 타지 못한다면 너의

친밀한 벗들이 행랑을 피하지 않네	密朋非避廂
이방이 목도(木道)[182]로 통하고	異邦通木道
흐르는 절서는 금상(金商)[183]을 지났네	流序過金商
땅은 풍요(風謠)의 특별함에 접하고	地接風謠別
사람은 성자(姓字)의 향기를 맡네	人聞姓字香
위험한 길은 촉협(蜀峽)[184]을 지나고	危途經蜀峽
험한 급류는 구당(瞿塘)[185]에서 나오네	險瀨出瞿塘
한 절부(節符)가 긴 길을 떠나가니	一節長程去
두 깃발이 국경 가까이 펼쳐졌네	雙旌近境張
당풍(唐風)의 실솔(蟋蟀)[186]을 노래하고	唐風歌蟋蟀
주아(周雅)의 원앙(鴛鴦)[187]을 읊네	周雅賦鴛鴦
일찍이 원타(黿鼉)[188]의 굴을 지나고	曾度黿鼉窟
도리어 도리의 장[桃李場][189]을 남겼네	却留桃李場
하늘과 땅이 물과 육지로 나뉘고	霄壤分水土

아래를 지나가지 않을 것이다"고 했음.

182 배를 말한다. 『주역(周易)』 하경(下經) 풍뢰 익괘(風雷益卦) 단사(彖辭)에 "큰 내를 건너려면 배[木道]라야 한다." 한 데서 나온 말. 『周易 下經 益』

183 금상(金商) : 가을. 가을은 오행(五行)에서 금(金)이고, 오음(五音)에서는 상(商)에 해당함.

184 촉협(蜀峽) : 촉도(蜀道)의 협곡. 험난한 길로 유명함.

185 구당(瞿塘) : 협곡의 이름. 장강(長江) 삼협(三峽) 중의 하나. 세칭 기협(夔峽). 양안(兩岸)이 험한 절벽이고, 강물이 급류를 이룸. 험한 뱃길로 유명함.

186 당풍(唐風)의 실솔(蟋蟀) : 『시경·당풍(唐風)·실솔(蟋蟀)』을 말함.

187 주아(周雅)의 원앙(鴛鴦) : 『시경·소아(小雅)·원앙(鴛鴦)』을 말함.

188 원타(黿鼉) : 큰 자라와 악어.

189 도리장(桃李場) : 후배나 문생을 교육하는 장소.

사녀(士女)[190]들이 관상(冠裳)[191]을 기뻐하네	士女喜冠裳
국체(國體)[192]에 명신(明信)[193]이 있어서	國體存明信
사화(使華)[194]가 혼망(混茫)[195]함을 열었네	使華開混茫
빈객이 되어 아름다움을 다하고	作賓能盡美
종사가 홀로 아름다운 자질을 지녔네	從事獨含章
대기(大器)가 호와 연[瑚兼璉][196]이고	大器瑚兼璉
좋은 목재가 상수리와 녹나무이네	高材橡與樟
외로운 쑥대가 어찌 바람에 날림을 탄식하랴?	孤蓬何嘆轉
한 작은 배를 막기 어렵네	一葦不難抗
길은 삼천 리 멀리 있고	路在三千遠
마음은 사십 살의 강함[四十强][197]에 있네	心緣四十强
예교는 목숙(穆叔)[198]을 추종하고	禮交追穆叔
위진(威震)[199]은 진탕(陳湯)[200]을 생각하네	威震想陳湯

190 사여(士女) : 남녀.

191 관상(冠裳) : 문물(文物), 혹은 예의제도.

192 국체(國體) : 국가의 전장제도(典章制度).

193 명신(明信) : 성심경의(誠心敬意).

194 사화(使華) : 사자(使者).

195 혼망(混茫) : 광대하고 끝없는 경계.

196 호와 련[瑚兼璉)] 호(瑚)와 연(璉)은 모두 종묘의 제사에서 서직(黍稷)을 담는 예기(禮器). 하(夏)나라에서는 호(瑚)라고 하고, 은(殷)나라에서는 연(璉)이라 했음.

197 사십강(四十强) : 『맹자(孟子)』에 "四十不動心"이라 했음.

198 목숙(穆叔) : 노(魯)나라 대부(大夫). 진(晉)나라에 사신을 가서 진나라 경(卿) 범선자(范宣子)와 교제했음.

199 위진(威震) : 사람을 놀라게 하는 위력이나 성세(聲勢).

200 진탕(陳湯) : 서한(西漢)의 대장군. 원제(元帝) 때 서역부교위(西域副校尉)를 지내

사람에겐 같고 다른 품성이 있지만	人有異同性
문장에는 피차의 강역이 없네	文無彼此疆
생령(生靈)이 어리석어 불행한데	生靈愚不幸
승국(勝國)[201]에서 그 광포함을 저질렀네	勝國逞其狂
재위에서 온갖 염려를 잊고	在位忘千慮
여러 해 동안 온갖 재앙을 내렸네	經年降百殃
맹약을 배반하고 원한을 맺음이 많고	背盟多結怨
죄를 얽어 곧 서로 죽이네	構禍動胥戕
우주의 용정(龍精)[202]이 바뀌고	宇宙龍精變
건곤의 봉기(鳳紀)[203]가 창성하네	乾坤鳳紀昌
문을 살펴 치화를 열고	考文開治化
예를 통하여 빈장(賓將)[204]을 받아드리네	因禮受賓將
공경함을 피폐(皮幣)[205]로 보이고	恭敬見皮幣
외지고 먼 곳에서 잔도(棧道)와 배로 방문하네	幽遐問棧航
진(晉)과 진(秦)[206]이 빛을 가리는 것을 멈추고	晉秦休閉耀
오(吳)와 초(楚)가 뽕나무 다투는 것[207]을 중지하네	吳楚止爭桑

면서, 흉노(匈奴)의 침범을 막는데 많은 공을 세웠음.

201 승국(勝國) : 망국(亡國). 이전의 조정을 말함.

202 용정(龍精) : 태양.

203 봉기(鳳紀) : 봉력(鳳曆). 세력(歲歷).

204 빈장(賓將) : 귀순(歸順).

205 피폐(皮幣) : 예물 폐백(幣帛)을 말함.

206 진(晉)과 진(秦) : 춘추시대 두 나라는 패권을 두고 다투는 사이였음.

207 쟁상(爭桑) : 『사기(史記)·오태백세가(吳太伯世家)』에 "처음에 초(楚)나라 변경 읍의 비량씨(卑梁氏)의 처녀와 오(吳)나라 변경 읍의 여자가 뽕나무를 두고 다투었는데,

역대의 은혜가 널리 퍼져있고	歷代惠居普
우리 왕의 인자한 은택이 넘실대네	我王仁澤洋
성심의 정성이 두루 미쳐서	聖心偏悃愊
큰 공업이 다시 장황(張皇)[208]하네	鴻業更張皇
객을 대접하는 은혜가 특히 무겁고	享客恩殊重
이웃나라와 교제하는 덕이 엷지 않네	交隣德不涼
왔을 때 좋은 음식을 올리고	來時羞玉饌
이르는 곳마다 좋은 방을 준비했네	到處備瑤房
금취(金翠)[209]가 머무는 객관에 가득하고	金翠盛留館
채색 비단이 건너는 배를 비추네	綵綾輝渡艎
먼 회포는 삭막함을 잇는데	遙懷仍索寞
승경으로 잠시 물결을 즐기네	勝景暫聊浪
기세는 가을 수리와 함께 오르는데	氣共秋鵰上
마음은 저녁 기러기와 함께 북쪽을 향하네	心同夕雁朔
주문(遒文)[210]이 큰 제작을 전하고	遒文傳大製
아름다운 글에서 짙은 단장을 보네	麗藻見濃粧
굴송(屈宋)[211]인들 누가 그 방을 엿보겠는가?	屈宋誰窺室

두 여자의 집에서 노하여 서로를 죽였다. 양국의 변읍의 장(長)이 그 소식을 듣고서, 노하여 서로를 공격했는데, 오나라의 변읍을 전멸시켰다. 오왕(吳王)이 노하여 마침내 초나라를 공격하여 양도(兩都)를 취하여 갔다"고 했음.

208 장황(張皇) : 성대(盛大).

209 금취(金翠) : 황금과 취옥(翠玉)으로 만든 장식물.

210 주문(遒文) : 필력이 웅건한 문장.

211 굴송(屈宋) : 굴원(屈原)과 송옥(宋玉). 모두 저명한 초(楚)나라 사부가(辭賦家)들임.

조류(曹劉)[212]도 스스로 담을 무너뜨리네	曹劉自壓牆
고인(高人)이 원래 뛰어난 절조(節操)인데	高人原卓節
천한 자가 오히려 마구 날뛰네	賤子尚跳梁
유리표(琉璃杓)[213]로 취함을 잇고	醉屬琉璃杓
대모상(玳瑁床)[214]에서 시를 이루네	吟成玳瑁床
산천이 모두 붓으로 들어오고	山川總入筆
달빛과 이슬이 이미 상자에 가득하네	月露已盈箱
나랏일이 바쁘지 않는 곳에서	王事不遑處
객은 다만 몹시 분주하네	客惟偏苦忙
두루 다니는 여행길을 마칠 수 있어	周流途可極
오래 체류하니 달이 비로소 밝네	淹滯月方陽
깃발은 새벽의 비속에서 밝고	旗晴五更雨
말은 천리의 서리 속에서 춥네	馬寒千里霜
나란히 무부(武府)에 와서	連翩來武府
더불어 선당(禪堂)에서 휴식을 용납하네	容與息禪堂
금궐(金闕)엔 조정의 의례가 엄숙하고	金闕朝儀肅
하얀 창문엔 나그네 생각이 기네	粉牕羈思長
악에는 사광(師曠)[215]의 가락이 있고	樂存師曠調
부엌에는 역아(易牙)[216]의 맛봄이 있네	庖有易牙嘗

212 조류(曹劉) : 조식(曹植)과 유정(劉楨). 모두 건안칠자(建安七子) 중의 한 사람들임.

213 류리표(琉璃杓) : 유리로 만든 술구기.

214 대모상(玳瑁床) : 바다거북의 껍데기로 장식한 평상.

215 사광(師曠) : 춘추시대 진(晉)나라 악사(樂師). 음률을 잘 분별했음.

216 역아(易牙) : 춘추시대 제(齊)나라 환공(桓公)의 총신(寵臣). 적아(狄牙) 혹은 옹무

말은 초형(楚珩)[217]을 완상을 중시하고	言重楚珩玩
공은 조벽(趙璧)[218]의 보상을 경시하네	功輕趙璧償
몽혼은 고국을 사랑하고	夢魂憐故國
나이와 용모는 타향을 싫어하네	年貌厭他鄉
달은 남주의 걸상[南州榻][219]에 매달리고	月挂南州榻
구름은 북해의 술잔[北海觴][220]에 날리네	雲飛北海觴
부모를 생각하며 장차 집을 돌아보려 하고	思親將顧舍
임금께 보답하려고 돌아가는 행장을 꾸렸네	報主已歸裝
한번 떠나면 그 경계가 흐릿한데	一去迷其界
서로 보는 것은 저 푸른 하늘로 막혔네	相望阻彼蒼
큰 고래를 오게 할 수 있다면	長鯨如可致
나란히 타고서 멀리 날아가리라	竝駕遠方羊

(雍巫)라고도 부름. 조미(調味)에 뛰어나고, 봉영(逢迎)을 잘 했음. 전설에 그 아들을 삶은 국을 환공에게 올렸다고 함.

217 초형(楚珩) : 초(楚)나라의 패옥(佩玉).

218 조벽(趙璧) : 조(趙)나라의 벽옥(璧玉).

219 남주탑(南州榻) : 후한(後漢)의 진번(陳蕃)이 예장태수(豫章太守)로 있을 때 남주(南州 : 南昌)의 고사(高士) 서치(徐稚)를 위해 특별히 한 탑(榻)을 마련했는데, 그가 가면 탑을 매달아 두었다고 함.

220 북해상(北海觴) : 삼국 위(魏)나라 공융(孔融)이 북해상(北海相)을 지내면서 빈객들을 좋아하여 항상 술동이의 술을 비우게 하지 않았는데, 이를 북해준(北海樽)이라고 함.

○대판성 배율 오십운

大坂城排律五十韻

남강(南岡)

낭박(浪泊)[221]은 참으로 웅장한 고을인데	浪泊眞雄府
번화함이 한 지방에서 으뜸이네	繁華擅一方
긴 호수가 거리를 뚫고	長湖穿巷陌
대륙이 산언덕에 이어졌네	大陸亘山岡
돌을 쌓아 높은 언덕을 이루고	帖石成高岸
높은 성은 거방(巨防)[222]이 장엄하네	層城壯巨防
여염집들이 백리에 이어졌고	閭閻連百里
큰 군함들이 천 돛대로 무리 지었네	舸艦簇千檣
비단 창들이 금시(金市)[223]를 열었고	綺戶開金市
아로새긴 용마루가 단장한 행랑에 접했네	雕甍接粉廂
기이한 진보에는 월(越)땅의 재화가 통하고	奇珍通越貨
잡화에는 오(吳)땅의 상인들이 많네	雜貨湊吳商
인근 바다에는 물고기 소금이 풍족하고	傍海魚鹽足
깊은 과수원엔 귤과 유자가 향기롭네	藏園橘柚香
통구(通衢)[224]는 밭두둑 길을 나누고	通衢分町衕
첩첩한 정자들이 언덕의 못을 에워쌌네	疊榭擁陂塘
대낮의 붉은 먼지가 모이고	白日紅塵合

221 낭박(浪泊) : 오사카[大坂] 지역의 옛 지명.

222 거방(巨防) : 큰 제방.

223 금시(金市) : 금은(金銀) 점포가 늘어진 시가(市街).

224 통구(通衢) : 사통팔달의 도로.

붉은 난간의 채색 휘장이 펼쳐졌네	朱欄彩幔張
병풍엔 금색 비취(翡翠)새가 열려있고	屛開金翡翠
주렴엔 수놓은 원앙(鴛鴦)을 매달았네	簾挂綉鴛鴦
가무(歌舞)가 사람을 머물게 하는 곳은	歌舞留人處
바삐 다니며 객과 교제하는 장소이네	奔馳結客場
아름다운 동자는 색동비단 띠를 맸고	妖童斑錦帶
예쁜 여인은 자색 비단 치마를 걸쳤네	好女紫羅裳
담소하며 술 마시고	談笑銜杯酒
눈 부릅뜨고 검 빛을 접하네	睢盱接劒鋩
무사들은 모두 전투를 가볍게 여기는데	士皆輕戰鬪
사람 중엔 간혹 문장을 귀하게 여기네	人或貴文章
땅이 비옥하여 벼농사에 적합하고	地沃宜秔稻
산이 높아서 상수리나무 녹나무를 생산하네	山高産橡樟
빼어난 풍족함은 초(楚)와 촉(蜀)[225]을 겸했고	雄饒兼楚蜀
아름다움은 소주(蘇州)와 항주(杭州)[226]를 얻었네	佳麗得蘇抗
수길(秀吉)[227]이 멋대로 위협과 포악을 저지름은	秀吉專威暴
당시의 부강을 믿어서였네	當時恃富强
경영이 굴택(窟宅)[228]을 열고	經營開窟宅
공제(控制)[229]하여 금성탕지를 껴안았네	控制擁金湯

225 초(楚)와 촉(蜀) : 중국의 남방으로 물산이 풍부한 곳임.

226 소주(蘇州)와 항주(杭州) : 모두 중국의 승경지로 유명한 곳임.

227 수길(秀吉) : 풍신수길(豊臣秀吉). 도요토미 히데요시. 임진왜란을 일으킨 장본인이었음.

228 굴택(窟宅) : 악어(鰐魚)나 교룡(蛟龍)의 굴과 같은 소굴을 말함.

걸오(桀驁)[230]하게 중국 땅을 엿보니	桀驁窺中土
침략이 우리 강역에 미쳤네	侵陵及我疆
군생들이 도탄 속에 빠지고	群生入塗炭
육년 동안 멋대로 미쳐 날뛰었네	六載肆猖狂
오래 하늘에 넘치는 악을 쌓아서	久稔滔天惡
끝내 나라를 뒤엎는 재앙을 당했네	終罹覆國殃
사람과 신이 함께 분노하고	人神齊憤怒
골육이 모조리 죽임을 당했네	骨肉殄殲戕
해역에서 흉악한 창을 거두니	海域凶鋒戢
원조(源朝)의 혁업이 창성했네	源朝赫業昌
선린의 맹약이 다시 견고해져서	善隣盟更固
빙례를 통하여 폐백을 교환하려고 하네	通聘幣交將
말단 하인이 조정의 문서를 맡아서	末价叨庭簡
새 가을에 바다 배를 띄웠네	新秋泛海航
성문(星文)은 석목(析木)[231]을 나누고	星文分析木
지리는 부상(扶桑)에 가깝네	地理近扶桑
며칠 간 외딴 섬에 체류했던가?	幾日淹孤島
위험한 길 사양(四洋)[232]을 건너네	危途涉四洋
하관(下關)에서 불조(佛祖)에 참배하고	下關參佛祖

229 공제(控制) : 장악함.

230 걸오(桀驁) : 흉포하고 불손한 것.

231 석목(析木) : 성차(星次)의 이름.

232 사양(四洋) : 사해(四海).

황묘(荒廟)에서 천황(天皇)을 조문하네	荒廟弔天皇
어두운 배에 등불이 어지럽고	暝船燈光亂
높은 누대엔 비 기운이 서늘하네	高樓雨氣凉
원산(猿山)은 객의 눈물을 재촉하고	猿山催客淚
우저(牛渚)에서 선방(禪房)에 숙박하네	牛渚宿禪房
비포(堺浦)가 평야에 이어지고	堺浦連平野
난진(難津)에서 큰 배를 버리네	難津捨巨艎
누선(樓船)의 금벽(金碧)색이 빛나고	樓船耀金碧
계수나무 노로 푸른 물결을 거슬러가네	桂棹泝滄浪
물결을 치는 것은 황두(黃頭)[233]의 노래이고	擊汰黃頭唱
울리는 방울소리는 흰 새의 나는 것이네	鳴鈴白鳥翔
이어진 거리엔 흐르는 땀이 어지럽고	連街紛雨汗
발을 걷은 곳엔 아침 화장하는 여인들이 모였네	捲箔簇晨粧
이방의 풍속이 장보(章甫)[234]를 놀라게 하고	異俗驚章甫
여러 사람들 바라봄이 담장과 같네	群瞻若堵墻
먼지를 쓰는 덴 종려나무로 빗자루를 만들고	掃塵棕作帚
물을 건너는 덴 판자로 다리를 만들었네	跨水板爲梁
오래된 절에 금절(金節)을 멈추고	古寺停金節
추운 밤에 석상(石床)을 빌렸네	寒宵借石床
고승이 아름다운 글을 올리고	高僧呈麗藻
태수가 꽃문양 상자를 올리네	太守進花箱

233 황두(黃頭) : 황두랑(黃頭郞). 뱃사공.

234 장보(章甫) : 유자(儒者)의 관(冠). 유자를 말함.

객로는 바닷길을 다하고	客路窮溟盡
때는 저녁 경치가 바쁘네	天時暮景忙
이방에서 반년을 체류하니	殊方淹半歲
가절 중양절이 지났네	佳節過重陽
흰 기러기는 추워서 달을 부르고	白雁寒號月
단풍은 저녁에 서리를 붙였네	丹楓晩着霜
상풍(商風)[235]에 고국을 생각하고	商風思故國
귤을 품고 고당(高堂)을 그리네[236]	懷橘戀高堂
바다와 육지의 길이 언제 다 하련가?	海陸行何極
강관(江關)의 길은 더욱 기네	江關道更長
단지 충신(忠信)한 의장에 기대하니	只期忠信仗
어찌 험난한 고생을 꺼리랴?	寧憚險艱嘗
봉래도(蓬萊島)의 이 유람이 뛰어나니	蓬島玆遊勝
상호(桑弧)의 이른 뜻[237]에 대한 보상이네	桑弧夙志償
돌아가는 기한이 해를 격해 있으니	歸期在隔歲
나그네의 꿈이 홀로 고향으로 돌아가네	羈夢獨還鄕

235 상풍(商風) : 가을바람.

236 귤을 품고 고당(高堂)을 그리네 : 『삼국지(三國志)·오지(吳志)·육적전(陸績傳)』에 : "육적(陸績)이 6살 때 구강(九江)에서 원술(袁術)을 알현했다. 원술이 귤을 내어주자, 육적은 귤 3개를 가슴속에 감추었다. 떠나면서 절을 할 때 귤이 땅으로 떨어졌다. 원술이 '육랑(陸郎)은 빈객(賓客)으로서 귤을 품어가는가?'라고 하니, 육적이 꿇어앉아 답하기를 '돌아가서 어머니께 드리려고 했습니다'라고 했다. 원술이 몹시 기특하게 여겼다."고 했다.

237 상호(桑弧)의 이른 뜻 : 고대에 남아가 출생하면 뽕나무 활과 쑥대 화살로 천지 사방에 활을 쏘아서 원대한 뜻을 이루기를 기약했음.

비단 옷자락에 자주 시구를 적고　綾裓頻題句
야자 술동이에서 여러 번 잔을 따르네　椰樽數引觴
옥은 한자(韓子)의 뇌물[238]을 수치스럽게 여기고　玉羞韓子賄
금은 육생(陸生)의 행장[239]을 비루하게 여기네　金陋陸生裝
먼 행역에 몸이 온통 고달픈데　遠役身全倦
긴 여정에 귀밑머리가 세려고 하네　長程鬢欲蒼
내일 아침 내 머리를 말리려는데　明晨晞我髮
양곡(暘谷)[240]에서 배회하리라　暘谷且相羊

○제술관 동곽 이군 금천 아래에 받들어 전별하다
奉餞製述東郭李君錦鶺下

하주(霞洲)

잠깐 청진(淸塵)[241]을 접하고, 그릇되게 성대한 보살핌을 받았습니다. 서로 본 것은 일천하지만 막역한 교우는 깊습니다. 성질이 부후(腐朽)한데, 영광을 더하고 성가를 바꾸었습니다. 감사함이 참으로 많아

238 한자(韓子)의 뇌물 : 한자는 미상. 혹시 한(漢)나라 경제(景帝) 때 어사대부를 지낸 한안국(韓安國)이 아닌가 싶음. 재물을 좋아했다고 『사기(史記)·한장유열전(韓長孺列傳)』에 "뇌물을 받고 비방을 샀다(賄金貽謗)"고 했다.

239 육생(陸生)의 행장 : 육생은 한(漢)나라 육가(陸賈). 한고조(漢高祖) 때 남월(南越)로 사신을 가서 남월왕을 설득하여 한나라에 복속하게 했는데, 남월왕이 육가에게 천금을 기증했음.

240 양곡(暘谷) : 전설 속의 해가 뜨는 곳.

241 청진(淸塵) : 고상한 품질. 상대에 대한 경칭.

서, 손뼉치고 도약함을 그치지 못합니다. 단지 한스러운 것은 좌석의 담요를 덥히지 못한 채 돌아가는 수레에 기름을 치니, 동쪽으로 흘러가고 서쪽으로 가면, 재회가 기약이 없는 것입니다. 구름 낀 나무를 한 번 바라보고, 묵연(默然)히 애를 끊습니다. 아침에 천 번 슬퍼하고, 저녁에는 만 번 찾으니, 비록 조래산(徂徠山)[242]에서 소나무를 취해오고, 중산(中山)[243]에서 토끼를 사냥해오더라도 이 정(情)을 다 할 수 없습니다, 애오라지 파조(巴調: 열등한 음조)를 노래하여 좌우에 올립니다. 옛말에 "〈함지(咸池)〉[244]로 〈북리(北里)〉[245]에 답하고, 야광주(夜光珠)로 어목(魚目)에 보답한다"고 했습니다. 삼가 가지고 있는 물건으로서 비루한 회포를 위로해주시기를 바랍니다. 삼가 건사(巾笥)에 잘 포장해 두었다가, 훗날의 용안(容顏)으로 충당하겠습니다. 연초(烟草)라는 것은 상사초(相思艸)입니다. 그래서 작은 정성을 표하는 것이니, 물건이 박(薄)함에 있지 않습니다. 채납(採納)해주시기를 원합니다. 서기(書記) 천군(天君)도 또한 나를 위해 이 말을 할 수 있을 것입니다. 찬 등잔이 엉겼는데, 밤은 어찌 깁니까? 단지 몽혼만이 날아오를 뿐입니다.

242 조래산(徂徠山) : 산동성 태안현(泰安縣) 동남에 있는 산. 『시경·노송(魯頌)·비궁(閟宮)』에 "徂徠之松, 新浦之柏. 是斷是度, 是尋是尺"이라 했음. 조래산은 동량(棟梁)의 재목이 생장하는 대산(大山)을 말함.

243 중산(中山) : 중산의 토끼는 붓털로 좋다고 함.

244 함지(咸池) : 고악곡(古樂曲)의 이름. 요(堯)임금의 악이라고 함. 일설에는 황제(黃帝)의 악인데 요가 증수(增修)하여 사용했다고 함.

245 북리(北里) : 옛 무곡(舞曲) 이름. 은(殷)나라 주왕(紂王) 때 사연(師涓)이 작곡했다는 음악(淫樂). 저속한 악곡을 말함.

한 번 바라보는 바다색이 차갑고 一望長天海色寒
서리 맞은 단풍이 비단처럼 가는 말을 비추네 霜楓若錦照征鞍
길옆의 관새엔 뜬 구름이 떠나가고 行邊關塞浮雲去
취했는데 강호엔 지는 해가 사라지네 醉裏江湖落日殘
의관이 조석(祖席)[246]에서 높음을 함께 생각하고 共想衣冠高祖席
성자(姓字)가 사단(詞壇)에서 무겁네 能懸姓字重詞壇
은근히 갈림길에서 준 것이 도리어 부끄러운데 慇懃却愧臨岐贈
진정 인간세상에서 이별이 어렵네 正是人間離別難

○ 제2수(其二)

긴 도로 아득하여 지나는 기러기 끊기고 長路迢遙斷過鴻
그대 대하고 두 줄기 눈물이 차 바람을 따르네 對君雙淚從寒風
누선이 가는 곳마다 하늘이 다 드리우고 樓船到處天垂盡
정절이 돌아갈 때 세월이 이미 다 지났네 旌節歸時歲已窮
모든 물은 북으로 흐르고 구름은 바다 같은데 百水北流雲似海
온 봉우리가 서쪽을 바라보니 눈발이 허공에 이어지네 千峰西望雪連空
손 놓고 한 번 이별하여 여기서 떠나가니 解携一別從玆去
그리움이 연파의 지는 달빛 속에 있네 思在烟波落月中

246 조석(祖席) : 전별하는 장소.

○서기 경호 홍사백께 받들어 전별하다
奉餞書記鏡湖洪詞伯

하주(霞洲)

내달리는 말의 힘이 굳센데　駸駸馬力豪
해역에서 동포(同袍)[247]를 아네　海域識同袍
제거(帝居)[248]의 꿈을 어찌 묻겠는가?　何問帝居夢
오히려 왕사를 수행하여 고달프네　尙隨王事勞
몸은 일동에 머무른 지 오래이고　身留日東久
이름은 두남(斗南)[249]을 대하고 높네　名對斗南高
돌아가서 경호(鏡湖)의 물에 비춰보며　歸照鏡湖水
반백머리를 얻었다고 놀라지 마오　休驚得二毛

○제2수(其二)

맑은 서리가 나그네 옷에 가득한데　淸霜滿客衣
물가에서 돌아감을 전송하네　臨水送將歸
이별의 원망은 길고 짧음을 비교하는데　別怨較長短
슬픈 노래는 시비를 잊었네　悲歌忘是非
추위가 술잔에 침범하여 술의 색이 짙고　寒侵杯色重

247 동포(同袍) : 마음을 맺은 벗을 말함.
248 제거(帝居) : 황제가 거주하는 도성(都城).
249 두남(斗南) : 북두성 남쪽. 중국 혹은 해내(海內)를 말함.

꿈이 피리로 들어가니 소리가 희미하네　夢入笛聲微
만 리에서 다시 서로 그리워하는데　萬里還相憶
봄이 오면 기러기 날아감을 좇아가리라　春來逐雁飛

○ 서기 용호 엄사백께 받들어 전별하다
奉餞書記龍湖嚴詞伯

하주(霞洲)

내달리는 백마는 이별의 얼굴을 애석해 하고　翩翩白馬惜離顔
슬프게 하늘가에서 객의 귀환을 전송하네　惆愴天邊送客還
천 줄기 버들가지를 주려는데　欲把千條楊柳贈
파교(灞橋)[250]의 서리 가득하여 꺾을 수가 없네　灞橋霜滿不堪攀

○ 제2수(其二)

이처럼 이방으로 떠나면 찾아갈 수 없는데　此去殊方不可尋
함께 이별 후의 세한심(歲寒心)을 기약하네　共期別後歲寒心
맑은 서리 속 두 방망이질소리 나는데 옥궐(玉闕)이 멀고　淸霜雙杵玉闕遠
밝은 달 아래 한 술동이 있는데 창해(滄海)가 깊네　明月一樽滄海深

250 파교(灞橋) : 섬서성 서안(西安 : 長安) 동쪽에 있는 다리. 예로부터 이별의 장소로 유명했음.

○ 제3수(其三)

흰 구름 끝없는 바다 하늘이 열리고　白雲無盡海天開
낙엽의 쓸쓸함이 객의 술잔 옆에 있네　落木蕭條傍客杯
남국에서 사람을 그리워하는 곳은 어디인가?　南國懷人何處是
그대에게 기증할 것은 한 가지 매화뿐이네　贈君只有一枝梅

○ 서기 범수 남사백께 받들어 전별하다
奉餞書記泛叟南詞伯

하주(霞洲)

객이 무창성(武昌城)을 출발하니　客發武昌城
단정(短亭)[251]에서 공연히 다시 정이 일어나네　短亭空復情
그리운 사람을 어디서 바라보아야 하나?　所思何處望
한 물이 다만 영영(盈盈)[252]하네　一水只盈盈

○ 제2수(其二)

학 등의 구름을 멀리 타고서　遙乘鶴背雲
선골이 스스로 무리를 떠나네　仙骨自離群

251 단정(短亭) : 옛날 큰 길가에 설치했던 정자. 5리 마다 단정을 설치하고, 10리마다 장정(長亭)을 설치하여 행인들이 쉬고, 전별하는 장소로 사용하게 했음.

252 영영(盈盈) : 청철(淸澈)한 모양. 맑은 모양.

동해에 경초(瓊草)가 있느니 東海有瓊草
봄 못에서 그대에게 부치려고 하네 春潭欲寄君

○ 제3수(其三)

소소(蕭蕭)[253]히 필마가 추운데 蕭蕭匹馬寒
시야 끊긴 강남로이네 目斷江南路
천산을 넘으면 또 만산인데 千山復萬山
나그네가 이 안으로 떠나가네 客子此中去

○ 제4수(其四)

참담한 풍운의 색인데 慘澹風雲色
행차를 전송하니 수심이 더욱 깊네 送行愁更愁
냇물은 흘러감이 끝이 없는데 川流去無際
하늘 밖에서 높은 누대에 기대었네 天外倚高樓

○ 제5수(其五)

남포(南浦)에서 그대의 귀환을 전송하며 南浦送君歸

253 소소(蕭蕭) : 한랭(寒冷)한 모양.

백옥 술잔을 서로 바라보네　相看白玉巵
하늘 끝에 무한한 달빛인데　天涯無限月
나를 위해 그리움을 읊어주오　爲我寫相思

정덕(正德) 개원(改元) 중동(仲冬) 중한(中澣).

○ 하주께서 보낸 운을 받들어 차운하다 회정이 대판성에 이르러서 화답하여 왔다

奉次霞洲惠韻 回程到大坂城和來

경호(鏡湖)

취한 후에 기세가 더욱 호건한데　醉後氣逾豪
장막 안에서 초록 도포를 걸쳤네　幕中披綠袍
일방이 멀다고 말하지 마오　日邦休道遠
왕사에 감히 노고를 말하랴?　王事敢言勞
하늘은 창해(滄海)에 이어져 넓고　天連滄海濶
길은 설산(雪山)을 향해 높네　路指雪山高
객중에 일 년이 저물려고 하는데　客裏年將暮
쓸쓸한 양 귀밑머리털이네　蕭蕭兩鬂毛

○ 제2수(其二)

먼 길의 객이 여행 옷을 터니　遠客拂征衣
좋은 벗이 나의 귀환을 전송하네　佳朋送我歸

새 벗이 오랜 인연과 같은데	新知如宿契
이전의 만사가 그름을 깨닫네	萬事覺前非
이별을 재촉하니 시정이 졸렬하고	別促詩情拙
추위가 많으니 술기운이 미약하네	寒多酒力微
서로 그리워하는 곳이 어디인가?	相思何處是
머리 돌리니 바다구름이 나네	回首海雲飛

○ 하주 사백의 이별시의 운을 받들어 차운하고, 겸하여 사례의 말을 올리다

奉次霞洲詞伯別詩韻兼呈謝詞

용호(龍湖)

이방의 좋은 모임에 기쁜 얼굴이 흡족하고	殊方良會恰歡顔
한 마디를 은근하게 객의 귀환에 기증하네	一語慇懃贈客還
오늘 아침 이별한 후를 슬퍼하니	怊悵今朝相別後
이 생애에 어찌 다시 만나겠는가?	此生那得再進攀

○ 제2수(其二)

어제 화려한 당으로 수레가 찾아주심을 기억하니	憶昨華堂枉駕尋
그대 얼굴을 알고 그대 마음을 보았네	識君之面見君心
이별의 한이 얼마인지 헤아리려는데	欲將別恨謀多少
동해의 높은 파도가 만 길로 깊네	東海層濤萬丈深

○ 제3수(其三)

부소산의 높은 구름 자욱하게 열리지 않고 富嶽層雲鬱不開
전별자리의 기운 해가 이별 술잔을 비추네 祖筵斜日照離杯
서쪽으로 돌아가면 만 리의 바다로 격하니 西歸萬里重溟隔
소식을 역사의 매화[驛使梅][254]에 의지하지 어렵네 消息難憑驛使梅

○ 제4수(其四)

남령엽초(南靈葉草)[255]는 진정 비위에 좋은데 南靈葉草正宜脾
매운 향과 맑은 연기가 병을 치료할 수 있네 薰烈淸烟病可醫
진중한 고인의 정이 동쪽에 있는데 珍重故人情東在
연기 들이키면 언제인들 생각나지 않으랴? 吸來何日不相思

위는 연초를 준 것에 사례한 것이다(右謝惠烟草)

신묘(辛卯) 중동(仲冬) 하완(下浣)

254 역사매(驛使梅) : 역참(驛站)의 역리(驛吏)를 통해 부치는 매화. 북위(北魏) 육개(陸凱)의 〈증범엽시(贈范曄詩)〉에 "折梅逢驛使, 寄與隴頭人. 江南無所有, 聊贈一支春."이라 했음.

255 남령엽초(南靈葉草) : 담배를 말함.

○ 하주 사백께 남겨서 사례하다
留謝霞洲詞伯

범수(泛叟)

선창(禪窓)에 필연이 진정 분분한데	禪窓筆硯正紛紛
어제 고명한 벗들의 문장 모임을 기억하네	憶昨高朋會以文
귀환에 임하여 은혜의 빛이 많음이 부끄러운데	慚我臨歸惠債富
이 생애에서 언제 다시 그대에게 보답할 것인가?	此生何日更酬君

신묘(辛卯) 남지후일(南至後日)

증별(贈別) 오장(五章)과 초궤(艸櫃) 등 진중한 선물을 받고, 일필일묵(一筆一墨)을 땀 흘리며 올릴 뿐이다.

○ 범수께서 준 이별시의 운에 차운하여 사례하다
次謝泛叟留別惠韻

하주(霞洲)

끊이지 않는 서리와 바람에 낙엽이 어지럽고	不斷霜風落葉紛
등불 아래 일어나 앉아 새 글을 보네	燈前起坐見新文
매화가지 위에 한밤중의 달이 있는데	梅花枝上三更月
한 조각 맑은 빛이 그대인가 싶네	一片清光疑是君

○ 제2수(其二)

한묵장(翰墨場) 안에서 세상 어지러움을 잊으니 翰墨場中忘世紛
수레와 서적이 사해에서 스스로 같은 문화이네 車書四海自同文
풍류의 여사는 도리어 남이 비장하고 風流餘事還他秘
단지 마땅히 조서로 성군(聖君)에게 보답하네 秪合朝端報聖君

○ 전운을 사용하여 필묵을 주심에 사례하다
用前韻謝辱惠筆墨

하주(霞洲)

하늘 끝으로 떠나가니 내 그리움 어지럽고 拂袂天涯我思紛
술자리로 다시 문장을 논할 인연이 없네 無緣樽酒更論文
성모와 오옥(烏玉)[256]이 한 때에 나오니 猩毛烏玉一時出
어디서 정운(停雲)[257]를 베껴서 멀리 그대에게 부칠까? 何寫停雲遠寄君

신묘년 11월 14일 밤.

---

256 성모오옥(猩毛烏玉) : 성성(猩猩)이 털로 만든 붓과 오옥(烏玉)으로 만든 벼루를 말함.
257 정운(停雲) : 진(晉)나라 도잠(陶潛)의 〈정운(停雲)〉 시의 서에 "정운(停雲)은 친우를 그리워한 것이다"고 했음.

○종선사의 귀경을 받들어 전별하다
奉餞別宗禪師歸京

하주(霞洲)

동방에서 백호광(白毫光)[258]을 멀리 보니	東方遙見白毫光
정계(淨界)[259]가 끝없이 이향에 접했네	淨界無邊接異鄕
혜일(慧日)[260]은 높이 임하여 사자에게 오고	慧日高臨來使者
상서로운 구름이 널리 덮어서 군왕을 보호하네	瑞雲普覆護君王
성과(聖果)[261]를 새로 열어 대천(大千)[262]이 변하고	新開聖果大千化
선기(禪機)[263]를 일찍이 쓸어버리고 불이(不二)[264]가 기네	早掃禪機不二長
사객이 연사(蓮社)[265] 안에서 가까이 모시니	詞客近陪蓮社裏
당년에 원량(元亮)[266]은 술잔을 허용받았다네	當年元亮許銜觴

정덕(正德) 신묘(辛卯)년 중동(仲冬).

---

258 백호광(白毫光) : 불광(佛光).

259 정계(淨界) : 불교에서 말하는 청정무구(淸淨無垢)한 경계(境界). 주로 사원(寺院)을 말함.

260 혜일(慧日) : 불교용어. 일체(一切)를 널리 비추는 법혜(法慧), 혹은 불혜(佛慧).

261 성과(聖果) : 정과(正果). 불교수행에서 도달하는 원만한 경계.

262 대천(大千) : 삼천대천세계(三千大天世界).

263 선기(禪機) : 담선설법(談禪說法)을 할 때 기요비결(機要秘訣)을 담은 언사·동작 등으로 교의(敎義)를 암시하여 깨닫게 하는 것.

264 불이(不二) : 불이법문(不二法門). 평등하고 차별 없는 지극한 도(道).

265 연사(蓮社) : 불교 정토종(淨土宗)의 최고 결사(結社). 진(晉)나라 때 여산(廬山) 동림사(東林寺)의 고승 혜원(慧遠)이 승속(僧俗) 18현인(賢人)과 결사했음.

266 원량(元亮) : 진(晉)나라 도잠(陶潛)의 자. 도잠은 동림사 고승 혜원(慧遠)과 교유했음.

○시고 뒤에 적다

書詩稿後

동곽(東郭)

시도(詩道)를 쉽게 얘기할 수 있겠는가? 경청(輕淸)하면 부(浮)하고, 침건(沈健)하면 탁(濁)하다. 우여(紆餘)하면 용(冗)에서 손상되고, 고담(枯淡)하면 위(萎)에서 병이 든다. 이 도(道)는 더불어 고도(古道)를 알 수 있다. 아! 하주(霞洲)의 시는 이미 그 위로 향하는 노두(路頭)[267]를 알았으니, 또한 반드시 흥기(興起)하는 마음이 없지 않다. 오래 한 격(格)을 얻었을 뿐이다.

267 노두(路頭) : 문로(門路). 출로(出路).

桑韓唱和集

霞洲 土肥平元成

正德元年辛卯十月, 韓使來聘, 命下儒曹筆語唱和. 臣元成, 亦列班二會, 謹玆編上.

○呈趙謙齋啓 霞洲

伏以乾坤位平帶礪, 長脩千年之盟, 南北路逈, 舟車新通萬里之國, 鞅掌王事. 惟君知臣, 周旋他邦, 視日如歲, 禮經繼好, 國寶善隣. 恭惟正使謙齋趙公臺下, 士林蘭蕙, 人藪鳳麟. 天錫星辰之精, 地供河嶽之氣. 允武允文縱橫, 罄奧秘之道, 爲將爲相出入, 負經綸之才. 學探九流, 職貲六典, 銓鏡追唐文部, 鈞衡仰周天官. 鼐鼎宜爲鹽梅, 國家共稱柱石, 功重麒閣, 名高龍門. 擧朝揚眉, 羣姓擡首. 成, 末技輇材, 庸流薄宦, 誦書不多, 深愧大方之識. 屬文甚拙, 常思上國之風. 情類葵傾, 路殊雀躍. 請半面之英盼, 式脩尺素. 非片時之奇緣, 何伸寸丹? 統願台鑑, 不備.

○呈任靖菴啓 霞洲

伏以鯷壑一道, 歌盡四牡之中, 鯨波萬重, 駕過六鼇之上, 處囊有緣, 何問毛遂使楚, 挂帆無恙, 應同凱之還荊, 儀章改觀, 名敎成喜.

恭惟副使靖菴任公臺下. 天章獨藏, 人瑞間出, 職居侍講之重, 位在通訓之尊. 一時閥閱, 早出袁楊名家. 歷代規模, 多因燕許大手. 衣冠皆推領袖, 廈屋共仰棟梁. 豈徒翰墨是榮? 況復治教太著朝? 暫輟前席之問, 淸道遙促載旟之行. 披雲覩天, 出井語海. 成, 款啓寡見, 詞陋學踈, 才無半斗, 喜從文字之間. 年及弱冠, 叨陪簪紳之後. 草蒿且照, 難? 鼠竄. 江海能容, 將企覓趨, 封侯萬戶, 偏求識韓. 修柬片言, 最切慕藺. 統祈慈照, 不備.

○呈李南岡啓　　霞洲

伏以執圭之使, 自古而然, 擁節之才, 至今猶在. 忠信渡波濤, 永稱周代丈人之對, 嚴威衝瘴癘, 空笑從年老將之歌, 士民喜逢, 都邑爭覩. 恭惟從事南岡李公臺下. 價超天馬, 名比人龍, 風神淸通, 職掌秘要, 家寶國珍, 宜受無疆之福, 時宗民望, 固膺多士之選, 惟文惟質, 欲尋六經微言, 禮云樂云, 猶想三代舊義, 英華弸中, 彪外志氣, 包乾括坤, 風流雝雝, 文物赫赫, 能玉其潤, 復金彼堅, 成, 道不加脩, 才彌爲窘, 濫飾樸樕之性, 遠追驍騰之行. 素乏五車, 不能博聞, 常欠兩屐, 何耐周覽? □隨季路, 評待汝南, 一登有容, 三顧俱畢. 伏乞盛亮, 不備.

○呈李東郭書　　霞洲

踐脩舊好者, 君人之盛業也. 跋涉殊方者, 仕宦之美事也. 故列國交聘, 春秋必書之. 大夫賢勞, 風雅乃咏之. 恭惟李君足下, 雅望夙成, 槃問休暢, 方今奉使於萬里之外, 時更裘葛, 路因風波, 辛勤之甚, 不知所慰. 文候佳勝, 載馳抵此, 千萬珍重. 抑仙軿之臨我國也, 域內人士, 引領而望, 視者拭目, 聽者竦耳. 在遐陬遠鄕, 而猶想其風采. 況居都邑尺寸之間者乎? 然以官守有分, 稱容無路, 嘿嘿局影, 不異餓人夢食者. 盖不鮮矣. 僕生蓬蒿之下, 翫磧礫之間, 弱羽纖鱗, 无所依附. 僅處宦于翰墨, 濫獲交於衣冠, 退不飾詩書, 進不買名聲, 才學無狀, 敢稱文字于大賢之門下哉? 雖然, 互鄕之難言夫子, 猶進之琥珀, 不取腐芥. 磁石不受曲針者, 非昔人之美談, 於是, 竊喜大賢君子, 不必棄豎子, 古云: "伯樂一過冀北, 而馬群遂空." 解之者曰: "此良馬也." 僕謂千金之馬, 雖無伯樂而未嘗失其千金, 則伏櫪何傷哉? 故伯樂過冀北, 而獨取其良者, 非眞伯樂也, 并取其不良者, 而治養之以使其得爲良馬, 則伯樂之良也. 今, 足下道無內外, 才兼古今, 入居學士之職, 出操使者之權. 華轂指處, 彩毫驚人, 其爲伯樂, 不亦大哉? 倘使僕出群乎冀北, 亦只在足下之一顧耳. 不知以爲何如. 時將樞衣於龍門, 聊述鄙悰以充贄儀. 統祈恕察. 不備.

○上通信正使謙齋趙公　　霞洲

昨夜雙星海上懸, 翩翩冠蓋自朝鮮. 將軍肯問漢廷策, 國士原稱吳主賢. 外使選高三品貴, 中臺職重五曹權. 當年玉節光俱動, 長劍天涯更倚天.

○上通信副使靖菴任公　　霞洲

憶向金門稱曳裾, 連城完璧是相如. 龍門致客路猶近, 虎觀讀經年有餘. 何問中流仍擊楫, 復聞九折不回車. 巨鼇一釣知何處? 萬里鄕園夢亦虛.

○上通信從事南岡李公　　霞洲

上都巨鎭望全州, 聞道完山最是幽. 王氣千年鍾海嶽, 文宗一代起風流. 登高共識大夫賦, 專對偏看使者遊. 東海片槎還絶域, 客心豈復在凭樓.

○奉謝霞洲詞案 謙齋

扶桑咫尺日高懸, 城闕連雲氣色鮮. 萬里仙槎來遠客, 一時文苑盛諸賢. 難將俚曲酬高調, 豈有詞工奪化權. 傾盖倘成賓館會, 夜闌銀燭飮寒天.

蒙惠詩儷, 俱極典麗精工. 三復詠嘆, 如獲百朋. 第奬與太過, 非僕所堪, 擬人非倫, 豈不爲知言者累耶? 感荷雖深, 靦悚亦多. 顧征途疲, 薾未克締構長語, 止以短律, 仰謝盛眷, 慚負甚矣. 傾蓋有願, 戒轄斯迫, 何當奉袂, 快獲披襟. 唯日顒企, 幸賜鑑諒.

○奉謝霞洲詞案 靖菴

扶桑霞彩照征裾, 形勝江關畵不如. 萬里風謠通越絶, 千年民物半秦餘. 雲烟地卽連三島, 文學人多富五車. 忽見新詩投旅榻, 始知名下士無虛.

辱贈儷句兼惠詩篇, 詞采清新, 禮意勤摯. 僕夫固陋, 何以承堪? 第緣跋履之餘, 罷病愈甚, 不能收聚精思構成騈詞, 秖將短篇, 仰塞盛旨, 雖荷優諒, 曷勝中慚?

○奉謝霞洲詞案 南岡

海外奇觀更九州, 往來禪室轉清幽. 文章喜得無雙士, 才望元推第一流. 良晤自深傾蓋顧, 交期且待盍簪遊. 沈吟欲報瓊琚贈, 風兩蕭蕭夜滿樓.

○呈學士李君案下 霞洲

霜飛芙蓉劍氣斜, 分符猶自滯天涯. 郎官星照朝臣馬, 太守雨隨使者車. 王粲少年耐驚座, 孔融今日擬通家. 相看不恨方音異, 堂上文光開彩霞.

○呈書記嚴詞伯案下 霞洲

雙旌暫駐武陵濱, 飛蓋連翩此問津. 名比客星還作使, 德如天馬尙依人. 披雲共覩堪思舊, 傾蓋相知不覺新. 到處江山應有助, 彩毫高拂動殊隣.

早飮香名, 忽接雅儀. 欣抃何已. 聊述巴唱以呈左右. 伏乞斤和.

○呈書記南詞伯案下 霞洲

銜命殊方氣出群, 南宮姓字復曾聞. 白霜連野馬開練, 紅葉度林旌染雲. 鼎呂功高能報國, 江湖路遠更憂君. 歸朝倚倚玉堂上, 渾識當年第一勳.

咫尺接範, 親承謦欬, 漫屬蕪辭以備一粲. 伏祈郢正.

○敬次霞洲詞伯韻 東郭

富嶽岹嶢郭外斜, 雄都迥壓海門涯. 高樓雲繞詩仙筆, 驛路天寒遠客車. 衣鉢皆從太學士, 文章自足大方家. 媿余塵骨終難蛻, 安得相携入紫霞.

○次奉霞洲詞伯 龍湖

彩舶初停大海濱, 牙旗久滯武陵津. 誰知詩望遠槎客, 曾是成都? 石人. 書幣已輸誠信厚, 冠裳喜都禮儀新. 莫言疆域東西隔, 兩國交驩在善隣.

○奉酬霞洲詞伯 泛叟

自慚蓮幕謾隨群, 惟喜風烟協所聞. 滄海西臨逕青詩, 鄕山北望杳歸雲. 看詩有涙思先子, 返節無功報聖君. 坐看諸公文藝富, 煥猷他日樹奇勳.

○呈李學士兼贈嚴南二書記 霞洲

文旆東臨修舊盟, 風烟渺渺度滄瀛. 秋帆月挂高砂浦, 曉騎雲迎大坂城. 虎豹重關千里壯, 芙蓉一嶽萬年明. 詞臣到日錦囊重, 裏青山客夜情.

○次奉霞洲詞伯 龍湖

龍湖鷗鷺已寒盟, 謾逐東槎到大瀛. 出沒危舟經險瀨, 間關征駕越層城. 長遼閱歷頭全白, 勝地淹留眼始明. 托辭休言人萬里, 士逢知已自多情.

○呈東郭詞案 霞洲

懷抱幾年今復開, 天寒歲暮漫相催. 言從虛五盡雄辨, 步不過三識捷才.

○次奉霞洲 東郭

客懷今幸對君開, 歸計何須旅日催? 滯思拈情渾寂寞, 不妨輸子騁奇才.

○呈泛叟南君 霞洲

始知南八是男兒, 貫月孤槎猶未歸. 樽酒歡逢一堂會, 論文咫尺惜斜暉.

○頓奉諸公 東郭

海外有眞仙, 群賢無乃是. 方知日東秀, 不特山何美.

○奉復李學士 霞洲

東方君子邦, 相値覺今是. 筆下珠璣多, 胸中錦繡美.

○錄奉座上諸公 龍湖

兩國詩仙會, 千年梵宇閑. 他日倘相憶, 萬里隔雲山.

○敬酬嚴龍湖示韻 霞洲

寶刹光銀燭, 千秋勝會閑. 牙檣西去日, 含意望萊山.

○臨散又奉座上諸公 東郭

兩國無千里, 群賢共一時. 情深仍托契, 酒盡更論詩. 旅泊誰相訪, 團圓未易期. 洪涯有奇藻, 佳會恐差也.

上使記室洪鏡湖, 適有忌期, 不來列會, 故云.

○次韻奉謝東郭詞伯 霞洲

雙劍衝星日, 片槎通海時. 金蘭慙密友, 瑤璧獲高詩. 萬里逢雖阻, 百年情有期. 溟鵬逐九萬, 一擊起天他.

暮夜忽忽前至, 未克盡懷, 姑期後會.

○次前韻奉寄東郭詞案 霞洲

目斷層霄北斗斜, 風流入夢意無涯. 歌催二樂目前酒, 遊出百祥花外車. 玉節功成方戀闕, 桑弧志在不思家. 萍蓬一會緣天幸, 更得文筵酌九霞.

君稱安嶽後人, 又歷安陵太守云, 故詩中紀兩地之勝也.

○賡前韻呈龍湖詞案 霞洲

共說高風似渭濱, 青袍書記屬平津. 觀珠照乘塹千里, 齊島沖天驚萬人. 歲月關情空寂寞, 山川入賦却清新. 他時不恨交遊隔, 知已猶存若比隣.

○步前韻呈泛叟詞案 霞洲

太平四海得同羣, 騷客駿聲因素聞. 已喜關門占紫氣, 也知閭巷附青雲. 當年絶域能爲使, 他日嚴廊定致君. 傳道鳳毛繼壺谷, 名家東自有高勳.

本朝明曆年中, 君先人壺谷先生, 以通信從事來聘云.

○次奉霞洲詞案 東郭

孤館深深燭影斜, 夜寒鄕思有天涯. 何時更理滄溟楫, 異域猶淹遠客車. 自足星霜傷客意, 古來風月屬詩家. 追遊正若超塵臼. 不羡群仙躡紫霞.

○追次前惠韻仰呈霞洲詞伯 龍湖

詩到空齋寂寞濱，吟來不覺口津津．那知桑海三千里，得見騷壇第一人．玉節芳年修聘久，金蘭此日定交新．天涯肯恨無相識，却喜殊方有德隣．

○呈李學士案下 霞洲

一接高範之後，公私刎劇，不得繼候于文幌．今日衝雪而來，更獲密坐，豈不爲通快哉?

文熖輝輝照海東，近陪瑤席識豪雄．秋寒桂苑應歌月，晝靜蘭臺欲賦風．肯用開邊干武帝，曾緣化蜀得文翁．天壤此會知難再，慷慨相期氣若虹．

○呈洪書記詞案 霞洲

千古遠遊亦壯哉，浮湘不獨馬遷才．天間一鶚乘秋下，海上雙龍照夜來．明月共看仍拭玉，青雲相識且銜杯．季眞猶有風流在，却恨忽忽去鷁催．

往者，執謁于李學士及嚴南二書記，時君辭以忌辰，卽違光儀，大缺所望．今復與諸客來，濫辱青盻，感荷不堪．聊綴俚語以呈，幸爲抹刪藏拙．

○呈嚴書記詞案 霞洲

非關嚴助厭承明，當日能看使者榮．下里和歌皆郢曲，上邦表海足齊聲．風塵共識蓬桑志，顧盻偏憑縞紵情．天畔歸期方從來，可堪永夜客心驚.

○呈南書記詞案 霞洲

征途豈復苦風霜, 元是男兒志四方. 萬國觀風吳季子, 一家傳業蔡中郎. 我慚到府舞鴝鵒, 人似登臺賦鳳凰. 幾日榮旌遠海去, 錦帆開處見千檣.

○次奉霞洲詞案 東郭

宿債分明在日東, 愛君詩似詞□雄. 客牕已餞三秋序, 歸帆將懸萬里風. 豪氣向來輕去國, 遠遊今日恰成翁. 醉中肝膽相輸瀉, 三尺雄刀吐紫虹.

○奉酬霞洲惠韻 鏡湖

日東形勝亦奇哉, 鍾出宜多黼黻才. 山館偶携佳客至, 崑丘還似衆仙來. 高吟難和陽春曲, 美味頻霑白玉杯. 文言殊方眞邂逅, 雪中歸蓋莫相催.

○奉次霞洲詞伯韻 泛叟

三山何在六鰲霜, 玉節空留地一方. 偶値招提騷客會, 欣逢倜儻少年郎. 岩幽池上落鼯鼠, 竹寒林中宿鳳凰. 寄語諸公須盡醉, 明朝吾欲拂歸檣.

○重次奉東郭學士 霞洲

追陪北海意猶同, 文采知君一世雄. 上園範疇屬箕聖, 東方冠冕接華風. 當年擁節隨星使, 對日忘機似海翁. 已識青蓮鵬賦出, 揮毫萬丈拂長虹.

○ 重酬鏡湖詞伯 霞洲

天涯一値氣雄哉, 空愧席端樗櫟才. 邂逅幾人鱗次出, 風流今日羽儀來. □山有夢到吹笛, 霜雪將詩對把杯. 客主相忘多逸興, 紫華莫使於愁催.

○ 呈東郭先生 霞洲

頻聞座客郢中歌, 東郭履聲今若何? 古專天花依舊落, 高人詩思此時多.

○ 次奉霞洲詞伯案下 東郭

客懷寥落動悲歌, 奈此流光荏苒何? 詩社過從仍此日, 撥忙酬唱一詩多.

○ 呈鏡湖書記 霞洲

平生存一曲, 此處値知音. 早買黃金諾, 兼聞白雪吟. 乾坤鄕夢短, 日夜歲寒深. 淺草長河水, 若爲流客心. 客館東有淺草河

○ 奉次霞洲辱韻後日和來 鏡湖

傾蓋相逢地, 高山流水音. 騷壇君獨步, 世語我悲吟. 對榻題詩和, 傳杯托聲深. 男兒期晩節, 同保歲寒心.

○ 再呈東郭詞案兼贈三書記 霞洲

蓬萊島外五雲飛, 碣石宮高雪色微. 海上眞仙聚今夕, 不知何處望

星輝.

○走次霞洲

簷端繚亂雪花飛，暮靄盈林照色微．醉後休敎歸騎促，滿堂官燭正生輝.

○呈龍湖詞伯 霞洲

任公臺東在，嚴子瀨長流．臺逈水清映，盈車不用求.

君以副使任公書記來故云

○和泛叟見示南海韻 霞洲

雪冷山陰夜，相思訪戴時．河梁千古意，始獲五言詩.

○臨別走筆贈李學士 霞洲

使華通絶域，歲律入窮冬．文物盡千載，海山總萬里．周廟留大客，晋館謝高邦．玉服趨中殿，金逘列外賽．風儀推第一，文字識無雙．士共稱鳴鶴，人猶得臥龍．華孫隨典禮，韓子望彌縫．大筆宜扛鼎，高談似擊鐘．論交心易服，惜別詩難從．我思憑明月，宵宵照從江.

正德改元仲冬上澣

○奉和通信從事官南岡李公大坂城排律 霞洲

休運應千載，德風觀四方．臥龍離舊壑，歸鳳出高岡．隣好朝廷寶，禮經君子防．青雲拂飛盖，滄海動連檣．英僚共題柱，密朋非避廂．異邦通木道, 流序過金商. 地接風謠別, 人聞姓字香. 危途經蜀峽, 險瀨出瞿塘. 一節長程去, 雙旌近境張. 唐風歌蟋蟀, 周雅賦鴛鴦. 曾度鼉鼉窟, 却留桃學場. 胥壤分水土, 士女喜冠裳. 國體存明信, 使華開混鋩. 作賓能盡美, 從事獨含章. 大器瑚兼璉, 高材橡與樟. 孤蓬何嘆轉, 一葦不難抗. 路在三千遠, 心緣四十强. 禮交追穆叔, 威震想陳湯. 人有異同性, 文無彼此疆. 生靈愚不幸, 勝國逞其狂. 在位忘千慮, 經年降百殃. 背盟多結怨, 構禍動胥戕. 宇宙龍精變, 乾坤鳳紀昌. 考文開治化, 因禮受賓將. 恭敬見皮幣, 幽遐問棧航. 晉秦休閉糴, 吳楚止爭桑. 歷代惠居普, 我王仁澤洋, 聖心偏悃愊. 鴻業更張皇, 享客恩殊重. 交隣德不涼, 來時羞玉饌. 到處備瑤房, 金翠盛留館. 綵綾輝渡艎, 遙懷仍索寞. 勝景暫聊浪, 氣共秋鵰上. 心同夕雁朔, 遡文傳大製. 麗藻見濃粧, 屈宋誰窺室. 曹劉自壓牆, 高人原卓節. 賤子尚跳梁, 醉屬琉璃杓. 吟成玳瑁床, 山川總入筆. 月露已盈箱, 王事不遑處. 客惟偏苦忙, 周流途可極. 淹滯月方陽, 旗晴五更雨. 馬寒千里霜. 連翩來武府, 容與息禪堂. 金闕朝儀肅, 粉總羈思長. 樂存師曠調, 庖有易牙嘗. 言重楚珩玩, 功輕趙璧償. 夢魂憐故國, 年貌厭他鄉. 月桂南州榻, 雲飛北海觴. 思親將顧舍, 報主已歸裝. 一去迷其界, 相望阻彼蒼. 長鯨如可致, 竝駕遠方羊.

正德改元仲冬上澣

부록(附錄)

○ 大坂城排律五十韻　　南岡

浪泊眞雄府, 繁華擅一方. 長湖穿巷陌, 大陸亘山岡. 岾石成高岸,層城壯巨防. 閭閻連百里, 舸艦簇千檣. 綺戶開金市, 雕甍接粉廂. 奇珍通越貨, 雜貨溱吳商. 傍海魚鹽足, 藏園橘柚香. 通衢分町術, 疊榭擁陂塘. 白日紅塵合, 朱欄彩幔張. 屛開金翡翠, 簾挂綉鴛鴦. 歌舞留人處, 奔馳結客場. 妖童斑錦帶, 好女紫羅裳. 談笑銜杯酒, 睢盱接劒鋩. 士皆輕戰鬪, 人或貴文章. 地沃宜秔稻, 山高產橡樟. 雄繞兼楚蜀, 佳麗得蘇抗. 秀吉專威暴, 當時恃富强. 經當開窟宅, 控制擁金湯. 桀驁窺中土, 侵陵及我疆. 群生入塗炭, 六載肆猖狂. 久稔滔天惡, 終罹覆國殃. 人神齊憤怒, 骨肉殄殲戕. 海域囟鋒戢, 源朝赫業昌. 善隣盟更固, 通聘幣交將. 末价叨庭簡, 新秋泛海航. 星文分析木, 地理近扶桑. 幾日淹孤島, 危途涉四洋. 下關參佛祖, 荒廟弔天皇. 暝舶燈光亂, 高樓雨氣凉. 猿山催客淚, 牛渚宿禪房. 堺浦連平野, 難津捨巨艎. 樓船耀金碧, 桂棹泝滄浪. 擊汰黃頭唱, 鳴鈴白鳥翔. 連街紛雨汗, 捲箔簇晨粧. 異俗驚章甫, 群瞻若堵墻. 掃塵棕作帚, 跨水板爲梁. 古寺停金節, 寒宵借石床. 高僧呈麗藻, 太守進花箱. 客路窮溟盡, 天時暮景忙. 殊方淹半□, 佳節過重陽. 白雁寒號月, 丹楓晩着霜. 商風思故國, 懷橘戀高堂. 海陸行何極, 江關道更長. 只期忠信仗, 寧憚險艱嘗. 蓬島玆遊勝, 桑孤夙志償. 歸期在隔歲, 羈夢獨還鄕. 綾褫頻題句, 椰樽數引觴. 玉差韓子賄, 金陋陸生裝. 遠役身全倦, 長程鬢欲蒼. 明晨晞我髮, 暘谷且相羊.

○奉餞製述東郭李君錦轔下　　　　霞洲

乍接淸塵, 謬荷盛眷, 相見之日淺, 而莫逆之交深. 性質腐朽, 增榮改價, 感謝寔多, 抃躍不已. 只恨座氈未暖, 歸輅將脂, 東流西歸, 再會無期. 雲樹一望, 默然鎖魂, 朝千悲而夕萬緖, 雖取松于徂徠, 殲兎乎中山, 而未堂易罄此情, 聊唱巴調以呈左右. 古云: "〈咸池〉酬於〈北里〉, 夜光報於魚目." 伏乞掌握之物以慰鄙懷. 謹當巾笥什襲, 充他日之容顏也. 烟草者相思艸也. 因表微忱, 物不在薄, 願垂採納. 如書記天君, 亦爲我能致此語. 寒釭凝兮夜何長, 只有夢魂之飛揚耳

一望長天海色寒, 霜楓若錦照征鞍. 行邊關塞浮雲去, 醉裏江湖從日殘. 共想衣冠高祖席, 能懸姓字重詞壇. 慇懃却愧臨岐贈, 正是人間離別難.

○其二

長路迢遙斷過鴻, 對君雙淚從寒風. 樓船到處天垂盡, 旌節歸時歲已窮. 百水北流雲似海, 千峰西望雪連空. 解携一別從玆去, 思在烟波落月中.

○奉餞書記鏡湖洪詞伯　霞洲

駸駸馬力豪, 海域識同袍. 何問帝居夢, 尙隨王事勞. 身留日東久, 名對斗南高. 歸照鏡湖水, 休驚得二毛.

○其二

淸霜滿客衣, 臨水送將歸. 別怨較長短, 悲歌忘是非. 寒侵杯色重, 夢入笛聲微. 萬里還相憶, 春來逐雁飛.

○奉餞書記龍湖嚴詞伯　霞洲

翩翩白馬惜離顏, 悃愊天邊送客還. 欲把千條楊柳贈, 灞橋霜滿不堪攀.

○其二

此去殊方不可尋，共期別後歲寒心．淸霜雙杵玉闕遠，明月一樽滄海深．

○其三

白雲無盡海天開，落木蕭條傍客杯．南國懷人何處是？贈君只有一枝梅．

○奉餞書記泛叟南詞伯 霞洲

客發武昌城，短亭空復情．所思何處望，一水只盈盈．

○其二

遙乘鶴背雲，仙骨自離群．東海有瓊草，春潭欲寄君．

○其三

蕭蕭匹馬寒，目斷江南路．千山復萬山，客子此中去．

○其四

慘澹風雲色，送行愁更愁．川流去無際，天外倚高樓．

○其五

南浦送君歸，相看白玉巵．天涯無限月，爲我寫相思．

○奉次霞洲惠韻回程到大坂城和來 鏡湖

醉後氣逾豪，幕中披綠袍．日邦休道遠，王事敢言勞．天連滄海濶，路指雪山高. 客裏年將暮, 蕭蕭兩鬢毛.

○其二

遠客拂征衣, 佳朋送我歸. 新知如宿契, 萬事覺前非. 別促詩情拙, 寒多酒力微. 相思何處是, 回首海雲飛.

○奉次霞洲詞伯別詩韻兼呈謝詞　　龍湖

殊方良會恰歡顔, 一語慇懃贈客還. 怊悵今朝相別後, 此生那得再進攀.

○其二

憶昨華堂枉駕尋, 識君之面見君心. 欲將別恨謀多少, 東海層濤萬丈深.

○其三

富嶽層雲鬱不開, 祖筵斜日照離杯. 西歸萬里重溟隔, 消息難憑驛使梅.

○其四

南靈葉草正宜脾, 薰烈淸烟病可醫. 珍重故人情東在, 吸來何日不相思.

○留謝霞洲詞伯　　泛叟

禪窓筆硯正紛紛, 憶昨高朋會以文. 慚我臨歸惠債富, 此生何日更酬君.

○次謝泛叟留別惠韻　　霞洲

不斷霜風落葉紛，燈前起坐見新文．梅花枝上三更月，一片清光疑是君．

○其二

翰墨場中忘世紛，車書四海自同文．風流餘事還他秘，秖合朝端報聖君．

○用前韻謝辱惠筆墨　　霞洲

拂袂天涯我思紛，無緣樽酒更論文．猩毛烏玉一時出，何寫停雲遠寄君．

辛卯十一月十四夜

○奉餞別宗禪師歸京　　霞洲

東方遙見白毫光，淨界無邊接異鄉．慧日高臨來使者，瑞雲普覆護君王．新開聖果大千化，早掃禪機不二長．詞客近陪蓮社裏，當年元亮許銜觴．

正德辛卯仲冬

○書詩稿後　　東郭

詩道，可易言哉? 輕淸則浮，沈健則濁．紆餘則傷於冗，枯淡則病於萎．斯道也，可與知古道也．於戱! 霞洲之詩，已知其向上之路頭，則亦未必無興起之心，而長得一格也已．

桑韓唱和集終

빈관호저집
賓館縞紵集

빈관호저집(賓館縞紵集) 권상(卷上)

기부문학(紀府文學) 남해(南海) 지원여일원정경(祇園餘一源正卿)

정덕(正德) 신묘(1711) 10월 28일, 국택수여필(菊澤水汝弼), 천의고신보(天漪高新甫), 구소실사례(鳩巢室師禮), 관란택용회(觀瀾宅用晦), 관재원소경(寬齋源紹卿), 하주평윤중(霞洲平允仲), 설계고송년(雪溪高松年), 남해지정경(南海[1]祇正卿)이 조선의 학사 동곽 이현(東郭 李礥)[2], 서기 용호 엄한중(龍湖 嚴漢重)[3]과 범수 남성중(泛叟 南聖重)[4]을 천초객관(淺

1 자는 백옥(伯玉), 호는 남해(南海). 기이주(紀伊州)의 유학자로 시문(詩文)과 서화(書畵)에 뛰어났으며 일본 남종화의 비조로 칭송됨. 목하순암(木下順菴)의 다섯 수제자 중 1人이며 저서에 『시학봉원(詩學逢原)』, 『명시리평(明詩俚評)』, 『일야백수(一夜百首)』, 『시결(詩訣)』, 『남해시집(南海詩集)』, 『빈관호저집(賓館縞紵集)』 등 다수가 있음.

2 동곽 이현(東郭 李礥) : 이현(李礥, 1654~1718)은 자가 중숙(重叔), 호는 동곽(東郭)으로 숙종 원년(1675)에 진사에 급제함. 숙종 37년(1711) 58세의 나이로 제술관이 되어 일봉사행에 참여했다. 신유한과 더불어 역대 사행 문사 중 일본인에 의해 가장 뛰어난 문사로 추앙 받음.

3 용호 엄한중(龍湖 嚴漢重) : 엄한중(嚴漢重, 1664~?)은 자는 자정(子鼎), 호는 용호(龍湖)로 숙종 32년(1706)에 급제하여 고창군의 태수를 지냄. 1711년 서기(書記)로서 일본 사행을 받듦.

4 범수 남성중(泛叟 南聖重) : 남성중(南聖重, 1666~?)은 자가 중용(仲容), 호는 범수(泛叟)로 조선후기 문명이 높았던 남용익(南龍翼)의 아들임. 1711년 서기(書記)로 일본 사행에 참여함.

艸客館)에서 만났다. 홍서기(洪書記)는 병이 있어 회합하지 못했다.

○삼가 동곽(東郭) 이군의 서안(書案)에 올리다
敬呈東郭李君案下 南海

남해(南海)

황금 부절 조회 뒤에 예궁(蕊宮)[5]을 떠나	金節朝分辭蕊宮
멋진 범선 가을날 구주(九州)의 동쪽으로 향하였네.	錦帆秋指九州東
서강(西江)에서 깃 고르던 오리 정수리는 푸르고	西江刷羽鴨頭綠
북해(北海)에서 비늘을 반짝이던 물고기의 눈은 붉었으리.	北海跨鱗魚眼紅
천년토록 영원할[6] 선린(善隣)의 뜻 두터운데	帶礪千年鄰好厚
한 사대 최고 문장 사신(使臣)들은 웅걸차네.	文章一代使臣雄
학사는 영주(瀛州)에 오른 객이니	由來學士登瀛客
신선의 재주로 큰 바람을 다스림을 먼저 보겠네.	先見仙才御大風

5 예궁(蕊宮) : 예주궁(蘂珠宮)이라고도 하는데 도가에서 전해지는 신선이 산다는 궁전. 여기서는 대궐을 가리킴.

6 영원할[帶礪] : 대려(帶礪)는 허리띠와 숫돌인데, 한 고조(漢高祖) 유방(劉邦)이 개국 공신들을 책봉하면서 "황하가 변하여 끈처럼 되고, 태산이 바뀌어 숫돌처럼 될 때까지, 그대들의 나라가 영원히 존속되어, 후손들에게 전해지도록 할 것을 맹세한다.[使河如帶 泰山若礪 國家永寧 爰及苗裔]"(『史記 卷18 高祖功臣侯者年表』)라고 말했던 데서 온 말.

○삼가 남해(南海) 사선(詞仙)의 운을 따라 짓다
敬次南海詞仙韻

동곽(東郭)

오월에 어명(御命)으로 궁궐을 나서니	五月御綸出漢宮
청주(蜻洲)[7]는 까마득히 세상의 동쪽에 있네.	蜻洲邈在萬邦東
별빛 가른 절목(折木)[8]엔 너른 하늘 푸르고	星分折木長天碧
해 돋는 부상에는 큰 바다 붉었도다.	日上扶桑大海紅
돛 그림자 저 멀리로 나는 새를 따라 질주하고	帆影遠隨飛鳥疾
붓 끝은 마음껏 큰 고래를 끌어 웅장하네.	筆鋒橫掣巨鯨雄
바야흐로 왕부(玉府)가 멀지 않음을 알겠거니	方知玉府無多遠
시원한 구만리 장풍을 타고 싶구나.	欲御泠泠九萬風

○삼가 용호(龍湖) 엄군(嚴君)의 사안(詞案)에 드리다
敬呈龍湖嚴君詞案

남해(南海)

서기의 높은 재주 예형(禰衡)[9]이라 칭해지더니	書記高才稱禰衡

7 청주(蜻洲) : 지금의 일본을 가리키는 말.

8 절목(折木) : 절약목(折若木)의 준말. 초(楚)나라 굴원(屈原)의 〈이소(離騷)〉에 "약목의 가지를 꺾어 태양이 지지 못하게 후려쳐서, 잠시 동안 여기저기 한가하게 소요해 볼거나.[折若木以拂日兮 聊逍遙以相羊]"라는 말이 나오는데, 약목(若木)은 해가 지는 곳에서 자라는 나무라고 함.

9 예형(禰衡) : 후한(後漢)의 평원(平原) 사람. 자(字)는 정평(正平). 성격이 모났으나 재주가 출중하여 후한(後漢)의 공융(孔融) 그를 천거하며 "사나운 새가 수백 마리 있어도 한 마리의 독수리보다 못하니, 예형을 조정에 세우면 필시 볼만한 점이 있을 것이다.[鷙

멀리 사절을 따라 강성(江城)에 이르렀구려. 遠隨使節到江城
이미 지은 앵무 노래 더할 바가 없건만 賦成鸚䳇不加點
보내주신 기린 노래 이름을 맨 먼저 기록했네. 符賜麒麟先錄名
오 땅의 곡구(谷駒)는 중필(仲弼)을 추천하고 吳下谷駒推仲弼
촉 땅의 사객(槎客)은 곧 군평(君平)이로다 蜀中槎客卽君平
고운 이름 갈망함에 하루가 한 해 같으니 芳聲渴望日爲歲
우선 오늘 아침 화개(華蓋)를 기울여[10] 즐겨야 하리. 先喜今朝華蓋傾

○삼가 南海 詞伯의 운자에 차운하다

敬次南海詞伯韻 龍湖

용호(龍湖)

글 마당서 재예(才藝)를 견주며 서로 권형(權衡)을 다투니 文場較藝互爭衡
편사(偏師)[11]로 성을 격파할 수 있을까 의심했다네. 敢擬偏師破一城
해외의 좋은 벗 처음으로 대면했지만 海外良朋初識面
일동(日東)의 재자(才子) 명성 전부터 들었네. 日東才子舊聞名
사원(詞源)의 호탕함은 부상 바다가 협소할 정도요 詞源浩蕩桑溟窄

鳥累百 不如一鶚 使衡立朝 必有可觀]"(『後漢書 卷80下 文苑列傳 禰衡』)라 하였음.

10 화개(華蓋)를 기울여 : 화개(華蓋)는 장식용 일산(日傘). 일산을 기울인다는 것은 벗을 만나 담소함을 뜻함.

11 편사(偏師) : 한쪽 군사. 당나라 시인 유장경(劉長卿)이 오언시(五言詩)를 잘해 오언장성(五言長城)이란 호를 얻음. 유장경의 친구 진계(秦系)도 시를 잘했는데, 권덕여(權德輿)가 말하기를 "진계가 한쪽 군사[偏師]로 장성을 공격한다." 하였음.

시루(詩壘)의 우뚝함은 부사산이 평평할 정도라네. 詩壘崢嶸富嶽平
이런 자리 속세에선 참으로 얻기 어려우니 此會人間眞罕得
날 가도록 술잔 자주 기울여도 사양치 마소. 莫辭終夕酒頻傾

○삼가 남군(南君) 범수(泛叟)의 사안(詞案)에 드리다 敬呈南君泛叟詞案

남해(南海)

계림의 사객(詞客)을 우연히 만나보니 鷄林詞客偶相逢
서기의 큰 재주 사룡(士龍)[12] 같구려. 書記宏才是士龍
좌정하니 봄바람에 난초 혜초 향기가 감도는 듯 坐定春風汎蘭蕙
시를 이루니 가을 물에 연꽃이 고개를 내민 듯. 詩成秋水出芙蓉
부끄럽게도 하얀 모시를 드리니 동리(東里)가 아니고 愧貽白紵非東里
기쁘게 푸른 구름을 향하니 중용(仲容)[13]임을 알겠네. 喜向青雲識仲容
일산을 기울여 평소의 막힘을 열고자 했으나 傾蓋欲開平昔塞
미미한 자리에 큰 종 울림을 감당치 못하겠네. 不勝微筳扣洪鍾

12 사룡(士龍) : 진(晋)나라 재사(才士) 육운(陸雲)의 자(字). 육운(陸雲)이 장화(張華)의 소개로 순은(荀隱)을 처음 만났을 때, 장화는 두 사람이 다 큰 재사들이므로 보통 말을 하지 못하게 하니, 육운이 손을 들면서 "구름 사이의 육사룡(陸士龍)이요."라고 하자, 순은은 "해 아래 순명학(荀鳴鶴)입니다."라고 대답하였다고 함. 명학(鳴鶴)은 순은의 자(字)임.

13 중용(仲容) : 중용(仲容)은 진(晉)나라 죽림칠현(竹林七賢)의 한 사람인 완함(阮咸)의 자인데, 완적(阮籍)의 조카로 재주가 뛰어나고 호쾌하여 완씨 집안의 중심 인물로 칭송받았다. 여기서는 남성중(南聖重)을 비유한 말임.

물음[稟]

범수(泛叟)

취기가 심하고 기력이 다하여 화운(和韻)하지 못하였으니 참으로 부끄럽고 한스럽습니다. 한가한 틈을 타 차운(次韻)하여 드립니다.

답(答)

아취어린 자리의 맑은 흥취는 반드시 그 많음에 있는 것이 아니니 어찌 부끄러울 것이 있겠습니까? 고명께서 읊조림을 다 하지 못하신 것은 다만 장솔(張率)[14]이 수판(手板)의 어제(御題)를 지니고 있었기 때문이니 생각을 번거로이 마십시오.

○ 다시 동곽(東郭) 이군(李君)의 안하(案下)에 드리다
再呈東郭李君案下

남해(南海)

외람되이 파(巴) 땅의 노래를 연주하였는데 격에 맞지 않게 화운(和韻)을 내려 주시니 참으로 뜻밖이었습니다. 귀하의 시는 민첩하면서도 화려함이 눈을 빼앗고 음률이 귀에 가득하니 묘당(廟堂)의 아름다운

14 장솔(張率) : 장솔(張率)은 양나라 사람으로, 자는 사간(士簡)이며, 어려서부터 글을 잘하였음. 신안 태수(新安太守)를 지냈으며, 『문형(文衡)』 15권 및 문집을 저술하였음.

거문고요, 현포(玄圃)[15]의 쌍인 옥이라 할 만합니다. 이로써 귀국의 태평성세가 오래되었음을 알 수 있으니 온화하면서도 밝은 기상이 절로 문장과 성음 사이에 드러난 것입니다. 경하(敬賀) 드리고 또 경하 드립니다. 다시 율시 한 수를 지어 그저 감사의 마음을 붙입니다.

일찍이 해동에서 계수꽃을 꺾고[16] 桂花曾折海東枝
명 받든 사신되어 바다를 건너 왔네. 奉使星槎海外移
옥 죽순은 용호방(龍虎榜)[17]에 나뉘어 쓰이고 玉笋班題龍虎榜
황금 연꽃은 봉황지(鳳凰池)[18]에 보내어 졌네. 金蓮炬送鳳凰池
우연히 황금 부절 들고 수신사(修信使)로 오셨으니 偶因金節來修信
오묘한 문을 두드려 그 기이함을 묻고자 하네. 却叩玄門欲問奇
칭찬 중에 외람되이 가수(嘉樹)[19]라는 칭상을 얻었으나 獎譽辱荷嘉樹賞
못난 재주에 채번(采蘩)[20]같은 시 짓기 어렵네. 匪才難賦采蘩詩

15 현포(玄圃) : 신선이 사는 곳으로 곤륜산(崑崙山) 꼭대기에 있다고 함.

16 계수꽃을 꺾고 : 과거에 합격하였음을 뜻하는 말.

17 용호방(龍虎榜) : 좋은 인재를 많이 뽑은 것을 용호방(龍虎榜)이라 함. 『당서(唐書)』를 보면, 진사시(進士試)에 한유(韓愈) 등의 명사가 많이 합격하니, 그때 사람들이 용호방(龍虎榜)이라고 치하했다고 함.

18 봉황지(鳳凰池) : 당(唐)나라 때 중서성(中書省)에 있는 못 이름인데, 후세에 중서성의 별칭이 됨. 여기서는 문한(文翰) 벼슬을 의미함.

19 가수(嘉樹) : 가수(嘉樹)는 황천(皇天) 후토(后土)가 내놓은 나무 중에 특히 멋있는 나무라는 말. 『초사』 구장(九章) 귤송(橘頌)에, "후황이 아름다운 귤나무를 이 땅에 맞게 하심이여, 명을 받아 옮겨가지 않고 남국에 태어났도다.[后皇嘉樹橘徠服兮 受命不遷生南國兮]"라고 한 데서 온 말. 여기서는 南海가 이현으로부터 칭송된 것을 말함.

20 채번(采蘩) : 시경 편명.

○삼가 남해(南海) 사선(詞仙)의 운자를 따라짓다
敬次南海詞仙韻

동곽(東郭)

하늘 끝 부상(扶桑)의 긴 나무 가지	天外扶桑長幾枝
아침 햇살 광채가 붓끝으로 옮겨왔네.	曉暾光彩筆端移
웅장한 도읍 장대한 광경, 산은 병풍이 되고	雄都壯觀山爲障
커다란 땅 둥근 모양새, 바다는 못이 되었네.	大陸環形海作池
종장(宗匠)의 호방한 기상 참으로 빼어나고	宗匠氣豪驚颯爽
소년의 뛰어난 재주 맑고 기이하구나.	小年才逸見淸奇
나그네로 회포를 온전히 붙일 곳 없어	客間懷緖渾無賴
그저 시현(詩賢)을 위해 시 한 수를 지어보네.	聊爲詩賢賦一詩

○삼가 여러 분께 드리다
敬呈諸君

동곽(東郭)

양국이 천리 먼 거리가 아니라	兩國無千里
여러 현자들이 한 때를 함께 했네.	群賢共一時
정이 깊으니 마음도 지극히 맞고	情深仍極契
술이 떨어지니 다시 시를 논했네.	酒盡更論詩
배를 대면 누가 서로 찾아 줄 것인가	旅泊誰相訪
단란한 모임은 기약할 수 없네.	團圓未可期
홍애(洪厓)[21]에게 기이한 문채가 있어	洪厓有奇藻
아름다운 모임 차이나지 않을는지.	佳會恐差池

○삼가 동곽(東郭) 이군(李君)의 운자를 따라짓다
敬次東郭李君韻

남해(南海)

사귐을 논함은 인국(隣國)간의 화목함 때문이요	論交賴鄰睦
수려함을 뽐내는 건 성명(聖明) 시절 덕이라네.	挺秀應明時
옥 술잔엔 구하주(九霞酒)요	玉椀九霞酒
옥 자리엔 만수의 시	瓊筵萬首詩
처음 만나면서 마치 약속이나 있었던 듯	新知如有約
훗날 모임은 누가 기약 하겠는가?	後會憑誰期
멋진 일에 좋은 벗이 함께 하니	勝事兼良友
습지(習池)[22]에서 꼭 취할 필요 없구나.	不須醉習池

○삼가 여러분께 드리다
敬呈諸君

동곽(東郭)

바다 너머 신선의 산이 있다더니	海外有仙山
여러 신선, 이들 아닌가!	群仙無乃是
알겠구나! 동방의 기이함이	方知東方奇

21 홍애(洪厓) : 신선의 이름.

22 습지(習池) : 경관이 좋은 못. 후한(後漢) 습욱(習郁)이 현산(峴山) 남쪽에 범려(范蠡)의 양어법(養魚法)에 의해 못을 만들고 못 언덕에 대나무·부영 등을 심어 놓았는데, 진(晉)의 산간(山簡)이 이 못에 와서 술이 취할 적에는 늘 "이는 나의 고양지(高陽池)이다."라 하였다고 전함.

그저 산하의 멋 때문만이 아님을. 不特山河美

○ 동곽(東郭)이 보내온 운자를 따라짓다
次東郭示韻

남해(南海)

서기는 푸른 물결 같고 書記滄浪在
학사는 푸른 연꽃 같은데 學士青蓮是
부끄럽구나! 갈대 같은 존재로 但恥將蒹葭
억지로 멋진 옥수(玉樹) 마주하고 있으니. 强對玉樹美

○ 삼가 용호(龍湖) 서기의 운자를 따라짓다
敬次龍湖書記韻

남해(南海)

두 나라 시선(詩仙)들이 모였는데 兩國詩仙會
천년 고찰은 한적하구나. 千年梵宇閒
다른 때 혹 서로 회억(回憶)한다면 他時倘相憶
만 리 너머 구름 낀 산이리라. 萬里隔雲山

○ 삼가 용호(龍湖) 서기의 운자를 따라짓다
敬次龍湖書記韻

남해(南海)

부평초처럼 떠돌다 멋진 모임 정했더니	萍縱卜佳會
절[23]은 마침 맑고도 한적하구나.	蕭寺得淸閒
한릉산(韓陵山)의 비석[24]은 보지 못하고	未見韓陵石
부질없이 유자산(庾子山)[25]만 만났소 그려.	空逢庾子山

○ 다시 절구 한 수를 지어 여러분의 사안(詞案)에 드리다
又賦一絶逢諸君詞案

범수(泛叟)

어제 좋은 만남 있었는데	昨日有良會
오늘밤 또 이렇게 멋진 유람.	今宵又勝遊
은근히 한 통의 술을	慇懃一樽酒
서로 권하니 흥이 멎질 않는구나.	相與興難休

23 절[소사(蕭寺)] : 남북조 시대 양(梁)나라 때에 절을 많이 이룩하였으므로, 양나라 황제의 성(姓)인 소(蕭)를 붙여서 소사(蕭寺)라고 하게 됨.

24 한릉산(韓陵山)의 비석 : 한릉(韓陵)은 곧 한릉산(韓陵山)을 이름. 양(梁)나라 때 유신(庾信)이 남조(南朝)로부터 맨 처음 북방(北方)에 갔을 적에 당시 북방의 문사인 온자승(溫子昇)이 한릉산사비(韓陵山寺碑)를 지었으므로, 유신이 이 글을 읽고 베끼었는데, 남방의 문사가 유신에게 묻기를, "북방의 문사들이 어떠하던가?" 하니, 유신이 대답하기를, "오직 한릉산에 한 조각 돌이 있어 함께 말을 할 만하더라."고 했던 데서 온 말. 『朝野僉載 卷6』여기서는 훌륭한 시문을 뜻함.

25 유자산(庾子山) : 유신(庾信). 자산(子山)은 유신의 자(字). 여기서는 남해(南海) 자신을 비유하여 쓰임.

11월 5일 다시 만났다. -이날은 홍서기가 나왔다.

○이학사(李學士)의 안하(案下)에 드리다
呈李學士案下

남해(南海)

이렇게 재회하니 기쁜 마음이 어찌 그치겠습니까? 오늘 모임에도 시가 없을 수 없습니다만, 외람되이 초라한 시편[瓦石]을 던져 높은 안목을 누차 번거롭게 할까 싶어 그저 국담(菊潭)의 운자를 써서 시 한 수를 드립니다.

재주와 학식 계림에서 으뜸이더니	才學鷄林第一流
서풍이 큰 바다로 배를 불어 보냈구나.	西風吹送大溟舟
낯선 땅 나그네 시름은 울어대는 원숭이 너머에 있고	異鄉客憂啼猿外
고국의 소식은 비껴나는 기러기의 머리에 있네.	故國音書斜雁頭
세모의 강 안개에 호수 바다 아득해지고	歲暮烟波渺湖海
찬 하늘 눈비에 강가 누각 어둑해지는데	天寒雨雪暗江樓
다시 문 두드리는 풍류객이 있어	風流更有叩門客
그대 위해 새 시 읊어 시름을 삭혀주네.	新詠爲君消旅愁

○ 차운하여 남해(南海)의 사안(詞案)에 드리다
次奉南海詞案

남해(南海)

석상의 보배론 선비[26] 성가(聲價)이 모두 명류니	席珍聲價總名流
이·곽(李·郭)[27]의 신선 풍모 한 배에 함께 한 듯	李郭仙標共一舟
절로 좋구나! 늘그막에 꽃을 가까이 하니	老境自憐花著眼
이상타 마오! 만날 적 눈 가득한 머리라고.	逢場休怪雪盈頭
사귐의 정, 절로 족히 시사(詩社)와 한가지요	交情自足同詩社
좋은 만남 홀연히 또 사찰의 누각이라.	佳會居然又寺樓
화로 뒤 옥 앞에서 문득 뜻을 얻었고	盧後玉前偏得意
술 마시다 객수가 사라졌음을 완전히 깨달았네	酒中渾覺失羈愁

범수께 여쭙다
稟泛叟

남해(南海)

전날 갑작스럽게 헤어지게 되어 화답시를 받지 못했습니다. 우연히 부르고 읊조린 것이라 다시 생각해 읊지는 못합니다. 다만 별도의 시

26 석상의 보배론 선비[席珍] : 석진(席珍)은 석상지진(席上之珍)의 준말로, 뛰어난 인물을 칭하는 말. 『예기(禮記)』〈유행(儒行)〉에 유자(儒者)의 고상한 도덕을 형용하여 "유자는 자리 위의 보배를 가지고 초빙을 기다린다." 함.

27 이·곽(李·郭) : 이응(李膺)과 곽태(郭泰). 한(漢)나라 때에 명사(名士)인 이응(李膺)과 곽태(郭泰)가 낙양에서 지내다가 고향으로 돌아올 때 전송한 사람들이 많았는데, 배를 타고 건너가니 사람들이 바라보고 신선이라고 함. 『後漢書 高士傳』

한 편을 지어주신다면 다행이겠습니다. 족하께선 근후(謹厚)한 능력을 가지고 계시리라 생각합니다. 진실로 이는 나그네의 버릇 때문입니다.

답(答)

범수(泛叟)

하하! 전날 시는 무슨 글자를 운자로 삼았는지요? 그리고 족하의 별호(別號)는 무엇인지요? 아울러 알려주십시오.

답(答)

남해(南海)

전날 취한 붓을 마구 휘둘러 지금 이미 망각했습니다. 다만 별도의 시를 내려주시면 제가 한번 화답하여 드리도록 하겠습니다. 제 별호는 남해입니다. －범수(泛叟)가 즉시 후편을 지었다.

○남해(南海)의 사안(詞案)에 삼가 드리다
奉呈南海詞案

범수(泛叟)

지난밤엔 제가 먼저 취하여　　昨夜我先醉
손들께서 가신 때도 몰랐습니다.　　不知客去時

소단에서 이번 모임 중히 여기니	騷壇重此會
그대를 위해 힘들여 시를 씁니다.	爲子强題詩

○범수(泛叟)가 보내준 운자를 따라 짓다-이 날 눈이 내렸다
次泛叟見贈韻-此日雪

남해(南海)

흥을 즐김이 가장 깊은 건	唫興最深處
북풍에 눈이 내려서네.	北風雪下時
패교(灞橋)에서 맘 맞는 짝이 되어서	灞橋許相伴
나귀 등에서 시구를 찾아본다네.	驢背試探詩

범수(泛叟)에게 다시 아뢰다
再稟泛叟

지금 하소(霞沼)의 말을 듣고서야 족하께서 이미 내려주신 화운시가 하소의 집에 있다는 것을 알았습니다. 제가 미처 이것을 알지 못하여 지난번에 그 같은 말을 하였던 것입니다.

○경호(鏡湖) 홍군(洪君)의 안하(案下)에 삼가 드리다
敬呈鏡湖洪君案下

남해(南海)

네 용이 꿈틀꿈틀 구름 낀 나루에서 솟아오르니	四龍夭矯躍雲津
천애의 봉명사신 나란히 짝이 되었네.	奉使天涯是竝鄰
노포의 시는 기건(奇健)한 풍골(風骨)을 전하고	老圃詩傳奇健骨
명가의 글씨는 의거(義居)의 사람에게 선사되었네.	名家書賜義居人
바라보며 부상바다로 오니 배에는 아무런 근심이 없고	望來桑海帆無恙
읊조리며 봉래산을 지나니 붓에는 정신이 깃들었네.	吟過蓬山筆有神
일찍이 험난함도 침석(枕席)처럼 여기고 오셨다니	難險嘗來猶枕席
속에 붙은 장담(壯膽)이 몸보다 더 큰 듯하오.	中孚壯膽大於身

○삼가 남해(南海) 사백(詞伯)의 운자를 따라 짓다
奉次南海詞伯惠韻

용호(龍湖)

팔월에 사신 배가 한진(漢津)에 오르니	八月星槎上漢津
백년의 맹호(盟好)가 화친한 이웃에 있네.	百年盟好在和鄰
모름지기 기개 친교의 의리를 살피고	須看氣槩交親義
느긋하게 동서남북의 사람들 논하네.	暇論東西南北人
서로 만나니 속마음은 어찌 그리 빼어난지!	相簡襟懷何卓犖
편히 지은 시구에도 정신이 깃들었네.	等閑詩句亦精神
나그네로 덥고 추운 시절을 다 보내며	客間過盡炎凉節
시름겹게 고운 옥은 몸을 아직 못 돌리네.	愁殺珠方未返身

○ 한객(韓客)의 창수(唱酬)가 몹시 한가하여 붓을 달려 천의(天漪) 고군(高君)께 드리다
韓客唱酬太暇走筆呈天漪高君

남해(南海)

사뿐사뿐 춤추는 봉 강변에 모여드는데	翩翩儀鳳集江干
태두(泰斗)의 높은 이름 홀로 한객 우러르네.	泰斗高名獨仰韓
학업은 천년의 영수(領袖)로 전해지고	學業千年傳領袖
문장은 한 시대의 의관(衣冠)을 보게 하네.	文章一代見衣冠
굳건한 붓을 휘두르니 뱀이 풀숲을 빠져나가는 듯하고	縱橫健筆蛇穿草
화려한 소리를 굴리니 구슬이 쟁반 위를 달리는 듯	宛轉華音珠走盤
홍려(鴻臚)[28]에서 술잔 잡고 자주 서로 만나보니	把酒鴻臚屢相接
이따금 작던 흉금 넓어짐을 깨닫네.	汪汪只覺寸胸寬

○ 남해(南海) 사백(詞伯)의 운자를 따라 화답하다
次和南海詞伯韻

천의(天漪)

오늘 성두(星斗)의 때를 서로 잊은 채	此日相忘星斗干
집 가득한 대동(大東)의 한객(韓客)을 마주 했네.	滿堂坐對大東韓
바람 따라 흩날리는 거위 털 같은 눈발	隨風飄驟鵝毛雪

28 홍려(鴻臚) : 홍려(鴻臚)는 홍려시(鴻臚寺)의 약칭으로 당대의 관청 이름. 외국에 관한 사무와 조공(朝貢) 등의 일을 맡아 보던 관청.

절도에 맞게 우뚝한 황금 비녀 장식된 관	應節巍峨金鈿冠
북해(北海)는 술통을 잡고 남해(南海)는 취했는데	北海酒樽南海醉
고가(高家)는 붓을 들고 이가(李家)는 소반을 드네.	高家翰墨李家盤
준재들이 하루 밤에 수천 편의 시를 써내니	峻才一夜千篇就
운몽(雲夢)[29]같은 호수 여덟아홉을 삼킬 듯 넉넉하네.	雲夢呑來八九寬

○ 동석(同席)에서 대주(對州) 송포형(松浦兄)께 드리다
同席呈對州松浦兄

남해(南海)

삼천리 먼 이별	離別三千里
이십년 긴 교유	交遊二十年
하늘 끝 꿈은 서로 기록하지만	天涯夢相記
바다 밖 글씨는 누가 전해주리오?	海外書誰傳
훗날 모임 언제일까 알리오마는	後會知何日
진실로 재회하는 인연 있으리.	再逢良有緣
일찍이 노닐 적 말을 하지 않았으니	曾遊不用語
말끝마다 눈물이 줄줄 흘러서라네.	語語淚潺湲

29 운몽(雲夢) : 운몽택(雲夢澤). 한(漢)나라 사마상여(司馬相如)의 자허부(子虛賦)에 "운몽과 같은 것 여덟 아홉 개를 한꺼번에 집어삼키듯, 그 흉중이 일찍이 막힘이 없었다. [呑若雲夢者八九 於其胸中 曾不蔕芥]"라 함.

○ 150운 시를 지어 이학사(李學士) 동곽(東郭)께 드리다
贈李學士東郭百五十韻

남해(南海)

저 옛날, 태고의 시대	維昔鴻荒世
대지가 갈라져 세상이 됨에	方輿折八埏
시조 단군은 목덕(木德)을 타고	祖檀乘木德
대대로 조선을 다스렸네.	奕葉布朝鮮
아득하구나! 기틀을 연 공업이여	邈矣開基業
조물주와 선후를 다투니	爭斯造物先
도(圖)를 이룸은 우임금의 공적과 통하고	成圖通禹籍
갑자(甲子)는 요금님의 옥과 나란하네.	甲子竝堯璿
어짊은 청황(靑皇)[30]과 더불어 하나인데	仁與靑皇洽
도읍을 바야흐로 백악으로 옮겼으니	都方白嶽遷
총명함으로 쇠한 기운을 되살리고	聰明斆衰運
신의 조화는 저 먼 하늘까지 올라갔네.	神化陟遐乾
빛나도다! 저 무왕의 위엄이여	赫彼武王烈
크도다! 기자의 현명함이여	大哉箕子賢
교활한 아이[31]는 돼지처럼 배부를 줄 모르고	狡童豕無饜
요사스런 달기(妲己)는 호랑이처럼 따랐네.	妖妲虎而鉛
상아 젓가락[32]으로 기미가 일어남을 보았으니	象箸見機作

30 청황(靑皇) : 봄을 관장하는 신.

31 교동(狡童) : 기자의 맥수가(麥秀歌)에 '저 보리 이삭 잘 자라고 벼·기장 무성도 한데 저 교동은 나를 좋아하지 않아.[麥秀漸漸兮 禾黍油油 彼狡童兮 不與我好兮]' 하였으니, 교동(狡童)이란 곧 주(紂)를 가리킴.

녹대(鹿臺)야 어찌 명하여 뉘우치게 하였으리!	鹿臺奈命悛
세 인자[33]의 도가 나란히 세워졌지만	三仁道竝植
홀로 서서 물을 졸이듯 걱정했다네.	獨立憂如煎
봉해짐이 어찌 공신의 반열이겠는가?	封豈功臣列
기려짐은 이내 빈례(賓禮)로 대접받았네.	享乃賓禮偏
규장(珪璋)[34]으로 은나라 이후를 돌아보고	珪璋眷殷後
옥마(玉馬)[35]는 주나라 때를 살폈네.	玉馬觀周年
황극(皇極)의 도를 펼쳐 황제의 스승으로 존귀했고	皇極帝師貴
오랑캐 땅 교화하여 신하의 절조를 온전히 했네.	明夷臣節全
질서는 원래 기송(杞宋)[36]을 뛰어넘고	秩原踰杞宋
다스림은 이미 제연(齊燕)을 넘어섰네.	治已邁齊燕
조관들이 반열에 서서[37] 제사 고기를 나누어 오고	振鷺頒膰至

32 상아 젓가락[象箸] : 상(商)나라 주(紂)가 사치하여 처음으로 옥배(玉杯)와 상저(象箸)를 만드니, 기자(箕子)가 탄식하기를, "장차 경궁(瓊宮)과 요대(瑤臺)를 지어 사치가 한이 없을 징조로다." 하였음.

33 세 인자[三仁] : 은(殷)의 세 어진 인물인 미자(微子)·기자(箕子)·비간(比干)을 칭하는 말.

34 규장(珪璋) : 고대 조빙(朝聘)에 사용하던 옥으로 만든 매우 귀중한 예기(禮器)로, 매우 고아한 인품에 비유됨. 『예기』 빙의(聘義)에, "규장특달(珪璋特達)"이라 하여, 규장을 가진 이는 다른 폐백(幣帛)이 없어도 곧바로 천자를 뵐 수 있다고 함.

35 옥마(玉馬) : 현신(賢臣)을 칭하는 말. 『논어(論語)』 비고참(比考讖)에 "은(殷)나라가 달기(妲己)에 현혹되자 옥마가 도망쳤다." 한 데서 유래.

36 기송(杞宋) : 기(杞)는 주 무왕(周武王)이 은(殷)의 주왕(紂王)을 멸한 뒤에 하우(夏禹)의 후손 동루공(東樓公)을 봉하여 하우의 제사를 받들게 한나라이고, 송(宋)은 주 무왕이 은(殷)의 주왕을 멸한 뒤에 성탕(成湯)의 후손 미자(微子)를 봉한 나라임. 공자(孔子)가, 하(夏)나라와 은(殷)나라의 예제(禮制)를 고증하려 하나 기와 송의 문헌(文獻)이 없어서 고증할 수 없음을 한탄하였음. 『論語 八佾』

얽힌 용은 총애를 입고 빙빙 도네.	交龍荷寵旋
현왕(玄王)은 길이 제사가 있고	玄王長有祀
백성들도 다시 쾌유됨을 알았네.	黎庶復知痊
풍토는 도리어 창망했지만	風土還蒼莽
교화는 날로 성대해졌네.	聲敎日蔓莚
세시가 오기(五紀) 변해도	歲時五紀變
팔조(八條)의 법 따라 지키니	典揆八條沿
예악(예악)은 자못 배로 성대해지고	禮樂移殊倍
정전제(井田制)로 백성들은 부유해졌네.	膏腴分井田
문마자 자물쇠를 걸어 지키고	門遺扃鐍守
집집마다 양잠의 편리함을 알게 하였네.	戶識徹蠶便
상국(上國)과 복제를 함께하고	上國同巾幘
고풍은 두변(豆籩)[38]에 남았으니	古風存豆籩
화이(華夷)에 무슨 차이가 있으랴!	華夷何有異
순박함은 진실로 당연한 것.	淳樸故當然
시서(詩書)의 아름다운 바로써	所以詩書美
영원토록 사책(史策)에 올려졌네.	永敎史策搴
중흥(中興)의 다스림 더욱 남다르고	中興尤傑異
대업(大業)은 문득 더욱 성대했네.	大業欻炎爗

37 조관(朝官)들이 반열(班列)에 해오리처럼 선다는 의미. 『시경』에 〈진로(振鷺)편〉이 있는데, 그것은 주(周)나라 종묘(宗廟)의 제사에 하(夏)나라의 후손과 상(商)의 후손이 와서 참예하였으므로, 그것이 마치 깨끗한 해오리가 다른 곳에서 날아오는 것과 같다 함.

38 두변(豆籩) : 두(豆)와 변(籩). 두(豆)는 나무로 만든 그릇이고, 변(籩)은 대[竹]로 만든 그릇. 모두 의례(儀禮)용 그릇.

조정의 대책은 규모가 성대하고	廟略規摸盛
왕족은 오이덩굴처럼[39] 번성하였네.	宗藩瓜瓞緜
찬란하도다! 모두 한가지로 덕을 지켜	綺兮咸一德
솥발처럼 비로소 터전을 함께 했네.	鼎峙始同廛
말이 쉬니 방가(邦家)는 부유하고	馬息邦家富
소가 살찌니 사직(社稷)이 온전했네.	牛肥社稷牷
발해(渤海)는 지맥(地脈)과 통하고	渤溟通地脈
우뚝한 북두성으로 별자리를 예측했네.	危斗卜星躔
베틀 북은 씨줄 날줄 막힘이 없어	杼柚疏經緯
사방 변방에 보낼 폭건(幅巾)을 마름질했네.	方隅裁幅巾
누가 알았으랴? 호랑이와 표범이 지켜 서있고	誰知虎豹守
금탕(金湯)[40]의 견고함에도 힘입었을 줄.	亦賴金湯堅
백이(百二)[41]가 모두 배후를 덜어주어	百二皆損背
늘 목구멍을 조르는 듯하였네.	尋常猶搤咽
패수(浿水)의 드넓음은 옷깃을 펼친 듯하고	襟開浿水闊
한강(漢江)의 구비침은 허리띠를 당긴 듯.	帶控漢江纏
기(冀)땅의 들판은 개인 날 숲으로 이어지고	冀野霽連樹
요동(遼東)의 구름은 저물녘 봉우리를 넘어가네.	遼雲晚過巓

39 오이덩굴 : 자손의 번성을 뜻한다. 『시경』〈대아(大雅)〉 '면장(綿章)'에, "얽히고 얽힌 외덩굴이다[緜緜瓜瓞]." 하였고, 그 시서(詩序)에, "주(周)나라의 복록이 멀리 뻗쳐 마치 외덩굴과 같다."고 함.

40 금탕(金湯) : 금성탕지(金城湯池)의 준말로, 굳건한 요새지를 칭하는 말.

41 백이(百二) : 난공불락(難攻不落)의 요새지를 칭하는 말. 옛날 진(秦)나라 땅이 험고(險固)하여 2만 인으로 제후의 백만 군대를 막을 수 있다[秦得百二焉]는 말에서 비롯됨. 『史記 卷8 高祖本紀』

풍속을 살피는 관리들이 사방을 순시하고	觀風使旁午
재화 교역하는 시장은 떠들썩했네.	交貨市駢闐
길 위에 수레는 물처럼 이어지고	上路車如水
나그네 쉬는 정자에 술은 샘처럼 있네.	旅亭酒似泉
회나무 버드나무 낮인데도 그늘져 어둑하고	午陰槐柳暗
오얏 매화 꽃들로 봄빛이 곱네.	春色李梅姸
사녀(士女)들의 노랫소리 흘러넘치니	士女謳歌溢
도성엔 즐거움이 그 얼마나 가득했나?	都幾歡樂塡
송사(訟事)가 없어 뜰에는 풀들이 돋고	訟稀庭有草
곡식이 익어감에 들에는 해충이 없네.	穀稔野無蝝
상서로이 내리는 삼위(三峗)의 이슬	祥下三峗露
쾌청한 날 향불 같은 만호(萬戶)의 연기.	晴薰萬戶烟
장식한 수레는 때때로 명망 높은 사람을 초빙하고	雕輿時騁望
황금 수레는 혹 채찍질은 멈추네.	金輅或停鞭
개울엔 날 저물자 고깃배가 모여들고	川晩漁艇集
산에는 소리 울리자 사냥불이 타오르네.	山鳴獵火烶
멋진 낚싯대로는 가자미를 잡고	文竿比目鰈
좋은 먹이로 축두편(縮頭編)[42]을 유인하네.	芳餌縮頭編
원숭이들 웃어대자 창을 겨누고	狒狒笑逢戟
새들 날자 활시위를 당기네.	鶼鶼飛應弦
만물의 광채를 응당 문장으로 담아내니	應因章物采

42 축두편(縮頭編) : 살지고 맛이 아름답기로 유명한 물고기의 이름인데, 이 고기는 본래 한수(漢水)에서 난다고 함.

어찌 사냥만을 일삼을 뿐이겠는가?	豈啻事游畋
옥 같은 누에고치로는 오명(五明)의 부채를 만들고	玉繭五明扇
고운 꽃으로는 칠보(七寶)의 비녀를 만드네.	瑤華七寶鈿
바닷물을 끓여 짠 소금을 얻고	鹹鹺利煮海
진주조개를 바꾸니 돈과 비단이 휘황하네.	貝錦光交蠙
닭이 놀라니 무소는 뿔을 감추고	雞駭犀藏角
꿩이 놀라니 매는 발톱을 당기네.	雉驚鷹掣拳
멋지도다! 회계(會稽)의 아름다움이여	猗猗會稽美
울창하도다! 예장(豫章)의 나무여	蔚蔚豫章梃
인삼 잎사귀로는 염제(炎帝)를 탄복케 하고	蔘葉歎炎帝
송화(松花)로는 악전(偓佺)[43]을 불러들였네.	松花招偓佺
감도는 기운 누설하기 부족한데	扶輿未足泄
환하고 곱다고 어찌 미인을 생각하랴?	明媚豈惟嫕
좋은 술 목숨이 비록 귀하다지만	玉醴壽雖貴
단사약은 옥돌처럼 흔하구나.	丹砂賤若瑌
영령(英靈)이 어찌 세상을 비게 하리오?	英靈曷虛世
준걸들이 반드시 어깨를 부빌 터인데.	俊杰必磨肩
충효(忠孝)로는 윤문정(尹文貞)[44]이요	忠孝尹文貞
간쟁(諫諍)으로는 정도전(鄭道傳)이라	諫諍鄭道傳

43 악전(偓佺) : 악전은 괴산(槐山)에서 약초를 캐고 사는 신선인데, 송실(松實)을 먹기를 좋아하고 온몸에 털이 났으며, 눈동자가 네모졌고 머릿결이 푸른빛이며, 몹시 빨리 달려서 달리는 말을 좇아갈 수가 있다고 함. 『列仙傳 偓佺』

44 윤문정(尹文貞) : 고려말 문신으로 이름은 택(澤), 자(字)는 중덕(仲德), 호(號)는 율정(栗亭).

현명한 군주와 어진 신하가 서로 화려한 문채를 이루니	明良相黼黻
제도도 또한 굉연(紘綖)[45] 같아라.	制度又紘綖
관리들은 한나라 의례를 숭상하여 갖추고	官尙漢儀備
과거는 명나라 제도를 이어왔네.	科因明制延
과거시험장엔 견식 있는 사람들이 뽑히고	棘闈懸藻鑑
장원을 가림에 공정함을 얻었네.	桂捷得衡銓
성률은 진실로 화협(和協)하고	聲律固和協
공로는 다시 갈고 닦네.	功庸更究硏
용맹한 장수에겐 호장연(虎帳宴)을 베풀어 주고	勇張虎帳宴
지혜로운 장수는 용도편(龍韜篇)[46]을 알고 있네.	智識龍韜篇
게 모양의 혜문관(惠文冠)[47]을 좋아하고	羨惠文如蟹
솔개에 활 쏘던 도위(都尉)를 비웃네.	笑都尉射鳶
태평한 빛은 후세(後世)를 비춰주고	恬熙方耀後
위대한 업적은 전대(前代)를 넘어서네.	偉蹟逈超前
이들과 함께 하지 않았다면	非與斯人共
어찌 끝내 기려질 수 있었으리.	惡乎終譽焉
우리 임금 대보(大寶)를 이어받아	我王承大寶
제후로서 홍견(洪甄)에 오르셨네.	維辟乘洪甄

45 굉연(紘綖) : 굉연(紘綖)은 후궁이 면류관을 장식하기 위해 짜던 장식으로 부녀자의 근검과 덕스러움을 상징함.

46 용도편(龍韜篇) : 육도삼략의 편명.

47 혜문관(惠文冠) : 전국 시대 조 무령왕(趙武靈王)이 호복(胡服)을 본떠 초미(貂尾)로 치장해서 쓰던 관(冠)인데, 진(秦)이 조(趙)를 멸망시킨 뒤에 이를 근신(近臣)에게 줌. 『後漢書 輿服志』

아름다운 명이 심원하게 이어지고	休命穆於緝
옛 법은 찬연하게 어긋남이 없네.[48]	舊章炳不愆
어짊을 즐겨 다른 성도 화목해지고	仁歡異姓睦
빙례(聘禮)로 두 나라가 나란해졌네.	聘禮二邦權
진초(晉楚)가 교린 하던 그 옛적처럼[49]	晋楚鄰交舊
산하(山河)에 신실한 맹세 정성스럽네.	山河信誓虔
해, 달 같은 성덕으로 봉력(鳳曆)[50]을 헤아리니	重光推鳳曆
오랑캐도 상현(商絃)[51]을 받아들였네.	夷則入商絃
원근에 따라 배, 수레가 갖추어지고	遠近舟車具
길에 따라 굽의 제도도 알맞게 되니	道塗蹄令宜
길 가는 사람은 오나라 계찰(季札)[52]이요	行人吳季札
편한 이는 한나라 장건(張騫)[53]이라	便者漢張騫

48 옛 법은 찬연하게 어긋남이 없네[舊章炳不愆] : 『시경』〈가락(假樂)〉에, "어기지도 않고 잊지도 않으며 옛 전장을 따르는도다.[不愆不忘, 率由舊章]"라고 함.

49 『좌전』 성공(成公) 12년 12월 조에 "진(晉)나라 군주와 초(楚)나라 공자 피(罷)가 적극(赤棘)에서 맹서하였다."라고 함.

50 봉력(鳳曆 : 책력을 칭하는 말. 『좌전(左傳)』 소공(昭公) 17년에, "소호씨(小昊氏)가 즉위하자 봉새가 마침 이르렀으므로, 새로써 관(官)을 기록하며 봉조씨를 역정(曆正)으로 삼았다." 하였다. 봉조씨(鳳鳥氏)는 상고 시대 책력을 맡은 관원이었으므로 책력을 봉력이라 칭함.

51 상현(商絃) : 거문고.

52 계찰(季札) : 춘추 시대 오(吳)나라 계찰(季札)이 상국(上國)을 역방하면서 당세의 이름난 사대부들과 교유를 맺고, 노(魯)나라에 들러 주(周) 나라의 음악을 들어 보고는 열국(列國)의 치란흥망을 알았다고 하는 고사가 전함. 『史記 卷31』 곧, 사신의 훌륭함을 비유한 말.

53 장건(張騫) : 한나라 장건(張騫)은 한 무제의 명을 받고 대하(大夏)에 사신으로 나가서 황하의 근원을 찾을 적에 뗏목을 타고 달포를 지나 은하수 위로 올라가서 견우와 직녀를

새벽에 계림 밖으로 출발하여	晨發鷄林外
저녁에 대마도를 지났네.	夕過馬島邊
옥기린은 우절(羽節)을 따르고	玉麟隨羽節
장식 배들 다락배를 뒤쫓았네.	畫鷁逐樓船
좌해(左海)엔 큰 파도 넘실대더니	左海洪潮湧
부상(扶桑)엔 아침 해가 떠올랐네.	扶桑旭日懸
바람에 돛은 불룩해지고	風便帆腹飽
파도 걷히자 노 곁에서 잠이 들었네.	波穩櫓頭眠
용이 거뭇한 삼산(三山)의 달	龍黑三山月
무지개 환한 구국(九國)의 하늘	虹明九國天
손으로 가리키며 섬들을 돌아드니	指隨島嶼轉
눈으로 고향의 구름이 드네.	目入鄕雲穿
자라 등 황금은 궁궐이 되고	鰲背金爲闕
교인(鮫人) 쟁반의 구슬은 못에 있네.[54]	鮫盤珠在淵
갖옷 칡옷 갖추어 행장을 꾸렸는데	行裝具裘葛
바닷가 음식 맛은 비린내 누린내 섞여 있네.	海味雜腥羶
방장산(方丈山)에서는 약초 찾을 생각을 하고	方丈思尋藥
푸른 바다에선 파도가 뱃전 두드리는 소리를 듣네.	滄浪聽扣舷

만나고 왔다는 전설이 전함. 『天中記 卷2』 동서 문화 교류에 큰 업적이 있는 인물을 통해 사신의 능력과 임무를 비유한 것.

54 교인(鮫人) : 교인은 물속에 산다는 괴상한 사람. 『博物志』에 "교인이 물속에서 나와 어느 인가(人家)에 기주(寄住)하면서 매일같이 깁[綃]을 팔았는데, 그가 떠나려 하면서 주인에게 그릇을 달라 하므로 주인이 그릇을 주자 울음을 울어서 구슬 눈물을 소반에 가득히 담아 주인에게 주었다." 함.

누각에는 신기루 기운이 감싸고	樓成團蜃氣
성난 고래는 물을 뿜네.	沫吐怒鯨顴
심술(心術)로 시험삼아 물을 살펴보니	心術試觀水
신의 도움으로 물 건너기 편리하네.	神扶利濟川
홀연 금 부절이 지나가니	但驚金節過
옥 같은 달이 차오름을 몇 번이나 보았는가?	幾見玉蜍圓
저녁 이슬은 가을 학을 놀라게 하고	夕露警秋鶴
새벽 한기는 밤 매미를 전송하네.	曉寒送夜蟬
문사가 때때로 만물을 읊조리면	文司時萬詠
행렬은 잠시 깃발을 멈추네.	兵庫暫留旆
이미 물결 꽃 핀 언덕에 올랐고	既上浪花阜
또 낙수 다리에서 다시 노닐었네.	復遊洛水堧
다만 여정마다 절절한 마음이 들면	祇程每懷切
말을 재촉해 빠르게 지나쳤네.	叱馭載馳遄
서경에 이르러 시 짓는 건 좋지만	好就西京賦
동쪽 길에 수레 멈추긴 어렵네.	難留東路軿
누대 끝에 노을은 아스라하고	台標霞縹緲
호수와 숲은 푸르름이 이어졌네.	湖樹翠迤涎
멋진 경치 구경할 땐 신발에 밀랍을 바르고	濟勝屐將蠟
기이한 경치 만나면 휘장을 자주 들어올리며	遇奇帷屢褰
여덟, 아홉 운몽택(雲夢澤)을 삼키고[55]	雲夢呑八九

55 여덟, 아홉 운몽택(雲夢澤)을 삼키고 : 사마상여(司馬相如)의 〈상림부(上林賦)〉에, “초나라에는 칠택이 있어, 그중에 하나인 운몽택은 사방이 구백 리 인데, 운몽택 같은

삼천 세계를 모두 다 했네.　　世界盡三千
술이 깨니 시름을 깨뜨리기 어렵고　　醉淺愁難破
등불이 스러지니 걱정이 비로소 끌려나오는데　　燈殘憂始牽
호탕한 노래는 행렬의 자취를 위로하고　　浩歌弔陣跡
번다한 생각은 맑은 물놀이로 씻어내네.　　煩想濯淸漣
이따금 바라보니 부사산은 우뚝 솟아　　乍望士峯秀
저 멀리 함곡(函谷)까지 이어져 있는데　　遠兼函谷連
산허리쯤에는 안개가 자욱하고　　半腰霧鴻洞
절정에는 쌓인 눈이 곱디 고와　　絶頂雪嬋娟
꼬리 늘인 청룡이 누운 듯　　尾拖靑龍臥
날개 드리운 대붕이 나는 듯　　翼垂大鳳翩
영롱하기는 옥 우산을 세워 든 듯　　玲瓏擎玉傘
뾰족하기는 서리 칼을 깎은 듯.　　岸崿削霜鋋
황금 거위 꽃술을 따려는 듯　　欲采金鵝蕊
옥 우물 연꽃을 높이 매단 듯.　　高攀玉井蓮
붉은 벼랑 자취는 어디에 있는가?　　丹崖跡安在
푸른 절벽 이름을 새길 만하네.　　翠壁名堪鐫
칼에 기대니 생각은 처음처럼 씩씩해지고　　倚劍思初壯
붓을 휘두르니 흥이 홀연 솟아오르네.　　揮毫興忽顚
도성에 들어서자 천자 수레 방울 소리 찰랑찰랑　　入都鑾翽翽

것 여덟아홉 개를 삼키어도 가슴속에 조금도 거리낌이 없다.[楚有七澤 其一曰雲夢 方九百里 呑若雲夢者八九 其於胸中曾不蔕芥]" 한 데서 온 말로, 전하여 광대한 포부를 의미함.

길을 경계시키려 북소리 둥둥둥	戒路鼓鼘鼘
수레 타고 교외에서 맞이하니	車騎迎郊甸
비단 행렬 길거리를 환히 비추네.	綺羅照陌阡
사제(沙堤)[56]의 먼지 물을 뿌려 청소하니	沙堤塵洒掃
성궐(城闕)의 기세는 푸르디푸르네.	城闕氣蔥芊
관면(冠冕)은 문치(文治)의 교화를 보게 하고	冠冕觀文化
온화하고 공손함은 기운의 전일(專一)함을 알게 하네.	溫恭知氣專
깊은 심회는 소사(蕭寺)의 책상에서요	幽懷蕭寺榻
성대한 음악은 노대(魯臺)의 잔치에서라.	廣樂魯臺筵
구슬 신발은 홍려(鴻臚)의 기생 것이요	珠履鴻臚倡
훌륭한 신하들은 원로(鵷鷺)[57]처럼 늘어섰네.	羽儀鵷鷺聯
광주리에 담긴 폐백을 받드니 연나라 음악을 연주하고	承筐歌燕樂
옥을 주니 주선(周旋)이 법도에 맞음을 볼 수 있네.	授玉觀周旋
상장(上將)은 조충국(趙充國)[58]이요	上將趙充國
한림(翰林)은 이적선(李謫仙)이라.	翰林李謫仙
허리춤의 황금은 구기 같고	腰間金似斗
앉은 자리 붓은 마치 서까래 같네.	坐上筆如椽

56 사제(沙堤) : 당(唐)나라 시대에는 어떤 사람이 재상이 되면 서울 사람들이 모래를 실어다가 그의 집으로부터 성 안에 이르는 길에 까는 풍습이 있었는데, 이 모래가 깔린 길을 사제(沙堤)라 부름.

57 원로(鵷鷺) : 벼슬아치들이 조회(朝會)할 때에 반열을 지어 봉의 새끼[鵷]와 해오리처럼 벌여 서는 데서 비롯한 말.

58 조충국(趙充國) : 한 무제(漢武帝) 때부터 흉노(匈奴)를 무찔러 명성을 떨쳤으며, 선제(宣帝) 때에 영평후(營平侯)에 봉해진 인물. 논책(論策)에 능하여 그가 올린 글 모두가 경세(經世)의 글로 일컬어짐.

옥서(玉署)[59]는 여러 관료들보다 빼어나고	玉署超群僚
천관(天官)[60]은 여섯 관원을 거느리네.	天官統六員
장원의 이름 예방(蕊榜)[61]에 오르니	魁名騰蕊榜
여러 시험에서 푸른 동전 들어맞듯 매번 일등.[62]	萬選數青錢
아침이면 근정전(勤政殿)에서 찰기를 전하고	勤政朝傳札
밤이면 홍문관(弘文館)에서 문장을 다듬었네.	弘文夜校編
재주가 웅걸차니 절로 대적할 자 없고	才雄自無敵
학식이 풍부하니 마치 곳간을 뒤지는 듯.	學富似探廨
총애는 비백(飛白)[63]을 하사받고	光寵賜飛白
정미함은 태현경(太玄經)을 지을 정도.	精微著太玄
사향노루 향기 도는 단수(端水)의 벼루	麝芬端水硯
꽃잎을 오려낸 듯한 촉강(蜀江)의 종이.	花剪蜀江箋
다만 구름 속에 드러난 상서로움만 보일 뿐	但見雲呈瑞
해가 벽돌을 지나듯 막히지 않네.	不涸日過磚
문장은 자못 베틀과 북으로 조직한 듯하고	文殊出機杼
의리는 실로 나무그릇처럼[64] 분명하네.	義固辨桮棬

59 옥서(玉署) : 홍문관(弘文館)의 별칭.

60 천관(天官) : 이조(吏曹)의 별칭.

61 예방(蕊榜) : 도를 배워 신선이 되었다는 전설에서 유래한 말로, 후에 과거시험 합격 공고를 의미하는 말로 사용됨.

62 여러 시험에서 푸른 동전 들어맞듯 매번 일등 : 푸른 동전(銅錢)을 여러 개 모아도 모양이 똑같은 것처럼 과거를 볼 적마다 합격하여 장원하였다는 말. 『서언고사(書言故事)』 문장류(文章類)에 "여러 번 과거를 보아 번번이 합격하는 글을 청전만선(青錢萬選)이라 한다."고 함.

63 비백(飛白) : 비백체. 서체(書體) 중의 하나.

난해한 문장은 반고(盤誥)[65]와 짝할 만하고	佶屈儔盤誥
원류를 거슬러서는 전욱(顓頊)까지 연구했네.	遡徊究帝顓
하늘로 올라서는 조물주를 따르고	駕空追造父
오묘함을 잡아냄은 연현(娟嬛)[66]보다 뛰어나네.	釣妙越娟嬛
고요히 두드리니 객은 술을 가져오고	寂扣客携酒
깊이 찾으니 시는 선(禪)의 경지 넘어서네.	冥搜詩透禪
아름다운 음은 맑은 물속 털보다 심원하고	徽音遠瀏毫
기발한 생각은 도리어 은은하구나.	奇思還潺湲
환하기는 마치 까만 밤 하얀 명주 같고	煥若眩霄練
기뻐하기는 마치 대권(大卷)에 놀란 듯.	穆如驚大卷
사람들이 모두 한번 보기를 희망하니	人皆望一顧
누가 감히 빈 활을 당길 것인가?	誰敢張空弮
전아한 품격은 광풍제월(光風霽月)처럼 우러러 뵈고	雅範仰光霽
도량은 병약한 이들을 포용하네.	度量容病孱
정원의 해바라기도 정성을 다 바치니	園葵幸致忱
초야에서 감히 게을리 할 수 있겠는가!	草野敢陳惓
처음 맛이 끝까지 달지 않더니	初味未終蔗
남은 향 갑자기 겨자를 얻었네.	餘香乍得荃

64 나무그릇[桮棬] : 고자가 말하기를 "성(性)은 고리버들과 같고 의(義)는 나무로 만든 그릇과 같으니, 사람의 본성으로써 인의를 행함은 고리버들로 그릇을 만드는 것과 같다.[性猶杞柳也 義猶桮棬也 以人性爲仁義 猶以杞柳爲桮棬]"함. 『孟子 告子上』

65 반고(盤誥) : 주고(周誥) 은반(殷盤)의 준말로, 고문(古文) 중 난해하기로 이름난 『서경(書經)』 상서(商書)의 반경(盤庚) 상(上), 중(中), 하(下) 세 편과 주서(周書)의 대고(大誥), 강고(康誥), 주고(酒誥), 소고(召誥), 낙고(洛誥) 다섯 편을 합칭한 말.

66 연현(娟嬛) : 중국 고대에 낚시를 잘하는 것으로 알려진 사람.

큰 바다의 넓음은 엿볼 수 없으니 不窺鉅海廣
막힌 웅덩이의 얕음을 어찌 버리랴! 何棄絶潢扁
다만 부끄러운 건, 무염(無鹽)[67]같은 추함으로 但愧無鹽醜
남몰래 하채(下蔡)[68]의 미소를 맞이하는 것. 竊迎下蔡嫣
어찌 그 천리의 뼈로 豈其千里骨
공연히 九方의 의심을 찾을 것인가? 空覓九方歅
해진 빗자루 남에게 팔며 弊帚向人衒
말재(襪才)로 세상 손해를 함께 하네. 襪才共世損
어려서 일찍이 영락하여 少年曾落魄
괴상한 기운이 꽉 막혀 배배 꼬였네. 奇氣鬱連蜷
숙야(叔夜)[69]같은 처신은 비방을 불러오기 쉬웠고 叔夜易招謗
정평(正平)[70]같은 성품은 동정을 받기 어려웠네. 正平難取憐

---

67 무염(無鹽) : 전국 시대 제(齊)나라 무염땅의 유명한 추녀(醜女) 종리춘(鍾離春)의 별칭으로, 자신의 재능이 형편없다는 뜻으로 쓴 겸사.

68 하채(下蔡) : 하채는 고을 이름으로 안휘성(安徽省) 봉대현(鳳臺縣)에 있음. 호색(好色)하기로 이름난 등도자(登徒子)가 부인을 하채에 두고 미색에 도취되어 헤어날 줄을 몰랐다고 함. 전국 시대 송옥(宋玉)의 등도자호색부(登徒子好色賦)에 "동쪽 집의 처자는 일 분만 더 보태면 키가 너무 크고, 일 분만 감하면 키가 너무 작으며, 분을 바르면 너무 희고, 연지를 찍으면 너무 붉으며, 눈썹은 마치 물총새의 깃 같고, 살결은 마치 하얀 눈빛 같으며, 허리는 흡사 한 묶음 비단 같고, 치아는 흡사 진주를 머금은 것 같아서, 상긋 한번 웃으면 양성, 하채를 미혹시킨다.[東家之子 增之一分則太長 減之一分則太短 著粉則太白 施朱則太赤 眉如翠羽 肌如白雪 腰如束素 齒如含貝 嫣然一笑 惑陽城迷下蔡]"라고 한 데서 온 말.

69 숙야(叔夜) : 진(晉) 죽림칠현(竹林七賢) 가운데 한 사람인 혜강(嵇康)의 자(字).

70 정평(正平) : 후한(後漢) 예형(禰衡)의 자. 예형은 성격이 강오(剛傲)하여 조조(曹操)를 고리(鼓吏 북 치는 고수)라 하자, 그의 광오(狂傲)함을 성내어 유표(劉表)에게 보냈었는데, 역시 그 모만(侮慢)한 태도가 용납되지 않아 신하인 황조에게 보내졌다가 마침내 살해됨.『後漢書 卷110』

길가에 늘 황량하게 버려졌고	半塗常荒廢
길 가운데서 다시 어렵게 되었네.	中路復屯邅
고인 물에 어찌 큰 잉어가 살 수 있으랴!	洿豈尺尺鯉
도움은 백 척의 노래기가 아니네.	助非百尺蚿
구부려는 포류(蒲柳)[71]의 자질을 망각하고	俯忘蒲柳質
우러러는 유방(楡枋)[72]의 날아오름을 배웠네.	仰學楡枋翾
일신의 욕됨을 감추자니	脩飾一身穢
두 팔을 배배틀며 격앙했네.	激昻雙臂擰
뻔뻔하게도 썩은 것을 새기고	强顏雕朽腐
어려서부터 아로새기는 것에 빠졌네.	童習費蟺蜎
이미 새로 아는 즐거움을 얻었으니	旣得新知樂
지난 자취 잘못되었음을 부끄러워 말라.	莫慙故步姍
연못에 지난 날 남겨둔 그물 있건만	臨淵舊遺綱
친히 담소하느라 마침내 통발을 잊었네.	傾盖遂忘筌
내려주신 것은 욕되게도 아름다운 겸금(兼金)[73]이었는데	賜辱兼金美
예물은 부끄럽게도 흔해빠진 비단 묶음이라네.	贄羞束帛戔

71 포류(蒲柳) : 물가에 사는 버들인데, 다른 식물에 비해 먼저 잎이 지는 까닭에 조쇠(早衰)함에 비유됨. 『진서(晉書)』 고열지전(顧悅之傳)에, '열지가 간문제(簡文帝)와 더불어 동갑인데 머리털이 일찍 희어지니 간문제는 그 이유를 물었다. 열지는 대답하기를, 송백(松柏)의 바탕은 추위를 겪어도 오히려 무성하고, 포류(蒲柳)의 기질은 가을만 바라보면 먼저 진다'고 함.

72 유방(楡枋) : 『장자(莊子)』 소요유(逍遙遊)에, 붕새[鵬]가 9만 리나 높이 날아오르는 것을 보고 비둘기가 비웃기를 "나는 느릅나무와 박달나무[楡枋]에만 이르려 해도 때로는 이르지 못한다." 한 데서 온 말로 자신의 능력이 부족함을 비유한 말.

73 겸금(兼金) : 일반적인 금(金)보다 갑절의 가치가 있는 금을 말하는데, 여기서는 훌륭한 인품에 비유한 것.

나약한 문장[74]이라 말하지 마오	休言呈骫骳
박절하고 황량함만이라도 고친다면 다행이라오.	幸爲療拍罕
자오선은 어찌 방위를 가르는가?	子午何分位
선인과 범인은 인연 맺기 어려운 법.	仙凡難結緣
방언이 하물며 거듭 번역해야 되니	方言況重譯
맑고 밝으신 분도 이치 찾지 못하리.	淸晤未探詮
어찌하면 지부(地符)의 비용을 얻어	安得地符費
요구(夭口)의 치달림에 밑천으로 삼을까?	何資夭口騈
앞길 두고 바퀴축을 뺄 수도 없으니	前途難拔轄
훗날 모임 누가 기약 하겠는가?	後會孰從篿
편지[75] 써서 소식이나 기대할 뿐이나	尺素期鴻雁
짧은 시간이 보물처럼 귀하구나.	寸陰惜璧瑄
다만 주신 교화 저버릴 뿐이니	只知負薰炙
어찌하면 작은 물줄기라도 따를 수 있을까?	何以效微涓
행색을 감히 굳세게 하지 못하고	非敢壯行色
그저 나의 답답함만 그려낼 뿐이네.	聊云寫我痛
떠날 날 하루하루 서둘러 닥쳐오면	行期日促逼
돌아가는 소매 자락 바람에 나부끼리라.	歸袖風褊褼

74 나약한 문장[위피(骫骳)] : 나약하고 풍골이 없는 문장.

75 편지[尺素] : 척소(尺素)는 편지를 비유한 말. 후한(後漢) 채옹(蔡邕)이 지은 〈음마장성굴행(飮馬長城窟行)〉에 "먼 곳에서 찾아온 나그네 하나 나에게 쌍잉어를 넘겨주기에 아이 불러 잉어를 삶으랬더니 뱃속에 한 자 편지 들어 있었네.[客從遠方來 遺我雙鯉魚 呼童烹鯉魚 中有尺素書]"라고 한 데서 나온 말로, 서로 멀리 헤어져 있더라도 인편을 통해 편지를 주고받자는 의미. 『古詩賞析 卷6 漢詩』

기꺼이 공장(供帳)[76]을 쌓겠지만 肯許陪供帳
자리 함께 했던 일은 잊지 않으리. 勿忘同客氈
어렵사리 사모(四牡)[77] 노래 갖추었으니 辛勤具四牡
상이 시행되면 공경 지위[78]로 오르시리라. 行慶有三鱣
종이를 마주하니 이별 혼이 혹독하고 臨紙離魂悄
붓을 멈추니 이별 눈물 줄줄 흐르네. 留毫別淚濺
다음 초하룻날 패교(灞橋)에서 바라보면 明朔灞橋望
서리발이 황금 안장을 스칠 것이오. 霜拂錦鞍韉

신묘년 겨울

○엄서기(嚴書記) 용호(龍湖)께 백운 시를 지어 드리다
贈嚴書記龍湖百韻

남해(南海)

그대는 보지 못하였는가? 君不見
대붕이 날개를 펴고 바다 모퉁이로 모이는 것을. 大鳳披翼集海陬

76 공장(供帳) : 사신들의 휴식, 연회를 위해 친 장막.

77 사모(四牡) : 시경 편명. 사신의 임무를 비유한 말.

78 삼전(三鱣) : 삼전(三鱣)은 공경(公卿)의 높은 자리에 오른다는 의미. 한(漢)나라 양진(楊震)이 뛰어난 학문을 가지고서도 여러 차례 소명(召命)에 응하지 않고 있었는데, 새가 전어(鱣魚) 세 마리를 물고 날아와 강당(講堂) 앞에서 머리를 조아리는 형상을 하였다. 이를 보고 사람들이 "전어는 대부들이 입는 옷의 무늬이고, 세 마리는 삼태(三台)의 조짐이다."라고 하였는데, 그 뒤에 양진이 과연 태위(太尉)에 올리던 데서 비롯한 말. 『後漢書 卷54 楊震列傳』

사신들은 현도성(玄菟城)으로부터	道定使客自玄菟
문명(文明)을 받들고 교화를 전하러 온 선비들이네.	承文傳教召文儒
마을이며 들판에 편히 살길 도모하며	謀邑謀野敢寧居
경전을 가득 담고 귀신을 몰아내네.	蕊簡函盛神鬼驅
고귀한 문장에는 광채가 찬란한데	錦章寶翰光煥乎
사신들의 노래가 끝나자 육여(六輿)가 교화되네.	皇華歌罷六輿濡
손에는 용 부절을 쥐고 곤오검에 의지한 채	手持龍節倚錕鋘
달을 끼고서 성사(星槎)는 금추(金樞)[79]를 헤아리네.	夾月星槎度金樞
빙이(憑夷)[80]는 고개를 들고 천오(天吳)[81]도 함께 하니	憑夷孑蜺驂天吳
구름 나지막한 너른 바다가 사발마냥 평평하네.	雲低滄溟平如盂
굳세도다! 수산복해(壽山福海)[82]의 그림이여	壯哉壽山福海圖
진시황은 돌다리에 채찍 힘껏 휘둘렀네.[83]	秦帝石橋鞭力迂
서복(徐福)의 다락배에 불로초는 부질없이 시들었으니	徐福樓船芝空枯
어찌하면 사신의 범선 두루 묻고 의논하여	何如使帆周咨諏
주나라의 도를 어떻게 숫돌처럼 닦을 것인가.	如砥周道豈營鏂

79 금추(金樞) : 북두성의 첫 번째 별인 천추성(天樞星)을 가리키는 말로 임금의 비유.

80 빙이(憑夷) : 강의 신.

81 천오(天吳) : 천오는 바다의 신(神)으로 『산해경(山海經)』 해외동경(海外東經)에, "조양곡(朝陽谷)에 천오라는 신이 있는데 이것이 수백(水伯)이며, 사람의 얼굴에 머리·발·꼬리가 여덟이다."고 함.

82 수산복해(壽山福海) : 산처럼 높은 수명, 바다처럼 깊은 복을 비유하는 말.

83 진시황은 돌다리에 채찍 힘껏 휘둘렀네 : 진시황이 석교(石橋)를 만들어 바다를 건너 일출처(日出處)를 보고자 하니, 그때 신인(神人)이 있어 돌을 운반한다고 하나 돌이 빨리 이동되지 않으므로 신편(神鞭)으로 돌을 채찍질하여 돌이 모두 피를 흘렸다는 고사가 있음. 『三齊略記』

오산(鰲山)이 밝지 않자 붉은 까마귀가 날아오르고	鰲山未曉躍赤烏
부상(扶桑) 첫 번째 나무에 활을 걸어두었네.	弓掛扶桑第一株
해안이 끝나는 곳이 바로 황도(皇都)니	海岸盡處是皇都
비단 옷, 옥 허리띠 큰 거리를 환히 비추네.	錦袍玉帶照九衢
큰 거리 가물가물 산들은 외성이 되고	九衢迢遞山作郛
화룡(火龍) 그린 깃발과 붉은 색 털 담요가 성대하네.	火龍葆纛紅氍毹
봉새 퉁소 난새 피리에 제우(齊竽)[84]도 섞였지만	鳳簫鸞管雜齊竽
북 치고 징 울리니 천지가 흔들리네	鼉鼓銅鉦動八隅
산 같은 낙타 등엔 금모호(錦模餬)요	丘山駝背錦模餬
말은 가을 맞아 맹수처럼 힘을 뽐내네.	朔馬秋驕力如貙
왕가의 존귀한 예를 스승들은 서로 헤아리고	王家貴禮師相虞
친린(親隣)의 사귐은 편지 속에 믿음이 있네.	親鄰交際簡在孚
역참에 령을 엄히 세워 금오(金吾)를 설치하니	郵亭令嚴置金吾
역서(驛書)가 밤에 날아들면 관원들은 진땀을 뺐네.	驛書夜飛汗官徒
양경 사이의 길이 천리 남짓	兩京之路千里餘
역참의 나무는 그물코처럼 두 줄로 늘어섰네.	驛樹雙行直如繻
도처의 누대는 단청으로 장식하고	幾處樓臺丹碧塗
수많은 집의 병풍은 구름비단 빙 둘렀네.	幾家屏障雲錦紵
말하길 경성(景星)[85]이 하늘에 비치니	唯說景星映天墟

84 제우(齊竽) : 재주 없는 사람이 남몰래 재주 있는 사람들 사이에 끼었다는 말. 제 선왕(齊宣王)이 피리 연주를 좋아하여 항상 300인을 모아 합주하게 하자, 남곽처사(南郭處士)라는 사람이 그 자리에 슬쩍 끼어들어 국록을 타 먹곤 하였는데, 선왕이 죽고 민왕(湣王)이 즉위한 뒤에 한 사람씩 연주를 하게 하자 본색이 드러날까 겁낸 나머지 도망쳤다는 이른바 '제우혼진(齊竽混眞)'의 고사가 전함. 『韓非子 內儲說上』

완연히 신선이 봉호(蓬壺)[86]에 든 것 같네. 宛如神人入蓬壺
구경하는 사람들은 담장처럼 늘어서 길에서 어깨를 맞대며
觀者如堵肩摩途
봉황 누각에 큰 연회가 내려졌나 상상하네. 唯想鳳樓賜大酺
손뼉치고 팔짝 뛰며 다투어 환호하니 欣迎抃躍爭歡呼
아! 득의한 대장부로다. 咨嗟得意大丈夫
관서의 제장(諸將)과 열후(列侯)의 부절 關西諸將列侯符
붉은색, 자주색 홀을 들고 교외까지 나와 맞네. 朱紫象笏出郊趨
아름다운 연못 잔치엔 옥 같은 술이 넘치고 瑤池式宴玉流酥
기린 고기, 용 새끼, 아가미 넷 달린 농어. 麟脯龍胎四腮鱸
붉은 용, 알과 젓, 붉은 감에 赬虬卵乳柿子朱
금 쟁반엔 서리 맞은 가을 제철 차조기. 金盤霜剪秋黃蘇
겸양의 덕으로 어찌 객관의 곡식이 넉넉함을 논하리오?
謙讓寧論館穀需
예정(禮亭)엔 다만 효증(殽烝)[87]이 마땅하네. 禮亭第當殽烝須
예교를 숭상하여 감히 오랑캐 집에 머물게 하지 못하니
崇敎未敢邸蠻廬
새로 지은 정사가 홍려시(鴻臚寺)[88]가 되었네. 新修精舍作鴻臚
높은 대문 첩첩 담장 뉘라서 넘으리오? 高門重牆誰得闖

---

85 경성(景星) : 덕성(德星) 혹은 서성(瑞星)이라고도 하는데, 왕도정치가 펼쳐지는 시대에만 나타난다고 함.

86 봉호(蓬壺) : 봉호는 신선이 산다는 봉래산(蓬萊山)과 방호산(方壺山)의 약칭.

87 효증(殽烝) : 쇠고기나 양기고 등을 삶은 뒤 썰어서 접시에 담는 것.

88 홍려시(鴻臚寺) : 빈객의 접대나 조회(朝會)와 제사 등을 행할 때 예법을 관장하는 관아.

태산북두 같은 명성을 우러러 보길 바랄 뿐.	山斗聲名仰覬覦
바다 남쪽 참군(參軍)은 어리석음을 알지 못하고	海南參軍不知愚
당 아래서 대화하며 자리도 함께 했네.	堂下之言與形俱
사사로이 뵈올 적엔 기꺼이 따뜻하게 맞아주고	私覿幸喜接愉愉
심오한 말씀, 기이한 이야기에 책까지 실컷 보았네.	玄言奇聞飽書廚
기실(記室)[89]이 불러 행비서(行秘書)[90]로 삼았으니	記室呼作行秘書
밝은 때 어찌 창랑으로 달아남을 허여하겠나?	明時豈許滄浪逋
나이 이제 오십에 수염이 멋스럽고	年方五十美髭鬚
전아함에 통달하여 광채가 나며 기상마저 섬세하네.	通雅韶潤氣不麤
학식이 넓고 경술이 높아 저자에서도 다투어 사려하니	學富經尊市爭沽
사람들에게 보인 것은 세 자의 붉은 산호.	示人三尺紅珊瑚
일처리를 사람마다 동호(董狐)[91]에 견주니	職事人皆比董狐
사마천(司馬遷)과 반고(班固)가 오직 짝이요,	
범엽(范曄)과 진수(陳壽)는 노예라네.	遷固惟儔范陳奴
시월 이른 겨울 절기의 처음이라	孟冬十月節初渝
우물가에 낙엽 지니 오동잎은 그 몇인가?	金井落盡幾葉梧
요해(遼海)엔 겨울 구름 흩어져 듬성하겠고	遼海朔雲盡扶疎

89 記室 : 문서를 담당하는 관직.

90 행비서(行秘書) : 견문이 넓고 기억력이 뛰어난 사람을 가리키는 말이다. 당 태종(唐太宗)이 출행(出行)할 적에 우세남(虞世南)을 데리고 다니면서 그의 박문 강기(博聞强記)에 탄복하여 '걸어 다니는 백과사전[行秘書]'이라고 칭찬한 고사가 전함. 『隋唐嘉話 卷中』

91 동호(董狐) : 춘추 시대 진(晉)나라 사람. 사관(史官)이 되어 영공(靈公)을 시해한 조돈(趙盾)의 일을 직필(直筆)함으로서, 후세에 꺼림 없이 직필하는 사관을 동호필(董狐筆)이라 함.

신숭(神嵩)[92]엔 하얀 눈 흩날리려 하겠지. 神嵩白雪亦欲鋪
맑은 강 한 줄기에 달은 환히 외롭고 澄江一練月明孤
동쪽 울타리 남은 꽃에 서리 이미 무성하리. 東籬殘花霜已蕪
나그네로 어느덧 한 해 감이 놀라운데 客中乍驚一歲徂
하물며 또 짧은 해가 더욱 잠시임에랴! 況復短景尤須臾
높이 놀라 멀리 봄에 시가 어찌 없을 것인가 登高望遠賦豈無
근심은 아득한 오호의 조각배를 좇네. 憂逐扁舟渺五湖
근심이 오니 모름지기 술 한 구기 푸고 愁來一斗只須斞
흥이 나니 백편 시로 정신을 돕는구나. 興發百篇有神扶
봉각(鳳閣)의 문장은 화려함이 남달라 鳳閣文章花樣殊
한가로이 바라보며 입에선 거듭 구슬을 토해내네. 閒見層出口吐珠
상쾌하기는 장풍에 새벽 오리 탄 듯하고 快如長風駕晨鳧
빠르기는 연나라 활에서 화살을 쏜 듯하네. 疾如飛箭發燕弧
부끄럽구나! 여추(閭娵)[93]가 저 고움을 상대해야 하건만 恥將閭娵對彼姝
짐짓 기와 부스러기를 던져 고운 옥을 끌어내니. 故投瓦礫引琇玗
관성(管城)에 입이 있어 줄지어 늘어놓는데 管城有口賴陣敷
다만 한스러운 건 구구함을 없애지 못한 것. 但恨未得盡區區
가장 흠모하는 목원(穆員)은 제호(醍醐)[94]처럼 부드러워 最欽穆員似醍醐

92 신숭(神嵩) : 송악산(松嶽山).

93 여추(閭娵) : 여추는 옛날 미인으로 『초사(楚辭)』 동방삭(東方朔) 칠간원세(七諫怨世)에 "아첨하는 무리를 가까이하고 어진 이를 멀리하며, 여추를 헐뜯어 추악하다 하네."고 함.

94 제호(醍醐) : 연유 위에 기름 모양으로 엉긴 맛좋은 액체.

온화함에 다만 내 행색도 살지게 되었음을 깨닫네. 醞籍只覺吾色腴
말없이 맘 맞으니 육신을 벗어나 기회를 보고 默契投機外形軀
사해가 이웃 같으니 어찌 진(秦)과 호(胡) 같으리! 四海鄉鄰豈秦胡
원컨대 따르며 영원히 즐기고 싶지만 願言追隨永歡娛
비바람 오고감도 수없이 막히는 법. 風雨來去亦干千
이윽고 백일(白日)이 상유(桑楡)[95] 맴돎을 보니 俄看白日轉桑楡
안개 낀 물가에 바람 일자 기러기도 갈대를 찾아드네. 烟渚風起雁卜蘆
옥난간서 술이 깨자 한기가 살갗으로 스며들고 玉欄酒醒寒透膚
촛농도 서리고 향로도 다해가네. 燭淚泣盤香燼鑪
늦은 잔치 자리에서 머뭇머뭇 못 떠나니 夜筵欲去尙踟躕
주유(周瑜)처럼 삼일동안 취하게 하고 싶네. 使人三日醉周瑜
언제나 채찍 들고 다시 이 둔한 사람 일으킬 수 있을까
何日金鞭再起駑
날다람쥐처럼 세 번이나 옴을 비웃지 마시오. 三及休笑五枝鼯
만일 냇가 다리에서 함께 물고기 본다면 若許溪橋同觀魚
기정(旗亭)에서 유하(流霞)로 눈을 씻어 내리라. 旗亭流霞洮眼眙

○ 남서기(南書記) 범수(泛叟)께 50운을 써서 드리다
贈南書記泛叟五十韻

남해(南海)

울창한 계림의 숲 鬱鬱雞林樹

---

95 상유(桑楡) : 해가 지는 곳. 인생의 만년을 비유하는 말.

가지며 잎이며 어찌 그리 무성한가	枝葉何矗矗
훨훨 나는 저 난새(鸞鳥)여	矯矯飛鸞鳥
오색 빛깔 저 깃 속에 접어두었네.	五采戢其翼
아름답구나! 저 사람이여	美矣如斯人
빼어난 기운으로 잉태되어 왕국(王國)에 태어났네.	孕秀生王國
왕국은 어드메오?	王國何處在
저 바다의 북쪽이라.	出彼海之北
저 바다의 북쪽엔	于彼海之北
오랜 세월 명덕(明德)을 지켜	數世秉明德
교화(教化)가 이미 환하게 현양(顯揚)되고	教化旣光揚
풍성(風聲)은 다시 맑고도 다사롭네.	風聲復淸穆
시서(詩書)는 그대가 오르려던 것이요	詩書爲君駕
예의(禮義)는 그대가 존모하던 것이라.	禮義爲君軾
난초(蘭草) 혜초(蕙草)의 꽃다움을 겸한 지라	兼之蘭蕙英
고운 향기가 온몸을 휘감았네.	芳香足以服
이 사람을 쓰면 멀리까지 말달려 가서	用之馳遠道
불안한 근심을 안정시킬 만하네.	安所患傾仄
동방은 진실로 서쪽 이웃이니	東方固西鄰
노위(魯衛)[96]가 일찍이 도타웠던 것과 같네.	魯衛曾敦睦
경사(卿士)들은 반듯하고도 여유롭고	卿士整且暇

96 노위(魯衛) : 형제가 이웃에 살면서 우애 있게 지냄. 노(魯)나라는 주공(周公)의 봉국(封國)이고 위(衛)나라는 강숙(康叔)의 봉국인데, 주공과 강숙은 형제간으로서 『논어(論語)』 자로(子路)에 "노와 위의 정사는 형제간이다."라고 함.

사명(辭命)은 전아하고도 모범스럽구나.	辭命典又則
선자(宣子)는 이미 전대(專對)[97]하고	宣子已專對
동리(東里)[98]가 다시 윤색하였네.	東里復潤色
다만 길이 아득히 멀어	但是道塗邈
중히 여기는 바는 편지에 남겨두었네.	所重在簡牘
인재를 천거함에[99] 진실로 그럴 만한 사람이 있고	鶚薦良有人
정사를 펼침에[100] 진실로 서로 얻음이 있네.	龍攄固相得
남궁(南宮)[101]에서 이미 마루에 올랐으면서	南宮登堂者
백규장(白圭章)을 대하듯[102] 신중하였네.	白圭愼之復

97 전대(專對) : 외국에 사신으로 나가서 독자적으로 응대하며 일을 잘 처리함을 칭하는 말.

98 동리(東里) : 동리(東里)의 자산(子産)을 가리킴. 공자(孔子)가 이르기를, "외교 문서를 작성하는 데 있어서는 비심이 초고를 만들고, 세숙이 이것을 토론하고, 행인인 자우가 이를 수식하고, 동리의 자산이 이를 윤색하였다.[爲命 裨諶草創之 世叔討論之 行人子羽修飾之 東里子產潤色之]" 한 데서 온 말.

99 인재를 천거함에[악천(鶚薦)] : 뛰어난 인재를 천거하는 것을 비유하는 말. 동한(東漢) 때 공융(孔融)은 예형(禰衡)의 문재(文才)를 대단히 아낀 나머지, 자신은 40세이고 예형은 겨우 20여 세였지만 마침내 교우(交友)하여 친하게 지냈다. 공융이 예형을 천거하는 표문(表文)에 "새매 수백 마리가 독수리 한 마리만 못하니, 예형을 조정에 등용한다면 반드시 볼만한 것이 있을 것입니다.[鷙鳥累百 不如一鶚 使衡立朝 必有可觀]"라고 함. 『後漢書 卷80下 文苑列傳 禰衡』

100 정사를 펼침에[용터(龍攄)] : 용이 하늘로 날아오르는 것으로 제왕의 흥기를 비유한다. "忽蛇變而龍攄, 雄霸上而高驤." 『文選·潘嶽 〈西征賦〉』

101 남궁(南宮) : 예조(禮曹)의 별칭.

102 백규장(白圭章)을 대하듯 : 말을 삼가는 것을 높이 평가함. 『시경(詩經)』 대아(大雅) 억(抑)에 "옥의 흠집은 연마해서 없앨 수 있지만, 잘못한 말은 고치지 못한다.[白圭之玷 尚可磨也 斯言之玷 不可爲也]"고 하였는데, 『논어(論語)』 선진(先進)에는 "남용이 이 글을 세 번씩 반복해서 읽으므로 공자가 조카사위로 삼았다.[南容三復白圭 孔子以其兄之子妻之]"고 함.

사관의 재목으로 의상(倚相)[103]의 능력을 겸하여 史材兼倚相
훌륭하게도 세상의 모범이 되었네. 楙楙世所式
삼분(三墳)[104]으로 그 근원을 깊게 하고 三墳浚其源
오전(五典)[105]으로 그 직무를 도왔네. 五典協其職
채찍질하며[106] 동쪽 길에 들어서 載馳就東道
온갖 생각으로 구름 속 배를 전진하였네. 萬思進雲舳
바닷가 기후는 더운 바람이 물러나고 海氣炎飈退
바닷가 나무엔 황금 밧줄이 엄숙하네. 海樹金䌙肅
현상(玄霜)[107]은 새벽에 비로소 흘러나오고 玄霜晨始流
백안(白雁)은 저녁에 잘 자리에 들어가네. 白雁夕投宿
갓끈을 씻으러 큰 파도에 임하고 濯纓臨洪波
안장에 기대어 큰 산을 바라보네. 倚鞍望大麓
도중에 고개 돌려 저 멀리 바라보니 中路遙回瞻
마음이 처량하고 측은하네. 中腸凄且惻
세모(歲暮)라 언덕에는 소나무 서 있고 歲暮丘有松

103 의상(倚相) : 초나라 좌사(左史) 의상(倚相).

104 삼분(三墳) : 중국 고대의 서책. 삼황(三皇)의 글.

105 오전(五典) : 중국 고대의 서책. 오제(五帝)의 글.

106 채찍질하며[재치(載馳)] : 재치는 『시경(詩經)』 소아(小雅) 황황자화(皇皇者華)에, "반짝반짝 빛나는 꽃들이여, 저 언덕이랑 진펄에 피었네. 부지런히 달리는 사나이는, 행여 못 미칠까 염려하도다. 내가 탄 말은 망아지인데, 여섯 가닥 고삐가 매끈하도다. 이리저리 채찍질하여 달려서, 두루 찾아서 자문을 하도다.[皇皇者華 于彼原隰 駪駪征夫 每懷靡及 我馬維駒 六轡如濡 載馳載驅 周爰咨諏]" 한 데서 온 말로, 이 시는 사명(使命)을 받고 떠난 신하가 행여나 임금의 뜻에 미치지 못할까 매양 염려하는 뜻을 노래한 것인데, 전(轉)하여 여기서는 사명(使命)을 수행하는 일을 의미함.

107 현상(玄霜) : 신선이 먹는다는 선약의 이름.

가을이라 밭에는 국화가 피었네.	秋英圃有菊
저녁 이슬에 쇠잔한 모습인데	夕露衰幽姿
칼바람은 어찌 그리 거센지!	勁風何稷稷
지조는 추울수록 굳건해지고	志操寒逾堅
맑은 향은 저물수록 더해지네.	清香晚逾郁
한숨을 크게 쉬며 밤을 지새노라니	洪歎屬永夜
만물에 느꺼운 정 어찌 그리 지극한가!	感物情何極
백편 시가 순식간에 쏟아지고	百篇乍傾寫
세 잔 술에도 진실로 힘이 있구나.	三杯良有力
특별한 기운이 부쩍 일어났는지	奇氣勃蓬蓬
글 끝이 어찌 그리 예리한가!	文鋒何鏃鏃
고운 빛은 황금 옥에서 발현되고	精采發金璧
맑은 음은 푸른 대에 부딪쳐 나네.	清音激綠竹
말을 나란히 안연지(顔延之)와 사령운(謝靈運)을 좇다가	並駕逐顔謝
반악(潘岳)과 육기(陸機)마저 함께 실었네.	同載共潘陸
내게 오색구름 같은 문장을 지어주니	投予五雲章
세 번을 향기 맡고 네 번 다섯 번 읽었네.	三薰四五讀
귀중하기로는 남금(南金)[108]에 견줄 만하고	貴重比南金
보배롭기로는 형옥(荊玉)[109]을 만난 듯 했네.	珍襲邁荊玉
무엇으로 답하여 드릴까?	何用答其贈
광주리의 물건은 어찌 그리 야박한가!	筐筐物何薄

108 남금(南金) : 남방에서 생산된다는 황금.

109 형옥(荊玉) : 형산(荊山)에서 나는 옥.

높은 바람을 뉘라서 올라타고	高風誰得攀
깊고 넓음을 뉘라서 측량하랴!	深博誰能測
이 좋은 모임은 얼마나 큰 행운인가	何幸此良會
위엄 있는 모습에 다사로운 마음씨[110]를 흠모한다네.	威儀欽溫克
관복의 아름다움까지 접하게 되었으니	辱接冠裳美
평생의 의혹스러운 것을 풀고자 하네.	欲解半生惑
들판 학 한 마리 뭇 닭 속에 서있고	野鶴立鷄群
좋은 재목[111] 잡목에 가려져 있네.	豫章掩樸樕
지란(芝蘭)이 있는 방은 알지 못한 채	不知芝蘭室
다만 살펴봄에 향기만 남아있네.	但覽有餘馥
그 누가 말하랴! 새 사귐은 얕다고	誰道新交淺
어찌 말하겠는가! 육신이 떨어져 있다고	詎言形骸隔
천애에서 진실로 이웃이 되니[112]	天涯固比鄰
사해가 모두 한 형제라.	四海皆骨肉
어찌 꼭 마을이 같이하여	何必同井邑
그런 뒤에야 속마음을 털어놓겠는가?	然後吐胸臆
마음속에 감추어 둔 담이 없으니	襟懷無城府
못의 형세에 어찌 구역이 따로 있으리오.	池勢豈區域

110 다사로운 마음씨[온극(溫克)] : 엄숙하고 성스러운 사람은 술을 마시되 온순함으로 이겨 냄.[齊聖溫克]

111 좋은 재목[예장(豫章)] : 예(豫)와 장(章)은 모두 좋은 나무를 가리킴.

112 이웃이 되니[비린(比鄰)] : 北齊 시기 호적 편제의 기본 단위. 여기서는 이웃처럼 가깝다는 의미로 사용됨. 『北齊書·元孝友傳』: "令制 : 百家爲黨族, 二十家爲閭, 五家爲比鄰."

한번 만나 기꺼이 마음을 터놓으니	一晤即欣解
소리 없이 맘 맞는 것 이것이 곧 오랜 앎이라.	玄契乃舊識
이미 들리지 않는 것을 듣고	已聽所未聞
또 보이지 않는 것을 보네.	又視所未目
계면쩍게도 지갑이 텅 비었지만[113]	羞澀傾空囊
재빨리 비용을 찾아보고	遽爾費探索
또 옷이 더러워진 양	又如汚衣裳
사람들더러 자꾸 털고 닦게 하네.	令人屢拂拭
다만 오늘 아침 영원하길 원하니	只願永今朝
서둘러 돌아가려 하지 말기를	勿使歸輪速
좋은 모임 흥이 아직 멀었거늘	良會於未央
어느새 저 해는 서편으로 지는구나.	倏忽日西匿
왕사(王事)인지라 붙잡아[114] 둘 수 없으니	王事難投轄
네 가지 멋진 일을 양쪽 모두에 둘 수 없구나.	四美難兩卜
그저 비파곡 연주를 통해	聊言奏巴曲
남몰래 쓸쓸함을 위로할 밖에.	暗投慰寂寞

113 지갑이 텅 비었는데[空囊] : 진(晉)나라 때 완부(阮孚)가 검은 주머니[皂囊] 하나를 차고 회계(會稽) 지방을 유람할 적에 한 나그네가 완부에게 주머니 속에 무엇이 들었느냐고 묻자, 완부가 말하기를 "다만 일전으로 주머니를 지키게 하노니, 주머니가 텅 비면 궁핍할까 염려해서이다.[但有一錢守囊 囊空羞澁]"라고 한 데서 온 말로, 생활이 아주 곤궁함을 뜻한다. 두보(杜甫)의 〈공낭(空囊)〉 시에 "주머니가 비면 부끄러울까 두려워, 일전을 남겨서 볼 수 있게 하노라.[囊空恐羞澁 留得一錢看]"라고 함. 『杜少陵詩集 卷8』

114 붙잡아[투할(投轄)] : 할(轄)은 수레바퀴 축 양쪽 끝에 있는 조임쇠인데 이것을 던져 버렸다는 것은 손님이 가지 못하도록 붙잡았음을 뜻하는 말.

○ 대판성(大坂城) 오십 운
大坂城五十韻

남강(南岡)

물결 속에 배를 대니 참으로 웅부(雄府)로다	浪泊眞雄府
번화함이 일방(一方)에 떨칠 만하네.	繁華擅一方
긴 호수는 마을과 큰 길을 관류(貫流)하고	長湖穿巷陌
너른 뭍은 산등성이까지 펼쳐져 있네.	大陸亘山岡
바위 쌓아 높은 절벽을 만들고	帖石成高岸
층층 성은 거대한 방어벽처럼 웅장하구나.	層城壯巨防
여염집은 백리까지 이어져 있고	閭閻連百里
큰 배들 천 개의 돛대가 모여 있네.	舸艦簇千檣
화려한 출입문은 번화한 시장으로 열려있고	綺戶開金市
멋진 용마루는 치장된 행랑까지 이어져 있네.	雕甍接粉廂
진기한 것들은 월나라 보물까지 갖추었고	奇珍通越寶
온갖 재화는 오나라 상가처럼 다양하구나.	雜貨湊吳商
바로 곁 바다에는 물고기와 소금이 풍족하고	傍海魚鹽足
뒤편 정원에는 귤, 유자 향기롭네.	藏園橘柚香
번화한 거리는 경계를 나눈 방법이 적용되었고	通衢分町術
첩첩한 정자들은 못을 안고 있구나.	疊榭擁陂塘
백일은 붉은 먼지와 엉겨있고	白日紅塵合
붉은 난간에는 비단 휘장이 늘어져 있네.	朱欄綵幔張
병풍을 열면 황금 비취새요	屛開金翡翠
주렴을 걸면 수놓은 원앙이라.	簾掛繡鴛鴦
노래와 춤으로 사람이 머문 곳에	歌舞留人處

말을 달려 손님과 사귀는구나.	奔馳結客場
어린 아이는 알록달록한 비단 띠를 두르고	妖童斑錦帶
예쁜 여자는 자줏빛 치마를 입었네.	好女紫羅裳
담소하는 사이 한 잔 술을 마시고	談笑啣杯酒
부릅뜬 시선은 칼끝으로 이어지네.	睢盱接劍鋩
선비들은 모두 전쟁을 가벼이 여기고	士皆輕戰鬪
어떤 이들은 문장을 귀히 여기네.	人或貴文章
땅이 담박하니 벼 재배에 적합하고	地淡宜秔稻
산이 높으니 귀한 나무 생산되네.	山高産豫樟
크고 넉넉함은 초나라, 촉나라를 겸했고	雄饒兼楚蜀
아름답고 수려함은 소주, 항주보다 낫네.	佳麗培蘇杭
풍신수길(豊臣秀吉)이 위협과 폭력만 일삼아	秀吉專威暴
당시엔 부강함을 자만했었네.	當時恃富强
계책을 세워 소굴을 열고	經營開窟宅
견제하여 요새를 포위했네.	控制擁金湯
완악하게도 중국을 엿보아	桀鶩窺中土
침략이 우리 강토에 미쳤네.	侵淩及我疆
숱한 생명 도탄에 빠졌어도	群生入塗炭
제멋대로 미쳐 날뛰었네.	亦載肆猖狂
오랜 악행이 하늘에까지 미쳐	久稔滔天惡
끝내는 망국의 재앙에 걸리고 말았네.	終罹覆國殃
사람과 귀신이 모두 분노하여	人神齊憤怒
뼈와 살까지 모조리 없애버렸네.	骨肉盡殲戕
바닷가 성에 흉악한 무기가 그치고	海城凶鋒戢

원가강(源家康) 조정의 빛나는 사업이 일어났네.	源朝赫業昌
선린(善隣)의 맹세는 다시 굳건해지고	善鄰盟更固
사신을 보내 예물로 교류하네.	通聘幣交將
보잘 것 없는 이 사람이 외람되이 조정의 서신을 받아	末价叨廷簡
초가을 바다 건널 배를 띄웠네.	新秋泛海航
성문(星文)는 절목(折木)[115]에 분명하고	星文分折木
지리(地理)는 부상에 가까웠네.	地理近扶桑
며칠을 고도(孤島)에 머물다	幾日淹孤島
위험한 길 바다를 건넜네.	危途涉四洋
하관(下關)에서 부처와 조사에 참례하고	下關參佛祖
황묘(荒廟)에서 천황을 조문했네.	荒廟弔天皇
어둑한 배에는 등불 빛이 어지럽고	暝舶燈光亂
높은 다락에는 비 기운이 서늘하네.	高樓雨氣凉
원산(猿山)은 나그네 눈물을 재촉하고	猿山催客淚
우저(牛渚)에선 손님으로 선방에 들었네.	牛渚賓禪房
계포(堺浦)는 너른 들로 이어지고	堺浦連平野
난진(難津)에서 큰 배를 정박했네.	難津捨巨艎
다락배는 고운 빛깔 화려한데	樓船耀金碧
계수나무 노를 저어 푸른 물결 올라갔네.	桂棹泝滄浪
물결 치며 어부는[116] 노래 부르고	擊汰黃頭唱

115 절목(折木) : 절목(折木)은 절약목(折若木)의 준말. 초(楚)나라 굴원(屈原)의 〈이소(離騷)〉에 "약목의 가지를 꺾어 태양이 지지 못하게 후려쳐서, 잠시 동안 여기저기 한가하게 소요해 볼거나.[折若木以拂日兮 聊逍遙以相羊]"라는 말이 나오는데, 약목(若木)은 해가 지는 곳에서 자라는 푸른 잎사귀에 붉은 꽃이 피는 나무임.

종을 울리자 하얀 새들 날아 빙 도네.	鳴鈴白鳥翔
이어진 거리에 비가 흩뿌리더니	連街紛雨汗
발을 걷으매 새벽 단장 늘어섰네.	捲箔簇晨粧
특이한 풍속은 관리를 놀라게 하고	異俗驚章甫
떼 지어 바라보는 이들 담장처럼 서 있네.	群瞻若堵墻
먼지를 쓸기 위해 야자수를 빗자루로 만들고	掃塵椶作帚
물을 건너기 위해 판자로 다리를 만들었네.	跨水板爲梁
옛 절에 사신들이 머무니	古寺停金節
밤을 새워 돌상을 준비했네.	盡宵備石床
고승은 수려한 시문을 바치고	高僧呈麗藻
태수는 고운 상자를 바쳤네.	太守進花箱
나그네 길에 큰 바다도 끝이 나고	客路窮溟盡
농사철이라 저물녘 풍경이 겨를 없구나.	三時暮景忙
이방에서 반년을 머무는 동안	殊方淹半歲
중양절 좋은 절기 보내네.	佳節過重陽
흰 기러기는 차갑게 달을 부르고	白雁寒號月
단풍엔 느지막히 서리가 앉았네.	丹楓晩着霜
바람을 맞을 적 고향을 생각하고	向風思故國
귤을 품을 때면 부모님 그립구나.	懷橘憶高堂
바다와 육지 가는 길 어찌 그리 극단인가	海陸行何極

116 어부[황두(黃頭)] : 황두(黃頭)는 누런 모자를 쓴 사람으로 뱃사람을 뜻하는 말. 토(土)가 수(水)를 이긴다는 뜻에서, 토의 색깔인 황색(黃色) 모자를 썼으므로, 황모랑(黃帽郞) 혹은 황두랑(黃頭郞)이라고 했다 함. 『漢書 卷93 佞幸傳 鄧通』

강가 마을이라 더욱 먼 듯하구나.	江關若更長
다만 忠信의 지팡이만 기대할 뿐	只期忠信仗
어찌 험난함을 꺼릴 것이냐!	寧憚險艱嘗
봉래섬은 유람하기 멋진 곳이니	蓬島玆遊勝
상호(桑弧)[117] 오랜 뜻 채울 만하네.	桑弧夙志償
돌아갈 기약은 응당 해를 넘길 테니	歸期應膈歲
나그네 꿈속에서나 홀로 고향으로 돌아가네.	羈夢獨還鄉
비단 버선 자주 시구를 짓고	綾襪頻題句
버드나무 술통 자주 술잔을 이끄네.	柳樽屢引觴
맛있는 음식을 한자(韓子)를 위해 보내주고	玉羞韓子賄
귀한 선물을 육생(陸生)[118]을 위해 싸주었네.	金陋陸生裝
먼 사신의 역할로 몸은 완전히 지쳤고	遠役身全倦
긴 여정으로 살쩍은 세려하네.	長程鬢欲霜
내일 새벽 내 터럭을 쪼이고	明晨晞我髮
양곡(暘谷)에서 또 상양(相羊)[119]하리라.	暘谷且相羊

117 상호(桑弧) : 뽕나무로 만든 활. 남아의 큰 포부를 가리킴. 『예기(禮記)』 사의(射義) 편에, “남자가 태어나면 뽕나무 활 6개 쑥대살 6개로 천지사방을 쏜다[男子生 桑弧六蓬矢六 以射天地四方].”는 말이 있음.

118 육생(陸生) : 한나라 육가(陸賈)를 가리킨다. 그가 남월(南越)에 사신으로 갔을 적에, 월왕 위타(尉他)가 그를 무척 좋아한 나머지 몇 달 동안 함께 술을 마시며 즐거워하다가, 귀환할 무렵에는 ‘그의 행장에 천금의 가치가 있는 보물을 싸 주며 선물했던[賜陸生橐中裝直千金]’ 고사가 전함. 『史記 卷97 陸賈列傳』

119 상양(相羊) : 相佯 또는 相徉. 배회한다는 뜻이다. 초(楚)나라 굴원(屈原)의 〈이소(離騷)〉에 “약목의 가지를 꺾어 태양이 지지 못하게 후려쳐서, 잠시 동안 여기저기 한가하게 소요해 볼거나.[折若木以拂日兮 聊逍遙以相羊]”라는 말이 나옴.

○종사(從事) 이남강(李南岡)의 대판성(大坂城) 50운에 화운하다
和從事李南岡大坂城五十韻

남해(南海)

문명(文命)[120]이 동쪽 바다로 통하고	文命通東海
보배로운 이웃이 북방에 자리했네.	寚鄰卜北方
선형(璿衡)[121]에 용은 묘(卯) 자리에 있고	璿衡龍在卯
소악(韶樂)[122]에 봉황은 산을 울리네.	韶樂鳳鳴岡
삼걸(三杰)이 처음으로 신(信)을 전함에	三杰初傳信
백부(百夫)는 반드시 방어에 사용하였네.	百夫必用防
산 구름이 깃털 부절을 맞이하니	山雲迎羽節
바닷가 숲에 상아 돛대를 내려두었네.	海樹卸牙檣
수레는 황금빛 지초 덮개에 빙 둘려 있고	車擁金芝蓋
관청은 화려한 전당(殿堂) 행랑에 열려 있네.	館開碧殿廂
나그네 시름 긴 밤에 부치는데	羈愁屬長夜
좋은 계절 맑은 소리 보내오네.	佳節送淸商
단풍이 떨어져 비단 같은 노을에 흩어지고	楓落錦霞散
국화가 피어 옥같은 이슬 향기롭네.	菊開玉露香
기러기와 짝할 글은 없지만	無書件鴻雁
지당(池塘)에 이를 꿈은 있구나.	有夢達池塘

---

120 문명(文命) : 文德敎命. 『書·大禹謨』 : "文命敷於四海, 祗承於帝."

121 선형(璿衡) : 좋은 구슬로 만든 기(璣)에 옥으로 만든 형(衡)인데, 순(舜)임금이 천체(天體)의 운행을 상징하여 만든 것임.

122 소악(韶樂) : 소악은 순(舜) 임금의 음악. 『논어(論語)』 술이(述而)에 "공자가 제(齊)에서 소악을 듣고는고기 맛조차 잊어버리고 '이처럼 아름다울 줄은 몰랐다.' 했다."고 함.

손님과 막료 모두가 다사로운 인품이라	賓僚皆溫讓
우아한 자리가 자주 베풀어지네.	雅筵屢列張
물오리 기러기 바다 건너 온 객을 잊고	鳬鷗忘海客
큰 말은 양앙(梁鴦)[123]을 알아보네.	大馬識梁鴦
참으로 번화한 땅인지라	正是繁華土
즉시 한묵의 장이 펼쳐지네.	卽爲翰墨場
공후들은 예수(禮數)를 숭상하고	公侯崇禮數
촌로들은 의관에 감탄하네.	野老歎冠裳
대판성(大坂城)은 얼마나 높은가	大坂城何峻
두른 봉우리 빽빽한 게 칼끝 같구나.	迴巒森似鋩
부시(罘罳)[124]는 안개에 덮여 있고	罘罳疎霧縠
화려한 실로 구름 같은 문장을 수놓았네.	雕縷綺雲章
노반(魯班)[125]의 공교로운 솜씨를 빌렸고	工借魯班巧
촉군(蜀郡)의 귀한 목재를 자재로 썼네.	材資蜀郡樟
호수의 파도 소리 지축을 흔들고	湖聲搖地軸
물결의 기세는 천항(天杭)[126]까지 올라갈 듯.	河勢泝天杭
어찌 하면 경예(鯨鯢)[127]의 방자함을 없애고	何披鯨鯢恣

123 양앙(梁鴦) : 주(周) 선왕(宣王) 때 짐승을 잘 다루던 사람. "周宣王之牧正, 有役人梁鴦者, 能養野禽獸, 委食於園庭之內, 雖虎狼鵰鶚之類, 無不柔馴者."

124 부시(罘罳) : 부시는 처마 또는 창 위에 새를 막기 위해 쳐 놓은 금속이나 실로 만든 그물.

125 노반(魯班) : 중국 고대 전설적 장인. 춘추시대 노나라 사람으로 성은 공수(公輸), 이름은 반(班).

126 천항(天杭) : 은하수.

127 경예(鯨鯢) : 고래. 흉학한 도적을 비유.

이 호표(虎豹)의 강포(强暴)함을 막아낼 것인가?	據斯虎豹强
왕풍(王風)이 지난 날 휩쓸고 간 뒤	王風昔塗地
경계하기를[128] 끓는 물에 손 넣듯 하였네.	殷鑒已探湯
신령스런 조상께서 군하(群下)에 강림하시고	神祖臨群下
위엄 있는 영(靈)들이 사방 땅을 비춰 보네.	威靈照四疆
노한 이웃은 무력 남용을 걱정하고	怒鄰憂黷武
구향(仇餉)[129]은 미친 물결을 되돌릴 계획을 세우네.	仇餉計回狂
고인 물로는 치욕 씻기 어렵거늘	淀水恥難雪
깊은 해자에서 자신이 재앙을 만났네.	深隍身適殃
솥이 안정되자 방앗간을 되돌리고	鼎怡磨室反
사로잡힌 장졸들도 죽음을 면하였네.	俘免長卒戕
두 나라의 걱정이 사라지니	二國歎心洽
백년의 환한 운수 창성하네.	百年熙運昌
조정이 교린의 명을 내리니	策書命交告
장차 종묘사직의 복이로다.	宗社福相將
공경하는 마음은 광주리안 예물에 담겨있고	恭敬存筐帛
고생스러움은 다리에 매 둔 배에 남아있네.	辛勤有棧航
장쾌한 유람은 해악(海嶽)을 모조리 다했으니	壯遊窮海嶽

128 경계하기를[은감(殷鑑)] : 은감(殷鑑)은 은나라의 거울이란 곧 은나라의 후손은 의당 하나라가 멸망한 것을 거울로 삼아 경계해야 한다는 뜻으로, 『시경』〈대아(大雅) 탕(蕩)〉에 "은나라가 거울로 삼을 건 멀리 있지 않아서, 하후의 세대에 있느니라.[殷鑑不遠 在夏后之世]"라고 한 데서 온 말.

129 구향(仇餉) : 먹여주는 사람을 원수로 삼다. 『書·仲虺之誥』: "乃葛伯仇餉, 初征自葛." 孔傳 : "葛伯遊行, 見農民之餉於田者, 殺其人, 奪其餉, 故謂之仇餉。仇, 怨也." 여기서는 임진왜란을 일으킨 일본 자신을 가리키는 말로 쓰임.

오랜 뜻은 봉상(蓬桑)에 걸맞구나. 夙志副蓬桑
서쪽으로 돌아보면 장백산이 매달려 있고 西顧懸長白
동쪽으로 가면서는 큰 바다를 곁에 두었네. 東行沿大洋
신선을 찾는 것으로는 한무제를 경시하고 尋仙輕漢武
해를 보는 것으로는 진시황을 비웃네. 觀日笑秦皇
새벽 베개 맡으론 파도소리 쌓여가고 曉枕波濤疊
저녁 정자엔 비바람이 서늘하네. 夜亭風雨涼
먼 길에 달은 몇 번이나 차올랐던가? 長途月幾彀
짧은 해 그림자 처음으로 방안에 드네. 短景日初房
눈은 구름 속 새를 전송하고 目送雲中鳥
혼은 하늘 끝 배를 따르네. 魂隨天末艎
가슴 속 회포에 호탕함을 더하니 襟懷加浩蕩
지은 글은 더욱 낭랑하구나. 詞賦更聊浪
준마의 뼈 같은 웅장한 문장이 기세 높고 駿骨雄章峙
난새의 자태 같은 화려한 붓끝이 날아오르네. 鸞姿綵筆翔
정밀하기로는 꽃 모양을 오려낸 듯하고 精工剪花樣
화려하기로는 궁녀들의 단장이 절도에 맞는 듯하네. 富艷節宮妝
말고삐는 조식(曹植)과 유정(劉楨)이 타던 말과 나란하고 轡竝曹劉駕
어깨는 안연지(顔延之)와 사령운(謝靈運)의 담장을 넘어섰구나. 肩過顔謝墻
세 번 탄식하고서야 비로소 정신으로 이해하니 三歎始神解
남은 소리 높은 다리까지 이르러 오네. 餘響達高梁
효성스러움은 구경(九經) 서고(書庫)을 따르고 孝從九經庫
은혜로움은 칠보(七寶) 침상에 올랐네. 恩登七寶牀

등용문(登龍門)에서 일을 주관하신 일 훌륭하신데	龍門欽執御
구름 속을 보고자 잡고 오르려 했네.	雲覩欲攀箱
남두성 바라보니 간절해지고	南斗瞻望切
북풍에 돌아갈 뜻 분망해지네.	北風歸志忙
억새는 옥나무 곁에 기대기 곤란하고[130]	蒹葭難倚玉
해바라기는 모두 해를 향해 기우는 법[131]	葵藿徒傾陽
역마는 길에서 벌써 울어대는데	驛馬已嘶道
되돌리는 깃발에 갑자기 서리가 스치네.	迴旌遽拂霜
규장(奎章)의 행렬이 궁궐에 들고	奎章行入閣
금의환향 이름난 집에 정해지리.	晝錦定名堂
신선의 오얏 가지 점차 무성해지고	仙李條逾茂
상서로운 소나무 수명은 절로 길어지리라.	瑞松壽自長
찬 날씨에 옷은 얇지 않으니	沍寒衣勿薄
물과 땅의 기미를 먼저 맛보리.	水土味先嘗
자애로운 어머니는 장차 나와 맞아주고	慈母將來諗
백성들은 저만치서 공로를 알아주리.	民生望果償
사람들은 자손 잘 될 작위를 봉해주고	人封宜子爵
손님은 정공향(鄭公鄉)[132]으로 대해지리라.	客待鄭公鄉

130 억새는 옥나무 곁에 기대기 곤란하고 : 상대방의 고매함을 높이는 겸사. 삼국 시대 위(魏)나라 명제(明帝) 때 하후현(夏侯玄)과 황후의 동생 모증(毛曾)이 함께 자리에 있는 것을 보고는 사람들이 "억새풀이 옥나무 옆에 기대어 있는 것과 같다.[蒹葭倚玉樹]"고 평했다는 고사가 있음. 『三國志 卷9 魏書 夏侯玄傳』

131 해바라기는 모두 해를 향해 기우는 법 : 신하가 임금을 따르는 것을 비유한 말.

132 정공향(鄭公鄉) : 특별한 사람이 태어난 고을을 예찬하는 말. 한(漢)나라 때의 대학자인 정현(鄭玄)이 태어난 고밀현(高密縣)을 당시에 국상(國相)으로 있던 공융(孔融)이 예

지위가 천해 한 쌍 신발만 우러러 볼 따름이지만	地賤仰雙履
하늘이 준 인연에 한잔 술이 애석하구나.	天緣惜一觴
그저 장차 이름자나 알려주길 당부할 뿐	聊將託名姓
어찌 감히 용감하게 행장을 꾸리겠는가!	豈敢壯行裝
천세토록 이 아름다운 시 암송하면서	千歲誦斯美
온갖 시름은 저 푸른 솔에 부쳐 두리라.	百憂付彼蒼
어찌하면 날개를 돋게 하여	何當生羽翼
사해를 함께 소요할 수 있으려나!	四海共常羊

찬하여 정공향이라고 부른 데서 유래됨. 『後漢書 卷35 鄭玄列傳』

빈관호저집(賓館縞紵集) 권하(卷下)

기부문학(紀府文學) 남해(南海) 지원여일원정경(祇園餘一源正卿)

동곽(東郭)께 여쭙다[픔(稟)]. 11월 8일. 남해(南海)

서로 떨어져 이삼일이 지나 그리워 마른 마음에 쌓인 먼지가 이미 만 섬이나 됩니다. 뜻밖에 오늘 다시 성대한 바다를 거느리신다 하니 다행스럽고 다행스럽습니다.

답(答) 동곽(東郭)

깨우쳐 주신 바와 같습니다.

물음[稟] 남해(南海)

전날 우연히 비루한 시편을 지었기로 하소(霞沼)를 통해 전해드렸는데, 이미 좌우에 잘 도착하였는지요?

답(答) 동곽(東郭)

귀하의 시편은 이미 화운하였습니다. 내일 마땅히 하소(霞沼)를 통해 드리겠습니다.

물음[稟] 남해(南海)

부끄럽습니다만 화운해주신 시는 무슨 자를 운자로 삼으셨는지요? 생각건대, 어제 보내드린 것은 '언(言)'자 운 아닌지요?

답(答) 동곽(東郭)

그렇습니다.

물음[稟] 남해(南海)

시비는 하소(霞沼)가 바친 것 때문입니다.

답(答) 동곽(東郭)

정신없는 가운데 잊어버리고 기록하지 못하여 어떤 시인지 알지 못하겠습니다.

물음[稟] 남해(南海)

안하(案下)에 바친 '선(先)'자 150운 시입니다.

답(答)

동곽(東郭)

이제야 분명히 알겠습니다. 마땅히 숙독한 뒤 화운하여 보냈습니다.

물음[稟]

남해(南海)

모과를 던지고서 어찌 경거(瓊琚)[1]의 보답을 바란 것이겠습니까? 진실로 원하는 바는 진나라 15성으로 조나라를 속이지 않는 것입니다. 우리 부에 전부터 있어온 화살통 하나가 해외에서 전해진 것이라 하는데 그 이름을 알지 못합니다. 이번에 가져오면 감히 청컨대 자산(子產)의 박물(博物)로서 한번 봐주시지 않을는지요?

답(答)

동곽(東郭)

원컨대 한번 볼 수 있으면 좋겠습니다.

화살통을 보여줌.

물음[稟]

남해(南海)

무슨 나무입니까?

1 경거(瓊琚) : 『시경』 〈목과(木瓜)〉에 "나에게 목과를 던져 주기에, 경거로 보답하였다.[投我以木瓜 報之以瓊琚]" 한 데서 온 말로, 여기서는 화답해준 시가 훌륭함을 비유한 것.

답(答) 동곽(東郭)

무슨 나무인지는 모르겠으나 그 문양이 거북 껍질 같으니 참으로 기이합니다. 제가 있는 곳으로 보내주시면 마땅히 문자로 그것을 기록하겠습니다.

답(答) 남해(南海)

보내드리겠습니다.

물음[稟] 동곽(東郭)

세분의 사신 앞에 가지고 가 질정해 보려합니다.

화살통을 세 사신에게 보냄.

又 동곽(東郭)

이 물건이 나온 곳과 세상을 경유한 세월을 상세히 알려주시면 저는 마땅히 글을 써 알리도록 하겠습니다.

답(答) 남해(南海)

전하길 바다의 큰 배에서 일찍이 섬 안으로 전해졌다고 하는데 획득한지 이미 백년이 지났는데도 그 전해져 나온 바가 미상합니다. 혹자는 빈랑목(檳榔木)이라 하고 혹자는 광랑목(桄榔木)이라 하는데 혹

귀국에 이와 같은 나무가 있는지요?

물음[稟]

동곽(東郭)

빈랑(檳榔), 광랑(桄榔)은 모두 우리나라에 없는 나무인지라 잘 알지 못합니다. 당초에 그것이 전해졌을 때 이미 화살통으로 만들어졌습니까? 아니면 나무를 얻어 갈라서 통을 만든 것입니까? 그 속이 본래 비어있었습니까?

답(答)

남해(南海)

갈라서 통으로 만들었습니다. 삼사(三使)의 말은 어떻습니까?

삼사(三使)가 화살통을 다시 보내 옴.

답(答)

동곽(東郭)

지극히 기이한 완물(玩物)로 여겼습니다.

○삼가 동곽(東郭) 이학사(李學士)께 드리다
敬呈東郭李學士

남해(南海)

마음으로 서로 만나 둘 다 말을 잊고서	寸心相遇兩忘言
유래를 직접 보니 도가 남아 있네.	目擊由來道卽存

공경히 읍하며 지팡이를 옮길 만하고　欽挹堪推斑竹杖
특별한 은혜로 지난 날 붉은 꽃 화단을 내렸네.　殊恩舊賜紫花墩
맑은 바람, 밝은 달에 현도(玄度)[2]가 생각나고　淸風朗月想玄度
깨끗한 옥, 순금으로 큰 근원을 알겠구나.　璞玉渾金識巨源
다시 거문고로 산수 노래를 연주하니　更有瑤琴山水引
교유의 정 섬세히 노래 속 담론을 향하누나.　交情細向曲中論

○ 남해(南海) 사백(詞伯) 안하(案下)에 삼가 차운하여 드리다

敬次奉南海詞佰案下

동곽(東郭)

깊은 정 말하려다 도리어 말을 잊고　深情欲說却忘言
술 마셔도 차분하니 예모(禮貌)가 남아있네.　杯酒從容禮貌存
두터운 인연이 진실로 동리(東里)의 모시에서 생겨나니
厚契眞自東里紵
청유(淸遊)를 어찌 사공(謝公)의 돈대에 사양하리오?　淸遊肯讓謝公墩
주미(麈尾)[3]의 털 떨어지자 담론으로 막아내며　麈毛落盡談鋒盾

2 현도(玄度) : 동진(東晉)의 청담(淸談) 명사 허순(許詢)의 자(字). 현도는 승려 지도림(支道林)과 교유하면서 청담으로 일세를 풍미하였는데, 유윤(劉尹)이 그에 대해서 "맑은 바람과 밝은 달을 대하노라면, 문득 현도가 생각난다.[淸風朗月 輒思玄度]"라고 평한 말이 유명함. 『世說新語 言語』

3 주미(麈尾) : 육조(六朝) 시대에 명사들이 청담(淸談)을 나눌 적에는 麈尾(고라니의 꼬리털로 만든 먼지떨이)를 손에 들고 휘두르며 이야기를 하였다고 한다. 여기서는 서로 고상한 대화를 주고받았음을 뜻함.

필력은 능히 학해(學海)의 근원을 궁구할 수 있을 만하네. 筆力能窮學海源
오늘 밤 절 누각에서 헤어지고 나면 今夜寺樓分散後
나그네 시름을 다시 논할 수 있으려나. 客懷愁絶更堪論

○시 한 수를 지어 이학사(李學士)께 드려 이별의 심회를 부치다
賦一律奉呈李學士以寓離懷 南海

남해(南海)

장차 약한 나래로 봉황의 행렬에 끼려 했는데 謬將弱羽接鵷行
만나서는 무단히 어찌 서둘러 떠나려는가! 邂逅無端奈促裝
이별의 한 깊어 동해를 건널까 하는데 離恨恨深試東海
미인을 그리워하는 곳은 서방(西方)이라네. 美人相思是西方
역참 나무 곁 말머리에서 부절 든 사신을 전송하니 馬頭驛樹送金節
취중 연하(烟霞)만 비단 시주머니에 가득하네. 醉裏烟霞滿錦囊
허공을 향해 시름을 다 그려내고자 해도 欲向盡空寫愁思
강바람 속 '안(雁)' 자만 어지러울 뿐 글을 짓지 못하누나. 江風雁字亂無章

○남해(南海) 사선(詞仙)의 운자에 차운하여 드리다
奉次南海詞仙韻

동곽(東郭)

큰 기러기는 참지(參池)에서 줄을 짓지 않는데 鴻鴈參池不作行

한양서 온 외론 객은 행장을 꾸리네. 漢陽孤客理行裝
만날 적이면 재주가 삼매에 듦을 가장 좋아했는데 逢場最愛才三昧
이별의 한이 도리어 바다 한 편에서 일어나네. 別恨還生海一方
나그네 시름을 없애는 건 오직 술이요 消却羈愁惟酒巵
따져보니 좋은 물건은 다만 시주머니네. 檢來長物只詩囊
새봄에 짝이 되어 장차 돌아가려니 新春作伴將歸國
마침 소화(韶華)[4]가 건장궁에 가득한 걸 보네. 會見韶華滿建章

○ 동곽(東郭) 안하(案下)에 드리다

卒呈東郭案下

남해(南海)

재기(材氣)가 펄펄 날아오를 듯하니 材氣翩翩驕欲飛
이방에서의 멋진 모임 세상에 드문 일이라. 殊方勝會世應稀
물 같은 변론은 곧바로 붓끝에서 쏟아지고 辨河直自筆端瀉
가루 같은 담론[5]은 시종 종이위에 뿌려지네. 談屑時從紙上霏
바다가 어둑하니 기러기 나는 하늘이 눈기운을 머금고
海暗鴻邊含雪意
누대가 높으니 까마귀 등에 언뜻언뜻 지는 햇살 비추네.
樓高鴉背乍斜暉

4 소화(韶華) : 아름다운 계절의 경치.

5 가루 같은 담론[담설(談屑)] : 아름다운 말이 계속되는 것을 이르는 말. 아름다운 말이 마치 톱질을 할 때 톱밥이 끊임없이 이어지는 것과 같다 하여 붙여진 이름.

종일토록 수창하여 혼연히 음향 같으니 唱酬終日渾如響
뉘라서 말하랴? 대음(大音)은 원래 스스로 드물다고. 誰道大音元自希

물음[稟]

경은 그때 서쪽 행랑에서 동곽(東郭)과 더불어 대면하고, 용호(龍湖)는 객청에서 임좨주(林祭酒)와 창화했으며 나는 이곳에 있었다고 한다. 이 말은 이화야(伊華野)가 전한 것이다. 또 말하길 한번 대면하기를 요구했다고 한다. 말 가운데 장편이라 한 것은 곧 앞서 기록한 백운(百韻)이다.

용호(龍湖)

외람되게도 장편시를 주시니 시운(詩韻)은 맑고 웅건하며 필법(筆法)은 굳세면서도 정묘하여 사람으로 하여금 흠복하게 합니다. 다만 벽을 사이에 두고 앉아있어 귀한 모습을 직접 볼 수 없음이 아쉽습니다. 시만 보고 그 사람을 보지 않음이 가한 것이겠습니까?

나는 마침내 들어가 대면하였다.

또[又]

용호(龍湖)

이번 모임은 진실로 뜻밖의 만남이었으니 참으로 행운입니다. 귀하의 시는 창졸간에 화답할 수 있는 것이 아니니 차분해지기를 기다려 화답하여 드리겠습니다.

답(答)

남해(南海)

포장해 주심이 실상보다 지나치니 제가 어찌 감히 합당하겠습니까? 이제 유사와 학사가 대화를 나눔에 정을 다할 수 없음이 한스러우니 다만 다른 날을 기약할 따름입니다.

○이학사(李學士)께 드려 전별의 예의를 갖추다

贈李學士以副贐儀

남해(南海)

두 나라 황제의 풍화는 어짊이 귀의할 바라	二國皇風仁所歸
강화(講和)의 돈독함이 예전처럼 의지하게 되었네.	講和敦睦舊來依
땅 안의 물결은 봉래섬으로 통하고	地中波浪通蓬島
하늘 위 별들은 자미성을 보호하네.	天上星辰護紫微
이치를 담론함에 소략한 관가의 말 개진하기 어렵고	談理難開院語簡
시를 말함에 도리어 드문 왕래가 한스럽네.	說詩却恨匡來稀
가시덤불은 난새 봉황 머물도록 할 수 없으니	荊榛不耐留鸞鳳
천풍(天風)이 날개에 불어 날아오르게 함을 어찌하랴.	無奈天風鼓翼飛

○삼가 지문학(祗文學)의 사안(詞案)에 사례하다

奉謝祗文學詞案

동곽(東郭)

그대는 잡으려 하고 나는 돌아가려 하니	君欲留行我欲歸

이별의 심회가 절로 간절하구나.	別時懷緖自依依
천문은 아스라하고 별들은 나뉘는데	天文縹緲星辰隔
눈 올 기미 어둑하니 섬들마저 희미하네.	雪意蒼茫島嶼微
병든 나그네 돛배가 바다 멀리 띄워지면	病客帆檣浮海遠
고인의 서찰도 관 나서기 드물리라.	故人書札出關稀
분명하구나! 두 곳에서 서로 그리는 맘 피어나	分明兩地相思發
응당 길 떠나는 기러기 따라 만 리를 날아오르리.	應逐征鴻萬里飛

아! 이별함에 서글픔을 이길 수 없어 쓰던 작은 붓을 삼가 드리니 수택(手澤)의 인연 때문입니다.

○삼가 지문학(祇文學)의 사안(詞案)에 쓰다 -아울러 시를 붙임
敬柬祇文學詞案

경호(鏡湖)[6]

어찌 계시는지 우러러 문후합니다. 귀하께서 니지(泥紙)[7]로 전별해 주시니, 멀리서나마 진심어린 선물에 감사하여 어찌 할 바를 모르겠습니다. 제가 장차 돌아가게 되었는데, 대면할 수 있는 인연이 없어 다만 슬퍼하며 두텁지 못한 예의로나마 그저 감사함을 잊지 않겠다는 마음만을 드러낼 뿐입니다. 오직 자애로이 살펴주시길 바라옵니다.

6 경호(鏡湖) : 홍순연(洪舜衍, 1653~?)의 호. 자는 명구(命九). 숙종 31년(1705)에 문과에 급제하였으며 제8차 사행단의 서기로 사행에 참여함.

7 니지(泥紙) : 금박 또는 은박을 붙인 종이.

우연히 시 한 수를 지었기로 삼가 남해(南海) 사백(詞伯)에게 부쳐 만나 이별하지 못한 한스러움을 담을 따름입니다.

바다 위 태양이 어둑해지고 눈이 곧 날릴 듯하니 海日陰陰雪正飛
바닷가 관문의 돌아갈 나그네는 생각이 더욱 아련해지네. 江關歸客思依依
아! 갈림길에서 옥 같은 사람을 보지 못하여 嘻岐不見人如玉
말 세운 채 서글피 눈물만 뿌린다네. 駐馬悽然淚一揮

○삼가 홍서기의 이별시에 차운하다
敬次洪書記留別韻

남해(南海)

돌아가는 배 무슨 일로 서둘러 떠나는가! 歸帆底事去如飛
우연한 만남 어느 해나 다시 기약하리오? 萍水何年得再依
천애(天涯)에서 한번 이별로 세상을 달리하게 되니 一別天涯爲隔世
바람 맞으며 나그네는 눈물 뿌리지도 못하는구려. 臨風客淚不堪揮

○삼가 지문학(祗文學) 남해(南海) 사백의 안하(案下)에 사례하다
奉謝祗文學南海詞伯案下

용호(龍湖)

좋은 만남을 다시 할 수 없는데 헤어질 날이 가까우니 사사로운 마음 서글퍼져 어찌 그 지극함을 다 하겠습니까? 과분하게도 장편시를 보내주시어 공경스럽게 읽어보기를 채 마치기도 전에 읽는 이로 하여금 공경하여 탄식하게 합니다. 조사(藻思)는 풍부하게 펼쳐지고 필법은 정묘하니 어찌 하늘 동쪽에서 이같은 강적을 만날 줄 알았겠습니까! 뜻을 헤아려가며 부지런히 화답해왔지만 근래에 시문으로 수응하는 일은 대개 바쁘고 겨를이 없었습니다. 이에 감히 절구 두 수를 우선 먼저 기록하여 삼가 보내고 나머지는 추후에 차운하여 드리도록 하겠습니다. 금니로 장식된 귀한 종이는 참으로 진심어린 마음에서 나온 것이니 감사함을 이루 다 할 수 없어 닥종이 1권을 소략한 줄 모르고 드리오니 웃으면 받아주시길 바랍니다.

거대한 붓을 떨쳐 한 편의 시를 지으니	鋪張巨筆一篇詩
금수(錦繡)에 옥빛이 찬란하게 빛나네.	錦繡珠璣映陸離
가소롭구나! 소단(騷壇)에 노장(老將)이 있는데	自笑騷壇老將在
성을 공격하면서 도리어 하급 장수를 쓰려했다니.	攻城還欲用偏師

누가 보내왔는가! 오사란(烏絲欄)[8] 백 폭	誰寄烏絲百幅强
화려한 꽃 황금 잎새 휘황찬란하구나.	粉花金葉爛輝光
어찌 알았으랴! 오봉루(五鳳樓) 안 나그네가	那知五鳳樓中客
고운 종이 나눠 받아 시주머니 사치할 줄을.	分與鸞牋侈錦囊

8 오사란(烏絲欄) : 격자(格子)로 묵선(墨線)을 그어 놓은 종이.

○조선으로 돌아가는 용호(龍湖) 엄서기를 원별(遠別)하다 -편지를 붙임

遠龍湖嚴書記歸朝鮮-付柬

남해(南海)

애 끊는데 가는 배는 조금도 멈춤 없으니	腸斷歸帆不暫停
관문의 구름, 역의 나무 바라볼수록 아득하네.	關雲驛樹望冥冥
사귐을 논하던 객관(客館)에 양탄자는 따뜻해지지 않고	論交客館氈難煖
이별을 슬퍼하던 강가 정자 술도 금세 깨고 마네.	恨別江亭酒易醒
시 짓던 천지에는 쌍벽(雙璧)의 눈동자	詞賦乾坤雙璧眼
장한 심사 湖海에는 한줄기 푸른 부평초.	壯心湖海一靑萍
천애(天涯)의 지기(知己)로 그대 같은 이 없으려니	天涯知己似君少
이별 뒤 거문고를 누가 또 들어주랴!	別後瑤琴誰又聽

지난 번 외람되이 칭찬해주시는 말을 듣고 부끄럽고도 황송하였는데, 아울러 어제 또 칭찬을 받게 되었습니다. 하소자(霞沼子)와의 대화 중에 말이 제게 이르고 또한 구름과 해를 다시 헤쳐 볼 것을 허하셨다니 어찌 생각이나 했겠습니다. 족하께서 수많은 사람들 중에서 특별히 저를 보아주심은 지난 날 인연이 깊기 때문이라 할 것입니다. (그런데) 어찌하여 하늘은 우리 두 사람을 시기하여 다시 만나 악수하며 맘을 나누고 술을 마시며 문장을 논하지 못하게 하는 것인가요? 저는 이른바 그림 용이라도 좋아하는 자이니 어느 날 아침 진짜 용이 호수에 나온 것을 본다면 곧 가솔을 이끌고 좇을 것입니다. 빈관(賓館)이 몹시 분주하고 돌아갈 날은 닥쳐오는데 물가 다리에서 고개를 돌려도 구름

속 나무만 아득할 뿐이니 그저 소매에 눈물 자국만 가득할 따름입니다. -전날 용호(龍湖)가 하소(霞沼)를 통해 전해 오기를 다시 와 만나기를 원한다고 하기에 다음날 내가 곧 방문하였다. 그런데 용호(龍湖)가 때마침 일로 삼사(三使)의 앞에 있어 날이 저물도록 만나지 못하고 쓸쓸히 돌아왔다.

○차운하여 용호(龍湖) 서기의 두 수 시에 답하다
次韻酬龍湖書記二首

남해(南海)

그 누가 당년(當年)의 종자기(鍾子期)던가?	誰是當年鍾子期
서로 만나 어느새 이별을 말하네.	相逢乍又說相離
일동(日東)에 오늘 보검이 남아있지만	日東今日寶刀在
세상에 전해 줄 스승이 없구나.	傳世唯當因少師

계림으로 이제 가면 모든 길이 끊어져서	鷄林此去萬程絶
꿈에서나 그리며 은총을 뵈오리라.	夢裏相思見寵光
백설부(白雪賦)[9]에 아울러 청옥안(靑玉案)[10]을 주셨으나	白雪兼投靑玉案

9 백설부(白雪賦) : 백설부(白雪賦)는 전국 시대 초(楚)나라에서 불리던 고아(高雅)한 가곡 이름으로 여기서는 좋은 시작품을 비유한 말.

10 청옥안(靑玉案 : 장형(張衡)의 시 사수(四愁)에 "미인이 나에게 금수단을 주었으니, 어찌하면 청옥안으로 갚을 수 있을꼬.[美人贈我錦繡段 何以報之靑玉案]"라고 한 데서 온 말로, 청옥안은 고시(古詩), 혹은 고시에 쓰인 훌륭한 시어를 말한다. 여기서는 보내 준 시가 훌륭함을 비유한 말.

보답하려 하여도 빈 시주머니가 부끄럽구려. 爲君欲報愧空囊

○ 남해(南海)께서 내게 장편시를 보내주었는데 마침 앓고 있어 화답하지 못하였습니다. 지금 떠나려 함에 보답할 것이 산과 같지만 후의(厚意)를 끝내 외롭게 할 수 없어 별도로 시 한수를 지어 사례하니 그저 용서하고 헤아려 주시길 바랍니다

南海寄余長篇詩, 而適爲呻吟, 未克拼和矣. 今則臨行, 卒卒逋債如山, 然盛意不可終孤, 故別構一律以謝, 惟冀恕諒耳.

범수(泛叟)

눈발이 날릴 적 소단(騷壇)의 고아한 모임에서 騷壇高會雪飛時
그대를 위해 은근히 볼품없는 시를 지어 爲子慇懃賦小詩
시험 삼아 큰 종을 두드려 큰 울림을 구했더니 試扣洪鐘求大響
마침내 강건한 붓이 웅장한 문장 불러옴을 볼 수 있었지. 終看健筆聘雄詞
바다를 바라보니 하백(河伯)은 공연히 긴 탄식을 하고 望洋河伯空長歎
준마가 걸음을 펼치니 누가 감히 따를 수 있으리오! 展步天騏孰敢追
한 조각 한산사의 비석[11]은 一片寒山寺中石
서쪽으로 돌아가도 언제고 그리웁겠지. 西歸他日正相思

11 한산사의 비석 : 남북조(南北朝) 시대에 유신(庾信)이 북방에 사신으로 갔다가 돌아왔는데, 여러 문사들이 북방의 문장을 물었더니, 답하기를, "한산사(寒山寺)에 한 조각 돌이 이야기할 만하고 그 나머지는 모두 당나귀 울고 개짖는 소리와 같다."고 한데서 나온 말로, 여기서는 남해(南海)의 시가 일본에서 가장 빼어나다며 고평(高評)한 것.

○ 차운하여 범수(泛叟)의 안하(案下)에 사례하다
次韻謝泛叟案下

남해(南海)

서로 만나 다만 아쉬운 건 함께 많은 시간 못한 것이라 相逢但恨不多時
또 다시 맘 달래려 바람 맞으며 그대 시를 외워보네. 且慰臨風誦子詩
남용(南容)[12]이 삼가 응대한 것만으로도 가장 좋은데 最愛南容愼應對
동리(東里)의 훌륭한 문사를 누가 알아주리오? 誰知東里善文詞
관을 나서 눈비로 서로 가길 멈췄지만 出關雨雪休相去
바다에 뜬 돛배 좇을 수가 없으리라. 懸海雪帆不可追
지난 밤 맑은 노님 우연이 아니니 昨夜淸遊非偶爾
천애에서 달을 보면 참으로 그리워하리. 天涯看月幸相思

귀한 의례(儀禮) 많은 물품으로 삼가 후의를 베풀어 주셨습니다. 얼핏 들으니 돌아가는 배가 이미 준비되었다고 하는데 직접 마주하고 이별하지 못하니 어떻게 마음속 정을 전할 수 있을는지요? 고운(高韻)으로 이별의 심회를 부칩니다. 이 먼 길에 나서면 찬 날이 닥칠 것이니 만만 자중하시길 바랍니다.

---

12 남용(南容) : 남용(南容)은 공자의 제자로 『시경(詩經)』 대아(大雅) 억(抑) 중에 "흰 옥돌 속에 있는 오점(汚點)은 그래도 깎아서 없앨 수 있지만, 말을 한 번 잘못해서 생긴 오점은 어떻게 해 볼 수가 없다.[白圭之玷 尙可磨也 斯言之玷 不可爲也]"라는 구절을 매일 세 번씩 반복해서 외우자, 공자가 이를 훌륭하게 여겨 자신의 조카사위로 삼았다고 한다. 『論語 先進』언행을 신중히 하는 인품을 드러내기 위해 사용됨.

백옥(伯玉)의 시고(詩稿)에 붙인 서문 시고의 이름을 개인적으로 백영(百詠)이라 한 것은 하루에 백 수를 지었기 때문이다.

伯玉詩稿序 -稿號私題百詠, 蓋一日百首也.

동곽(東郭)

시를 담론하는 자들은 반드시 천기를 말하니 천기란 재주가 아닌 것을 말하는 것인가? 나누어 생각하면 재주는 나로부터 나오고 천기는 시에서 이루어지니 찾아 얻기를 마치 갈림길처럼 한다. 그러나 두 가지는 반드시 재주가 있은 뒤에 천기를 능히 할 수 있으니 천기란 것은 시에 있지 않아도 재주를 드러내는 것인가? 이른바 재주는 꼭 시에서 구할 필요가 없으니 반드시 용모와 언어, 기거하며 움직이는 사이에 발동하여 스스로 감출 수가 없으니 어찌 풍월(風月)을 읊조리길 기다린 이후에 알겠는가!

내가 일본에 도착하여 지원(祇園) 백옥(伯玉)과 더불어 노닐었는데 몹시 종용(從容)하여 나아가고 물러나며 수창하는 사이에 본 것이 모두 재주였으니 나는 진실로 이미 그가 시에 능할 것을 알았다. 후에 그의 시고를 보니 과연 백옥(伯玉)은 굳셈이 탁월하여 하루도 안 되어 백 편의 시를 능히 지었으니 어찌 그리 민첩한가! 재주가 아니라면 이와 같이 할 수 있겠는가? 그의 학문이 이루어진 뒤의 작품을 살펴보니 모두 맑고 고우며 깨끗하고 밝아 시가(詩家)의 격률을 크게 얻었다. 아마도 그 재주가 더욱 노성해져 의도하지 않는 경지에 이르렀기 때문이리라. 백옥이 억지로 힘쓴 것이겠는가!

신묘년(辛卯年) 중동(仲冬) 하완(下浣)

○ 남해(南海) 사백(詞伯)이 송별하며 쓴 운자(韻字)를 따라짓다
次南海詞伯送別韻

용호(龍湖)

절집에 십여 일을 사신 행차 머무르니	梵宇經旬玉節停
천애의 계절은 겨울[13]로 접어드네.	天涯節序屬玄冥
창가 매화 섣달이 가까워지자 봄빛이 감돌고	窓梅臘近春光動
오죽(烏竹)에 한기가 일자 간밤 취기 사라지네.	塢竹寒生宿醉醒
세상만사 풍진 속에서 머리는 세려하는데	萬事風塵頭欲雪
한평생 서검(書劍)으로 자취는 부평초 같네.	百年書劍迹如萍
이역(異域)에서 새 벗 안 즐거움을 다 누리지 못해	殊方未盡新知樂
서글픈 여구(驪駒)[14] 노래 차마 듣지 못하겠네.	惆悵驪駒不忍聽

전에 삼가 드린 화답시와 보낸 물건은 빠짐없이 잘 전달되었는지요? 헤어질 날이 가까이에 있는데 다시 모습을 뵙지 못하니 몹시도 아쉽습니다. 장편시는 아직도 화답하지 못하여 쌓인 빚이 이 지경에 이르렀으니 저도 모르게 얼굴이 붉어집니다.

신묘(辛卯) 지일(至日)

---

13 겨울[현명(玄冥)] : 겨울을 관장하는 신의 이름.

14 여구(驪駒) : 여구곡(驪駒曲). 여구는 『대대례(大戴禮)』에만 나타나는 일시(逸詩)의 편명으로, 손님이 떠나려 하면서 이별의 정을 표시하는 노래. 손님이 "검정 망아지 문밖에 있고 마부 모두 대기하오. 검정 망아지 길 위에 있고 마부 멍에 올리었소.[驪驅在門 僕夫具存 驪驅在路 僕夫整駕]"라고 노래를 부르면, 주인은 '손님이여 돌아가지 마오'라는 뜻의 〈객무용귀곡(客無庸歸曲)〉을 불렀다 함. 『漢書 卷88 王式傳』

○이동곽(李東郭)께 드리는 편지
與李東郭書

남해(南海)

이 사람이 있는 뒤에야 이 멋이 있고 이 문장이 있는 뒤에야 이 서문이 있습니다. 그렇지 않다면 개꼬리로 담비 가죽을 이은 것이니[15] 족히 비웃음을 살 뿐입니다. 지난 번 용렬한 시편을 보내어 청람(淸覽)을 번거로이 더럽혔으니 은혜를 그르치지나 않았는지 모르겠습니다. 그런데도 고귀한 서문에서 지나치게 포장을 더해주셔서 삼도(三都)에서 갑자기 현안(玄晏)의 종이값[16]을 얻게 되었으니 그 은혜가 실로 화려한 귀족의 옷보다도 더합니다. 화답해주신 세 편의 시는 표현이 고상하고 뜻이 두터워 종이를 펼쳐 읽음에 손을 놓을 수가 없었습니다. 전하여 가보로 삼으렵니다. 후의(厚意)로 보내주신 몇몇 물품을 절 올리며 받았습니다. 삼가 감사드립니다. 쓰시던 붉은 붓[17]이 가장 아취어린 아낌을 담고 있으니 영원히 전할 귀한 보물입니다. 다만 회계(會稽)의 서수필(鼠鬚筆)[18]은 저 같은 사람이 얻어 쓸 물건이 아니라는 걱정이 듭니다. 보잘 것 없는 의례로 두 가지 물품을 삼가 바칩니다. 제

15 개꼬리로 담비 가죽을 이은 것 : '담비의 꼬리가 부족하여 개의 꼬리로 장식했다.[狗尾續貂]'는 것은 원래 관작을 함부로 제수함에 비유한 말인데, 여기에서는 훌륭한 솜씨를 대접하기에 자신의 능력이 변변치 않다고 겸사한 것.

16 현안(玄晏)의 종이값 : 현안(玄晏)은 진(晉)나라 황보밀(皇甫謐)의 호로서, 일찍이 좌사(左思)를 위해 삼도부(三都賦)의 서문(序文)을 지어 주자 낙양(洛陽)의 지가(紙價)가 뛰어올랐다는 고사가 전함.

17 쓰시던 붉은 붓 : 동곽(東郭) 이현(李礥)이 남해(南海)에게 이별 선물로 준 붓.

18 서수필(鼠鬚筆) : 쥐의 수염으로 만든 좋은 붓. 명필들이 애용하던 붓.

가 진실로 말하고자 하는 바는 더 머물러 주십사 하는 것입니다. 허나 돌아갈 날이 멀지 않고 다시 악수하며 담소를 나눌 수 없으니 간절한 마음으로 노로정(勞勞亭)[19] 가에서 바람 맞으며 눈물을 뿌릴 따름입니다. 더 갖추지 못하오니 높은 뜻으로 헤아려 주십시오.

○삼가 남해(南海)의 사안(詞案)에 감사드리다
奉謝南海詞案

동곽(東郭)

헤어진 지 자못 십여 일이 되었는데도 또렷한 무언가가 이 속에 남아있었습니다. 이렇게 특별히 보내주신 글을 받으니 외람되이 존리(尊履)께서 더욱 중히 여겨주시어 진실로 위로해 주심을 볼 수 있었습니다. 제가 여기에 온 이래로 여러 군자들과 함께 노닌 적이 참으로 많았습니다. 그런데도 유독 우리 족하께 아쉬워 잊을 수 없는 정이 있는 것은 그 영명한 기상이 존경할 만하고 그 빼어난 재주가 좋아할 만해서입니다. 실로 저 같은 사람은 본디 한 치의 취할만한 장점이 없는데도 족하께서는 오히려 제가 족하께 대해서 아쉬워한 것과 같이 대해주셨으니 왜인가? 어찌 기미(氣味)가 서로 맞고 마음으로 기약한 것이 두터웠기 때문 아니겠는가? 군자가 사귈 때에는 오직 의(義)에 맞게 할 따름입니다. 거처가 서로 달라 말이 통하지 않음은 논할 것이 못됩

19 노로정(勞勞亭) : 중국 강소성(江蘇省) 강녕현(江寧縣) 남쪽에 노로정(勞勞亭)이 있는데, 송별하던 장소로서 떠나는 사람을 위해 노래를 부르며 전별하였다고 함.

니다. 다만 한스러운 건 활과 화살처럼 함께 할 자리를 기약할 수 없는 것이니 이 한은 바다보다 깊고 하늘보다 높을 것입니다. 은혜롭게도 두 가지는 성심으로 주신 것이니 교녀(嬌女)를 돌아가게 하여 덕휘(德輝)를 자랑함이 마땅할 것입니다만 사사로운 마음이 부끄럽고 두려워 붓과 혀로 형용하기 어렵습니다. 나그네의 시 주머니가 텅 비어 다만 시전지 10장으로 구구한 성의를 대략 표시하니 웃으며 거두어 주심이 어떠합니까? 며칠 사이에 떠날 듯하니 편지지를 앞 둔 마음 더욱 슬프고 한스럽습니다. 다 갖추지 못합니다. 조량(照亮)하십시오.

신묘(辛卯) 십일월(十一月) 하완(下浣)

○ 조평천(趙平泉)께 드리는 편지
與趙平泉書

남해(南海)

기부문학(紀府文學) 남해(南海) 지원정경(祇園正卿)은 삼가 정사 평천(平泉) 조공 각하께 글을 올립니다. 나라에 있어 사명이 지닌 그 중요함이여! 공자께서는 "사방으로 사신 가서 군명(君命)을 욕되이 하지 않으면 선비라 할 수 있다."고 하셨고, 또 "전대(專對)할 수 없다면 많이 외운들 어디에 쓰겠는가?"라고 하셨으니 대저 나라의 정사에 그 크고도 성대함을 말씀하신 것입니다. 종묘(宗廟), 조정(朝廷), 제사(祭祀), 연향(燕饗)에서부터 병형(兵刑), 전곡(錢穀) 등에 이르기까지 중요하지 않은 것이 없습니다. 그런데도 부자께서 특별히 사명(使命)을 들어 종신(終身)의 가부(可否)로 정하신 것은 무엇 때문이겠습니까? 다른 여러 정사는 재차 시험할 수 있지만 사명(使命)은 반복할 수 없기 때문 아니겠습니까? 요임금께서 천하를 소유하셨을 때 홍수를 다스리는 것보다 급한 일이 없었음에도 오히려 "가능한지 시험해 보고서 그만두겠다." 라고 말씀하시고 곤(鯀)이 치수한지 9년이나 지난 뒤에야 이루지 못했음을 결정하였고, 순임금을 기용했을 때에도 "내 시험해 보리라"라고 말하고 순임금이 또한 3년을 섭정한 후에야 천하를 그에게 선양하셨습니다. 대저 치수(治水)의 급함으로 천하를 선양하게 된 일에도 요임금의 총명함과 곤(鯀)의 어질지 못함은 오히려 또 이처럼 누차 시험할 수 있었으니 하물며 작은 일과 미미한 능력에 있어서겠습니까! 일시(日試), 월고(月考)가 가능할 지라도 오직 사명(使命)에 이르러서는 그럴 수가 없으니 대저 분부(分符), 수절(樹節)하여 명(命)을 이웃나라에 전함에, 도착해서는 교외에서의 수고가 있고 떠날 때는 예물을 주고받는 의식이 있으니 집옥(執玉), 수폐(授幣), 주선(周旋), 읍양(揖讓), 헌수(獻酬)하는 예절과 응대(應對)하는 예절에 있어 하나라도 실수하면 부끄러움을 되돌릴 수 없고. 하나라도 잘못하면 말을 다시 주워 담을 수 없으니, 크게는 손님과 주인 사이의 공경을 잃게 되고 작게는 실언의 비웃음을 사게 됩니다. 그러니 신중하지 않을 수 있겠습니까! 사신단을 선발하는 일은 족히 조정의 항상적인 어려운 일이기에 사신의 행차를 당해서는 황화시[20]를 연주하여 그 노고를 위로하고 돌아올 적

20 황화시 : 황화시(皇華詩)는 곧 『시경』 〈소아〉의 황황자화(皇皇者華) 시. 시에 "반짝반짝 빛나는 꽃들이여, 저 언덕이랑 진펄에 피었네. 부지런히 달리는 사나이는, 행여 못 미칠까 염려하도다. …… 내가 탄 말은 인마인데, 여섯 가닥 고삐가 고르도다. 이리저리 채찍질하여 달려서, 두루 찾아서 자문을 하도다.[皇皇者華 于彼原隰 駪駪征夫 每懷靡

에는 사모장(四牡章)을 불러 그 일을 기려주니 임무의 막중함이 이처럼 지극합니다. 고인이 "대장부가 태어나 장상이 못되어도 사신이 될 수 있다면 족하다."라고 하였으니 스스로 그 행실이 족히 믿을 만하고 그 말이 족히 따를 만한 자가 아니면 누가 그런 임무를 허여할 수 있겠습니까! 오직 정사 조공 각하께서 국명을 크게 받들어 왕림하셨으니 이는 모두 의용(儀容)이 온화하여 이르러 화합할 수 있고 기상이 우뚝하여 바라보면 두려워 할 만하셨기 때문입니다. 문질(文質)이 빈빈(彬彬)하며 학식이 풍부하고 재주는 커서 요구하면 응대하지 못함이 없고 물어보면 모르는 것이 없으며 말이 나오면 문장이 되고 몸을 움직이면 준칙이 되니 훌륭한 임금이 윗자리에서 뽑고 여러 관료들이 아래에서 추복(推服)하기에 마땅합니다. 국명을 맡겨도 걱정할 것이 없고 직무를 총괄하여도 근심할 것이 없으니 족히 금문과 옥당 위에서 큰 갓과 넓은 띠가 의젓하고 아름답게 기리는 소리가 양국 사이에 넘치는 것을 모두 볼 수 있었습니다. 시에 '덕스런 군자여 사방이 본받네.'라 한 것은 대저 공을 이르는 것입니다. 저로 말할 것 같으면 비천하여 실로 소개할 만함이 없는 사람인데 좌우의 어떤 인연을 통해 한 번 광채 없는 신발을 주고는 백로에 해바라기가 빛을 향해 기우는 성심을 얻게 되었습니다. 경모하여 우러른 지 오래라 열매만 쌓다가는 기갈(飢渴)을 지나치게 될 것이니 이런 까닭에 드디어 저의 어리석고 비루함을 잊은 채 삼가 하리(下里)의 거친 글을 짓고 비루한 회포를 담

及 …… 我馬維駰 六轡旣均 載馳載驅 周爰咨詢]"라고 하였는데, 이 시는 사명을 받고 떠난 신하가 행여나 임금의 뜻에 미치지 못할까 매양 염려하는 뜻을 노래한 것.

아 감히 여러 좌우께 바치오니 하나는 귀 조선이 훌륭한 인재를 얻은 성대함을 기뻐하고 하나는 각하께서 영화롭게 돌아가는 아름다움을 찬미하는 뜻일 따름입니다. 삼가 살펴주시옵소서.

신묘(辛卯) 중동(仲冬)

○삼가 정사(正使) 평천(平泉) 조공(趙公)의 안하(案下)에 바치다
謹贈正使平泉趙公案下

남해(南海)

동쪽 바다에서 신선 나그네 영접하니	東海迎槎客
자리의 진귀함이 남금(南金)과 견줄 만하네.	南金權席珍
돛을 걷고 옥으로 된 섬을 찾고	掛帆尋玉島
부절을 멈추고 푸른 나루를 묻네.	弭節問滄津
문물은 밝은 때를 만났고	文物逢明歲
덕음(德音)은 보배론 이웃을 알게 하였네.	德音卜寶鄰
전총(銓總)은 원래 간요(簡要)하고	銓總源簡要
사명(辭命)은 반드시 공인(恭寅)[21]해야 하네.	辭命必恭寅
옥패 차니 의례가 성대하고	玉珮成儀盛
주포(珠袍)[22] 입으니 광영(光榮)이 새롭구나.	珠袍光寵新
꽃다운 명성은 향초처럼 향기롭고	芳聲芬似蕙

21 공인(恭寅) : 공경하고 삼감. 주공(周公)이 은 고종(殷高宗)의 덕을 칭송하여 '엄공인외(嚴恭寅畏)'라고 한 데서 나온 말. 『書經 無逸』

22 주포(珠袍) : 구슬로 장식된 옷.

온화한 기상은 봄날처럼 다사롭네.	和氣藹如春
변론이 쏟아짐은 강하의 기세요	辨倒江河勢
붓을 달리니 조화가 신령스럽네.	筆驅造化神
고향의 편지는 어디에 도착했나	鄉書何處達
세모에도 집 못가는 사람이로다.	歲暮未歸人
바닷가 나무에 바람이 거세고	海樹天風急
강가 구름에 눈비가 잦네.	江雲雨雪頻
돌아보며 환히 살펴 주시길 앙망하오나	顧言仰電矚
누가 폭풍 같은 바퀴를 머물게 할 수 있나?	誰爲留飇輪
오직 거문고와 학을 싣고 돌아가면	還唯載琴鶴
정해진 의식을 행하고 기린각(麒麟閣)에 초상화 걸리리라.[23]	行定畫麒麟
비천한 저, 실로 한스러움을 감내하며	卑賤良堪恨
떠나는 수레 날리는 먼지만 부질없이 바라보네.	征車空望塵

○삼가 남해(南海) 사안(詞案)에 사례하다 –서경에 도착하여 추후에 화답하였다

謹謝南海詞案–至西京追和

평천(平泉)

창해에 밝은 구슬이 나와	滄海明珠出

23 기린각(麒麟閣)에 초상화 걸리리라 : 기린각은 한 선제(漢宣帝)가 일찍이 곽광(霍光), 장안세(張安世), 소무(蘇武) 등 공신 11인의 초상을 그려서 걸게 했던 전각 이름. 기린각에 초상이 걸린다는 것은 국가에 큰 공훈을 세우고 공신에 책록되는 것을 뜻함.

동남쪽 땅에서 나라의 보배를 독점하였네.	東南擅國珍
빛을 머금어 흐릿한 찌꺼기를 맑게 하고	含光澄濁滓
도를 맛보고 현진(玄津)[24]에서 양치질 했네.	味道漱玄津
절로 재주가 속세는 초월하여	自是才超俗
덕으로 이웃을 비추어 살폈네.	還看德照鄰
가슴 속 기약으로 멀리 온 나그네를 진실하게 여겨	襟期孚遠客
문자로 좋은 연줄을 맺었네.	文字結良夤
호탕한 원류는 장대하고	浩蕩源流大
찬란한 문채는 신선하네.	輝煌藻采新
사귄 정은 모시와 명주요[25]	交情紵與縞
높은 격조는 눈빛과 봄빛을 겸하였네.	高調雪兼春
시는 대적할 자 없고	可但詩無敵
아울러 능숙한 글씨에도 정신이 서려 있네.	兼能筆有神
근심 없이 낯선 땅에 머물며	不愁淹異城
기쁘게도 뜻 맞는 사람을 얻었네.	頗喜得同人
담소하려 했는데 아! 소원도 어긋나고	傾盖嗟乖願
시통(詩筒)을 전하려도 어찌 그리 분주하던지.	傳筒豈厭頻
미약한 양의 기운에 조금씩 선을 더하더니[26]	微陽添弱線

24 현진(玄津) : 불교에서 말하는 고해(苦海).

25 모시와 명주 : 저호(紵縞)는 모시와 명주를 가리키는 말로 이것을 서로 주었다는 것은 서로 선물을 주고받는 것이나 교제하는 것을 뜻함. 오(吳)의 계찰(季札)이 정(鄭)의 자산(子産)에게 호대(縞帶)를 보내니 자산이 이에 저의(紵衣)로 보답을 하였다는 고사에서 온 말. 호저지의(縞紵之義). 『左傳 襄公 29년』

26 미약한 양의 기운에 조금씩 선을 더하더니 : 미양(微陽)은 곧 동지(冬至)에 일양(一陽)이 처음 생기는 아주 미약한 양기를 가리킴. 첨선(添線)은 동지를 기점으로 낮의 길이가

내일이면 떠나갈 수레바퀴 움직인다네. 明日動征輪
만 리 먼 행차에 배를 띄우고 萬里行漂鷁
삼산 험한 길에 기린을 부리리라. 三山阻馭麟
구름 파도 아득하여 끝이 없으니 雲濤杳無際
고개 돌려도 소식이 끊어지려나. 回首隔音塵

'수현진(漱玄津)' 시어는 낙빈왕(駱賓王)에서 나왔고, '어린(馭麟)'은 유신(庾信)의 시에 보인다.

신묘(辛卯) 지월(至月) 하완(下浣)

○ 임정암(任靖菴)께 드리는 편지
與任靖菴書

남해(南海)

기부문학(紀府文學) 남해(南海) 지원정경(祇園正卿)은 삼가 부사(副使) 임공 각하께 편지 올립니다. 선비가 다행히 그 때를 얻었지만 그 재주를 얻지 못한 경우와 불행히 그 재주는 얻었지만 그 때를 얻지 못한 경우는 모두 그 아름다움을 오롯이 하여 그 능력을 다 발휘할 수 없습니다. 위에서 그 때를 얻지 못하였지만 우리 현사께서는 아래에서 그

길어짐에 따라 수를 놓을 때 선이 조금씩 더해져 늘어나는 것을 뜻함. 두보(杜甫)의 소지(小至) 시에 "자수에는 다섯 색깔 선이 조금 더해지고, 갈대 불자 여섯 관에 재가 날려 붙으리라.[刺繡五紋添弱線 吹葭六琯動飛灰]" 하였다. 여기서는 해가 바뀌고 절기가 변했다는 시간의 흐름을 비유하여 표현한 것.

재주를 책임지고 있는 것입니다. 아래에서 진실로 그 재주를 가지고 있지만 내가 또 위에서의 그 때를 얻지 못하니 어째서입니까? 위에서 바야흐로 그 때를 소유하고 있고 아래에서 또한 그 재주를 가지고 있은 연후에 그것을 책(責)하는 것이 가할 것입니다. 삼대 이후에 세상에서 가장 융성한 것은 한나라와 당나라입니다. 그러나 인재가 갖추어짐이 또한 여기에서도 성대하니 현세대의 인재의 아름다움이 어찌 한, 당 사람만 못하겠습니까? 다만 시세(時世)의 변천과 기운(氣運)의 성쇠(盛衰)가 절로 그렇게 만들었을 따름입니다. 지금 사방 만국의 땅에 가장 승평(昇平)한 나라로는 우리 일본과 조선처럼 오래면서도 성대한 나라가 없습니다. 대저 조선은 옛날부터 실로 시서예악(詩書禮樂)의 나라로 불리었고 그 인재의 아름다운 이름으로 간책(簡策)을 빛낸 자를 성대하게 볼 수 있으니 위에서 이미 그 때를 얻었고 아래서 그 재주를 갖추어 그 둘이 서로 만난 것이라 할 수 있습니다. 저는 오로지 이것으로 바라보니 지금의 조선은 유구합니다. 부사(副使) 임공께서는 순연한 기상으로 해악의 빼어남을 모두어 문장에 찬란하게 펼치심에 조물주의 솜씨를 빼앗아 호탕하게 바다를 뒤엎고 찬란하게 북두성을 걸었으니 성대한 세상의 기린과 봉황이요, 신선부의 영서(靈瑞)라 부를 만합니다. 아름답고도 위대한지고! 지금 부사께서는 사명을 받들고 관문에 들고 바다를 건너 산봉우리를 넘어 그 길의 멂이 무릇 삼천 여 리인데, 찬란한 명성을 사람들은 북극성처럼 바라보고 성대한 의위(威儀)를 세상에서 신선처럼 여기니 이 어찌 비천하고 용렬한 자가 광범(光範)을 접한 것 아니겠습니까! 아! 저 같은 자는 다행히 성명(聖明)한 시대에 태어나 성대한 일을 엿보게 되었으니 다만 미천한 재주와 비루한 지위로 맑은 빛을 한번 바라 볼 수도 없습니다. 오직 그 마음에 꺼리지 않으시기만 바랄 뿐입니다. 그런 까닭에 감히 짧은 종이를 다스려 우러러 고명을 번거롭게 하고 형장(荊章)의 몇 마디 말로써 아울러 저의 갈망하는 정성을 붙일 따름입니다. 각하께서는 그 뜻만 살펴 주시고 그 예는 간략히 하심이 가할 것입니다.

신묘(辛卯) 중동(仲冬)

○삼가 정암(靖菴) 임공(任公)의 안하(案下)에 드리다

奉呈靖菴任公案下

남해(南海)

접성(鰈城)의 사신(詞臣)이 빼어난 인물을 뵈오니	鰈城詞臣見髦髦
표연한 신선의 풍모로 공연히 수고하시는 듯	飄然仙標想空勞
명분 높은 옥 부절에 세 봉황을 함께 하고	名分玉節兼三鳳
신선산을 향해 가서 여섯 자라[27] 낚으시네.	氣向神山釣六鰲
봉래섬의 구름 황금 시주머니의 아름다움을 영접하고	蓬島雲迎金囊美
부사산의 백설은 오색붓[28] 높이 들게 하였네.	士峯雪捧綵毫高

27 여섯 자라[六鰲] : 여섯 마리 자라는 바다 속에서 삼신산(三神山)을 머리로 이고 있다는 여섯 마리 자라. 용백국(龍伯國)에 거인이 있는데 한 번의 낚시로 바다 속에 있다는 큰 자라 여섯 마리를 한꺼번에 낚았다 함. 『列子 湯問』

28 오색붓[綵毫] : 양(梁)나라 때 문장가인 강엄(江淹)이 일찍이 야정(冶亭)에서 잠을 자다가, 곽박(郭璞)이라고 자칭하는 사람이 와서 말하기를, "내 붓이 그대에게 가 있은 지 여러 해이니, 이제는 나에게 돌려다오." 하므로, 자기 품속에서 오색필(五色筆)을 꺼내어 그에게 돌려준 꿈을 꾸었는데, 그 후로는 좋은 시문을 전혀 짓지 못했다는 고사에서 온 말로, 전하여 뛰어난 문재(文才)를 의미함. 『南史 卷59 江淹列傳』

기꺼이 새벽 추위 마다하지 않으시고 候禧不問曉寒冐
궁전 앞 비단 도포[29] 빼앗으시네. 奪得殿前宮錦袍

○삼가 지문학(祗文學)의 사안(詞案)에 감사드리다
奉謝祗文學詞案

정암(靖菴)

그대의 명망이 당대 준걸들 중 으뜸이라 듣고서 聞君譽望冠時髦
오래도록 성화(聲華)를 우러러 보느라 스스로 고생했었네. 久仰聲華秖自勞
붓의 기세는 고운 종이 위 오색 봉황을 타고 筆勢花牋騰綵鳳
문장의 예봉은 큰 바다 황금 자라를 끌어당기네. 詞鋒滄海掣金鰲
행인은 일역(日域)에서 심원한 풍도를 흠모하고 行人日域欽風遠
서울로 돌아가는 뗏목은 높은 달을 꿰뚫었네. 歸洛星槎貫月高
가장 한스러운 건, 좋은 사귐 늦어서 最恨新知傾蓋晚
내일이면 강관(江關)에서 옷깃을 떨치는 것. 江關明發拂征袍

외람되이 맑은 시편에 높은 문장까지 받게 되었습니다. 문채는 웅장하면서도 화려하고 담긴 뜻은 근실하면서도 도타와 삼가 두세 번을 읽으며 감탄을 그칠 수 없었습니다. 다만 포장해 주심이 너무 지나쳐

29 궁전 앞 비단 도포[宮錦袍] : 당(唐)나라 때 시인(詩人) 이백(李白)이 일찍이 황제가 하사한 금포(錦袍 비단 도포)를 입은 일이 있었는데 여기서는 임정암의 시가 이백의 시보다 낫다고 칭송한 의미로 사용됨.

불현듯 고루한 곳이 더욱 부끄러우니 어찌 이런 말을 하셨는지요? 객관은 깊고 깊은데 문지기는 몹시도 사나워 안개를 헤치지 못하였습니다. 내일이면 마땅히 다시 길에 나설 것이니 마음이 참으로 서글퍼 다만 스스로 잊지 못할 따름입니다. 아! 바삐 서둘러 다하지 못한 심회를 펴니 다만 살펴 주시길 바랍니다.

신묘년(辛卯年) 정월(正月) 하완(下浣)

○ 종사관(從事官) 이남강(李南岡)께 드리는 편지 與從事李南岡書

남해(南海)

기부문학(紀府文學) 남해(南海) 지원정경(祇園正卿)은 종사관(從事官) 남강(南岡) 이공 각하께 삼가 편지 올립니다. 초나라 사람 중에 검을 팔려 했지만 팔지 못한 자가 있었는데 10여 개 나라를 돌아다녔으나 빈축만 사고 돌아왔습니다. 돌아오는 길에 마침 우연히 막야(莫耶)를 만나 칼을 꺼내어 보이자 막야가 한번 보고는 감탄하며 말하였습니다. "이것은 제나라 금과 초나라 철이니 참으로 좋은 쇠입니다만 그 솜씨가 아쉽습니다. 그것을 누가 만들었는지 모르겠지만 그대는 내가 한번 만들어 볼 수 있게 해주시겠습니까?" 그 사람은 허락하여 검이 완성되자 시험을 해보니 과연 교룡을 베고 무소뿔을 자를 수 있을 만큼 뜻대로 되지 않음이 없었고 오나라 왕이 그 소식을 듣고는 상경(上卿)의 녹봉과 그 칼을 바꾸었다고 합니다. 아! 무릇 쇠는 하나인데 여러 장인들이 만들어 10여 개 나라를 돌아다녀도 팔 수 없었던 것을 막야가 만드니 만종(萬鍾) 녹봉의 가치를 지니게 된 것은 무엇 때문인가요? 솜씨 있는 장인을 만나고 못 만나고 때문입니다. 어떤 사람이 여기 있어 30여 살이 되었고 사문에 종사한지 또한 25년이 되었는데 총명하고 민첩함이 타인보다 크게 앞서지 못하는 자질을 가지고 있지만 '덕은 어짊과 우둔함이 없고 사람은 옛사람과 지금 사람이 없다'고 말하며 만일 부단히 노력한다면 이룰 수가 있을 것입니다. 불행히도 저는 바닷가에 살아 집도 곤궁하고 벗들과 떨어져 홀로 살아 지기(知己)를 만나지 못하였습니다. 끝내 꿈쩍도 않고 도와주는 바도 없었으니 입으로 만언을 토해낸들 쓸 말이 없고 눈으로 백가를 섭렵했어도 취할 것이 없었습니다.

아! 뜻 삼은 바는 돈독하다 할 만하고 노력한 바는 수고했다 할 만하지만 저 초나라 사람의 쇠에 비하면 또한 차이가 있겠습니까? 만일 세상의 막야와 같은 사람을 우연히 만난다면 어찌 다시 한 번 월나라 숫돌 위에서 시험해 볼 수 없겠습니까? 삼가 생각건대 종사관 이공은 계림의 영재요 한원(翰苑)의 청망(淸望)으로 진실로 명성이 당시에 으뜸이니 사문(斯文)의 막야 같은 분이라 할 것입니다. 지금 사명을 받들고 여기에 머물러 계신지 수십여 일이 되었지만 저는 불행히 한번도 청광(淸光)을 함께 하면서 연회 사이의 나머지 담론조차 얻지 못하였으니 경모하는 마음이 어찌 먹고 마시는 것에 기갈(飢渴)이 든 것과 같은 것에 그치겠습니까? 듣자하니 각하께서 돌아가실 날이 바야흐로 수일 사이에 있다고 합니다. 그런 까닭에 마침내 저의 비천함을 잊고서 감히 말단의 재주를 집사께 바치오니 바라옵건대 각하께서는 그 뜻이 간직한 바를 살피시고 그 그릇의 취할 만한 바를 택하시어 잔치가 끝난 뒤라도 한번 돌아보아 아쉬움이 없도록 해 주신다면 그 다행함이 어찌 경상(卿相)의 녹봉에 비할 뿐이겠습니까! 만약 풍호(風胡)[30] 같은 사람이 없다면 큰 다행입니다. 풍호는 옛날 칼을 잘 감별하던 사람인데 노나라 사람 가운데 자신의 둔한 칼을 보검으로 여긴 자가 칼을 풍호에게 보이니 풍호가 기롱하며 "이 칼은 예리한 칼이다"라고 하였습니다. 돌아가는 길에 강을 건너는데 교룡이 그가 탄 배에 부딪혔는데 그는 칼을 쥔 채 죽고 말았습니다. 대저 풍호의 말은 한때의 장난일 뿐이었으니 그 사람이 칼을 쥔 채 죽은 것은 사실 그대로 말해주지 않아서입니다. 원컨대 각하께서도 저로 하여금 교룡에게 먹히지 않게 하신다면 저는 마땅히 종신토록 공경히 지킬 것입니다. 고명(高明)을 더럽힌 죄가 실로 심합니다. 그저 너그러이 이해해주시길 바라옵니다.

신묘(辛卯) 중동(仲冬)

○삼가 종사(從事) 남강(南岡)의 안하(案下)에 드리다
奉呈從事南岡案下

남해(南海)

이옹(李邕)[31]의 재주와 기상 인간 세상을 뒤덮었으니 李邕材氣掩人寰

---

30 풍호(風胡) : 춘추 시대 사람으로 초 소왕(楚昭王)을 섬겼고 칼[劍]을 잘 식별했다고 함. 『越絶書』『吳越春秋』

31 이옹(李邕) : 당나라 때 유명한 시인으로 호는 북해(北海).

명성을 어찌 심(沈)·송(宋)[32] 사이에 두겠는가	聲譽豈居沈宋間
문장으로 으뜸 칭송 받으려면	能使文章稱冠冕
사명을 맡아서도 옥 같은 줄 물어야 하리.	敢當辭命問珩環
기러기 곁에서 시름겹게 천애의 달을 바라보고	鴻邊愁望天涯月
자라 등[33]에서 시 지으며 바다 위 산들을 지나치네.	鰲背題過海上山
오늘 심오한 말씀 궤장(几杖)을 떠나시면	今日玄言違几杖
내일 아침 자색 기운 강관(江關)을 떠나리라.	明朝紫氣出江關

○삼가 남해(南海) 사안(詞案)에 감사드리다
謹奉謝南海詞案

남강(南岡)

해외의 봉래, 영주 절로 하나의 구역이라	海外蓬瀛自一寰
멋진 유람 평생에 으뜸이었네.	奇遊冠絶百年間
부절(符節) 들고 남으로 가며 처음으로 선에 임했고	節逢南去初臨線
나그네 서로 돌아가며 그 얼마나 옥을 쓰다듬었나	客欲西歸幾撫環
이르는 곳마다 온갖 구슬 상자를 씻으며 놀라고	到處珠璣驚洮篋
떠날 적 꽃과 나무 산마다 손꼽으며 헤아리네.	去時花樹擬數山
당(堂)에서 내려와 말을 함께 하지 못한 채	下堂未共瓊明語

32 심(沈)·송(宋) : 당나라 때 시인으로 유명했던 심전기(沈佺期)와 송지문(宋之問)을 간략히 칭한 말. 그들의 시체를 심송체(沈宋體)라 함.

33 자라 등 : 옛날 발해(渤海) 동쪽의 다섯 산이 파도에 떠밀리자 상제가 다섯 마리의 자라로 하여금 이를 떠받치게 했다는 전설에서 비롯한 말. 『列子 湯問』

떠나는 수레 서글피 무관(武關)을 떠나리라. 惆悵征車出武關

신묘(辛卯) 지월(至月)

○이학사(李學士)께 드리는 편지 –이 편지는 마땅히 150운 시 앞에 있어야 함

與李學士書-此書當在百五十韻前

남해(南海)

저는 일개 서생으로 바닷가에 사는 비루한 사내인지라 업으로 삼은 것은 책을 읽고 문장을 다듬는 것에 불과합니다. 하여 본 것은 일찍이 이웃마을 밖으로 나가본 적이 없고 발걸음은 일찍이 천하의 기이한 것들을 궁구한 적이 없어 구구한 작은 땅이 절로 적당한 사람일 따름입니다. 그러나 성품은 멋대로라 스스로 단속할 줄 모르고 뜻은 미친 듯하여 스스로 헤아릴 줄 몰라 일찍이 고인의 글을 읽으며 개연히 일세(一世)를 크게 볼 생각을 가지고 홀로 '대장부가 세상을 살면서 호방한 가슴에 어찌 한 가지 물건에만 집착하여 넓은 세상을 모를 수 있단 말인가!' 생각했습니다. 우주에 놀랄 만하고 괴이하다 할 만한 것은 과연 무엇인가? 하여 입으로는 만 길의 무지개를 삼키려 하고 손으로는 구도(九倒)의 신묘한 소리를 잡으려 하며 벼락을 부리고 바람을 타며 산악을 작은 언덕쯤으로 여기고 하해(河海)를 술잔에 담긴 물 정도로 여겼습니다. 사람들이 모두 기이하다 여기는 것을 저는 평범하다 여기고 사람들이 모두 어렵다고 여기는 것을 저는 쉽다고 여기니 하물며 만종의 봉록과 천근의 황금을 하나로 초개(草芥)처럼 여기는 것쯤

이겠습니까! 이것이 제 성품이 진실로 가까이 하는 바요 평소 진실로 좋아하는 바니 일찍이 전력하지 않아도 절로 그러하였습니다. 지난번 들으니 이군 족하께서 만리(萬里) 사신 행렬을 따라 관서(關西)를 바라보며 왔다가 깃발과 부절이 장차 동쪽으로 가려할 때, 그 전 수일 동안 도읍의 인사(人士)들이 목을 빼고 발을 들어 날마다 서쪽을 바라보고자 하였다고 합니다. 또한 수레 뒤의 먼지라도 한번 보고 위의(威儀)의 말광(末光)이라도 보기를 희망한 자들이 발자취를 천리에 남기고 그 소리가 구천에까지 올랐다고 합니다. 그런데 저는 가장 그 선두에 있으면서도 무릇 기운이 바뀐 자리에 거하면서 변한 이치를 만나 혹 능히 제 멋대로의 성품대로 할 수 있을 듯하였습니다. 그러다 오늘 사절이 동쪽으로 서둘러 돌아가는 때를 당해서야 그것을 바라봄에 뭇 사람보다 뒤질까 걱정하는 것은 무엇 때문입니까? 진실로 족하의 고원한 명성과 재망(才望) 때문이 아니요 족히 천지를 요동시키고 큰 강과 산을 옮길 만한 바가 있어서니 어쩌면 이 같을 수 있습니까! 어제 외람되이 저의 비루함을 망각하고서 빛나는 모습을 접하니 우뚝이 높은 용모와 넓디넓은 국량이셨습니다. 만나 뵙고 말을 해보지 않았다면 그저 풍진 속에 사람을 분간할 줄만 알았을 것입니다. 객을 대하여서 붓을 휘둘러 지면을 채우시기를 선 자리에서 이루시니 그 경쾌함은 마치 예리한 칼로 만 그루 대나무를 쪼개시는 듯하며 그 신속함은 마치 높은 집 위에 만석의 동이를 세우는 듯 하였습니다. 갑작스러운 상황을 당하여서도 빼어나게 시구를 내고 문장을 이루어내니 마침내 모자를 벗고 환호성을 지르는 것이 마치 효로(梟盧)[34]를 외치며 손바닥을 치는 것 같았으니 아! 그 얼마나 장대한가! 그 얼마나 기이한가!

시에 이르길, '군자를 아직 보지 못하여 걱정스런 마음이 취한 것 같네.'라 하였고 또, '군자를 보아야 내 마음이 가라앉으리라.'라고 하였는데 사람들로 하여금 탄복하며 우러러 존경하게 하기에 마땅합니다. 비루한 말 한 장을 좌우에 다시 드리오니 화답 내려주시기 바랍니다.

신묘(辛卯) 중동(仲冬)

34 효로(梟盧) : 효로(梟盧)는 주사위 놀이에 쓰던 도구의 그림 중에 부엉이 그림과 개 그림을 말하는데, 부엉이 그림의 끗발이 가장 높고, 개 그림이 그 다음이라 전함. 두보(杜甫)의 〈금석행(今夕行)〉 시에 "의기양양 큰 소리로 오백을 외쳐대며, 웃통 벗고 맨발로 뛰지만 효로는 이뤄지질 않네.[馮陵大叫呼五白 袒跣不肯成梟盧]"라고 함. 『杜少陵詩集 卷1』

賓館縞紵集

紀府文學 南海 祇園餘一源正卿

賓館縞紵集 卷上

正德辛卯十月廿八日，菊澤水汝弼·天漪高新甫·鳩巢室師禮·觀瀾宅用晦·寬齋源紹卿·霞洲平允仲·雪溪高松年·南海祇正卿，會朝鮮學士 東郭李礥，書記龍湖嚴漢重·泛叟南聖重，于淺艸客館. 洪書記有恙不會.

○敬呈東郭李君案下 南海

金節朝分辭蕊宮，錦帆秋指九州東. 西江刷羽鴨頭綠，北海跨鱗魚眼紅. 帶礪千年鄰好厚，文章一代使臣雄. 由來學士登瀛客，先見仙才御大風.

○敬次南海詞仙韻 東郭

五月御綸出漢宮，蜻洲邈在萬邦東. 星分折木長天碧，日上扶桑大海紅. 帆影遠隨飛鳥疾，筆鋒橫掣巨鯨雄. 方知玉府無多遠，欲御泠泠九萬風.

○敬呈龍湖巖君詞案 南海

書記高才稱禰衡, 遠隨使節到江城. 賦成鸚鵡不加點, 符賜麒麟先錄名. 吳下谷駒推仲弼, 蜀中槎客卽君平. 芳聲渴望日爲歲, 先喜今朝華蓋傾.

○敬次南海詞伯韻 龍湖

文場較藝互爭衡, 敢擬偏師破一城. 海外良朋初識面, 日東才子舊聞名. 詞源浩蕩桑溟窄, 詩壘崢嶸富嶽平. 此會人間眞罕得, 莫辭終夕酒頻傾.

○敬呈南君泛叟詞案 南海

鷄林詞客偶相逢, 書記宏才是士龍. 坐定春風汎蘭蕙, 詩成秋水出芙蓉. 愧貽白紵非東里, 喜向青雲識仲容. 傾蓋欲開平昔塞, 不勝微筳扣洪鍾.

稟 泛叟

醉甚力盡, 未能拚和, 慙歎慙歎. 從當乘閒, 次呈耳.

答

雅筳淸興, 不在必多, 何慙之有? 高吟之未了, 祗所以得張率手板御題耳, 勿敢煩想.

○再呈東郭李君案下 南海

叨奏巴曲, 謬賜高和, 幸固出望外也. 貴詩敏捷, 琳琅奪目, 宮商盈耳, 可謂廟堂之瑤瑟, 玄圃之積玉也. 此知貴國太平之久, 雍雍熙熙之氣象, 自發見文章聲音之間也. 敬賀敬賀. 再構一律聊寓謝悰.

桂花曾折海東枝，奉使星槎海外移．玉笋班題龍虎榜，金蓮炬送鳳凰池．偶因金節來修信，却叩玄門欲問奇．獎譽辱荷嘉樹賞，匪才難賦采繁詩．

○敬次南海詞仙韻　　東郭

天外扶桑長幾枝，曉暾光彩筆端移．雄都壯觀山爲障，大陸環形海作池．宗匠氣豪驚颯爽，小年才逸見清奇．客間懷緖渾無賴，聊爲詩賢賦一詩．

○敬呈諸君　　東郭

兩國無千里，群賢共一時．情深仍極契，酒盡更論詩，旅泊誰相訪．團圓未可期，洪厓有奇藻，佳會恐差池．

○敬次東郭李君韻　　南海

論交賴鄰睦，挺秀應明時．玉椀九霞酒，瓊筵萬首詩．新知如有約，後會憑誰期．勝事兼良友，不須醉習池．

○敬呈諸君　　東郭

海外有仙山，群仙無乃是．方知東方奇，不特山河美．

○次東郭示韻　　南海

書記滄浪在，學士青蓮是．但恥將蒹葭，强對玉樹美．

○敬次龍湖書記韻　　南海

兩國詩仙會，千年梵宇閒．他時倘相憶，萬里隔雲山．

○敬次龍湖書記韻 南海

萍縱卜佳會, 蕭寺得淸閒. 未見韓陵石, 空逢庾子山.

○又賦一絕逢諸君詞案 泛叟

昨日有良會, 今宵又勝遊. 慇懃一樽酒, 相與興難休.

十一月五日再會, 此日洪書記出

○呈李學士案下 南海

此得再會, 欣慰何旣 今日彥會, 不可以無詩也. 但恐叨投瓦石, 屢煩高覽, 聊用菊潭韻, 敢呈一律

才學鷄林第一流, 西風吹送大溟舟. 異鄕客憂啼猿外, 故國音書斜雁頭. 歲暮烟波渺湖海, 天寒雨雪暗江樓. 風流更有叩門客, 新詠爲君消旅愁.

○次奉南海詞案 東郭

席珍聲價總名流, 李郭仙標共一舟. 老境自憐花著眼, 逢場休怪雪盈頭. 交情自足同詩社, 佳會居然又寺樓. 盧後王前偏得意, 酒中渾覺失羈愁.

稟泛叟 南海

前日倉卒別去, 未領高和, 偶然唱詠, 不盡再煩吟思. 第別辱一篇則幸甚. 想足下謹厚能者, 拘此客套故云

答 泛叟

荷荷 前詩以何字爲韻 足下別號如何 幷示之

答 南海

前日醉筆草草 今已忘矣 但願別賜一篇 僕試和以呈耳 僕別號南海-泛叟卽賦後篇

○奉呈南海詞案 泛叟

昨夜我先醉, 不知客去時. 騷壇重此會, 爲子强題詩.

○次泛叟見贈韻-此日雪 南海

唫興最深處, 北風雪下時. 灞橋許相伴, 驢背試探詩.

再稟泛叟

今聞霞沼所說, 初知足下旣賜和在霞沼處. 僕未及知是以有向之言耳.

○敬呈鏡湖洪君案下 南海

四龍夭矯躍雲津, 奉使天涯是竝鄰. 老圃詩傳奇健骨, 名家書賜義居人. 望來桑海帆無恙, 吟過蓬山筆有神. 難險嘗來猶枕席, 中孚壯膽大於身.

○奉次南海詞伯惠韻 龍湖

八月星槎上漢津, 百年盟好在和鄰. 須看氣槩交親義, 暇論東西南北人. 相節襟懷何卓犖, 等閑詩句亦精神. 客間過盡炎涼節, 愁殺珠方未返身.

○韓客唱酬太暇走筆呈天漪高君 南海

翽翽儀鳳集江干, 泰斗高名獨仰韓. 學業千年傳領袖, 文章一代見衣冠. 縱橫健筆蛇穿草, 宛轉華音珠走盤. 把酒鴻臚屢相接, 汪汪只覺寸胸寬.

○次和南海詞伯韻 天漪

此日相忘星斗干, 滿堂坐對大東韓. 隨風飄聚鵝毛雪, 應節巍峨金鈿冠. 北海酒樽南海醉, 高家翰墨李家盤. 峻才一夜千篇就, 雲夢呑來八九寬.

○同席呈對州松浦兄 南海

離別三千里, 交遊二十年. 天涯夢相記, 海外書誰傳. 後會知何日, 再逢良有緣. 曾遊不用語, 語語淚潺湲.

○贈李學士東郭百五十韻 南海

維昔鴻荒世, 方輿折八埏. 祖檀乘木德, 奕葉布朝鮮. 邈矣開基業, 爭斯造物先. 成圖通禹籍, 甲子竝堯璿. 仁與青皇洽, 都方白嶽遷. 聰明斁衰運, 神化陟遐乾. 赫彼武王烈, 大哉箕子賢. 狡童豕無饜, 妖妲虎而鉛. 象箸見機作, 鹿臺奈命悛. 三仁道竝植, 獨立憂如煎. 封豈功臣列, 享乃賓禮偏. 珪璋眷殷後, 玉馬觀周年. 皇極帝師貴, 明夷臣節全. 秩原踰杞宋, 治已邁齊燕. 振鷺頒膰至, 交龍荷寵旋. 玄王長有祀, 黎庶復知痊. 風土還蒼莽, 聲教日蔓莚. 歲時五紀變, 典揆八條沿. 禮樂移殊倍, 膏腴分井田. 門遺扃鐍守, 戶識徹蠶便. 上國同巾幘, 古風存豆籩. 華夷何有異, 淳樸故當然. 所以詩書美, 永教史策搴. 中興尤傑異, 大業欻炎燀. 廟略規摸盛, 宗藩瓜瓞緜. 綺兮咸一德, 鼎峙始同廛. 馬息邦家富, 牛肥社稷牷. 渤溟通地脈, 危斗卜星躔. 杼柚疏經緯, 方隅裁幅巾. 誰知虎豹守, 亦賴金湯堅. 百二皆損背, 尋常猶搤咽. 襟開涀水闊, 帶控漢江纏, 冀野霽連樹. 遼雲晩過巓, 觀風使旁午. 交貨市駢闐, 上路車如水. 旅亭酒似泉, 午陰槐柳暗. 春色李梅姸, 士女謳歌溢. 都幾歡樂塡, 訟稀庭有草. 穀稔野無蝝, 祥下三峗露. 晴薰萬戶烟, 雕輿時騁望. 金輅或停鞭, 川晩漁艇集. 山鳴獵火烻, 文竿比目鰈. 芳餌縮頭鯿, 狒狒笑逢戟. 鶣鶣飛應弦, 應因章物采. 豈啻事游畋, 玉繭五明扇. 瑤華七寶鈿, 鹹鹺利煮海. 貝錦光交蠙, 雞駭犀藏角. 雉鷩鷹掣拳, 猗猗會稽美. 蔚蔚豫章梴, 蓼葉歎炎帝. 松花招偓佺, 扶輿未足泄. 明媚豈惟媛, 玉醴壽雖貴. 丹砂賤若瓀, 英靈曷虛世. 俊杰必磨肩, 忠孝尹文貞. 諫諍鄭道傳, 明良相黼黻. 制度又紘綖, 官尙漢儀備. 科因明制延, 棘闈懸藻鑑. 桂捷得衡銓, 聲律固和協. 功庸更究硏, 勇張虎帳宴. 智識龍韜篇, 羨惠文如黴. 笑都尉射鳶, 恬熙方耀後. 偉蹟迥超前, 非與斯人共. 惡乎終礜焉, 我王承大寶. 維辟乘洪甄, 休命穆於緝. 舊章炳不愆, 仁歡異姓睦. 聘禮二邦權, 晋楚鄰交舊. 山河信誓虔, 重光推鳳曆. 夷則入商絃, 遠近舟車具. 道塗蹄令宜, 行人吳季札. 便者漢張騫, 晨發鷄林外. 夕過馬島邊, 玉麟隨羽節. 畫鷁逐樓船, 左海洪潮湧. 扶桑旭日懸, 風便帆腹飽. 波穩櫓頭眠, 龍黑三山月. 虹明九國天, 指隨島嶼轉. 日入鄉雲穿, 鰲背金爲闕. 鮫盤珠在淵, 行裝具裘葛. 海味雜腥羶, 方丈思尋藥. 滄浪聽扣舷, 樓成團蜃氣. 沫吐怒鯨顫, 心術試觀水. 神扶利濟川, 但驚金節過. 幾見玉蜍圓, 夕露警秋鶴. 曉寒送夜蟬, 文司時萬詠. 兵庫暫留旆, 旣上浪花阜. 復遊洛水堧, 祗程每懷切. 叱馭載馳遄, 好就西京賦. 難留東路軿, 台標霞縹緲. 湖樹翠迤涎, 濟勝屐將蠟. 遇奇帷屢褰, 雲夢呑八九. 世界盡三千, 醉淺愁難破. 燈殘憂始牽, 浩歌弔陣跡. 煩想濯淸漣, 乍望士峯秀. 遠兼函谷連, 半腰霧鴻洞. 絶頂雪嬋娟, 尾拖靑龍臥. 翼垂大鳳翩, 玲瓏擎玉傘. 岝崿削霜鋋, 欲采金鵝蕊. 高攀玉井蓮, 丹崖跡安在. 翠壁名堪鐫, 倚劍思初壯. 揮毫興忽顚, 入都鑾翽翽. 戒路鼓轙轙, 車騎迎郊甸. 綺羅照陌阡, 沙堤塵洒掃. 城闕氣葱芊, 冠冕觀文化. 溫恭知氣專, 幽懷蕭寺榻. 廣樂魯臺筵, 珠履鴻臚倡. 羽儀鵷鷺聯, 承筐歌燕樂. 授玉觀周旋, 上將趙充國. 翰林李謫仙, 腰間金似斗. 坐上筆如椽, 玉署超群僚. 天官統六員, 魁名騰蕊榜. 萬選數靑錢, 勤政朝傳札. 弘文夜校編, 才雄自無敵. 學富似探癖, 光寵賜飛白. 精微著太玄, 霹芬端水硯. 花剪蜀江箋, 但見雲呈瑞. 不洞日過磚, 文殊出機杼. 義固辨梧棬, 佶屈儔盤誥. 遡佪究帝顓, 駕空追造父. 釣妙越娟嬛, 寂扣客携酒. 冥搜詩透禪, 徽音遠瀏亮. 奇思還潺湲, 煥若眩霄練. 穆如驚大卷, 人皆望一顧. 誰敢張空弮, 雅範仰光霽. 度量容病孱, 園葵幸致忱. 草野敢陳惓, 初味未終蔗. 餘香乍得荃, 不窺鉅海廣. 何棄絶潢扁, 但愧無鹽醜. 竊迎下蔡嫣, 豈其千里骨, 空覓九方歅. 弊帚向人衒, 穢才共世損. 少年曾落魄, 奇氣鬱連蜷. 叔夜易招謗, 正平難取憐. 半塗常荒廢, 中路復屯邅. 涔豈尺尺鯉, 助非百尺蚿. 俯忘蒲柳質, 仰學榆枋鶝. 脩飾一身穢, 激昻雙臂擰. 强顔雕朽腐, 童習費蟺蜎. 旣得新知樂, 莫慙故步姍. 臨淵舊遺網, 傾盖遂忘筌. 賜辱兼金美, 贄羞束帛戔. 休言呈骯髒, 幸爲療拍罕. 子午何分位, 仙凡難結緣. 方言況重譯, 淸晤未探詮. 安得地符費, 何資天口騈. 前途難拔轄, 後會孰從篿. 尺素期鴻雁, 寸陰惜璧瑄. 只知負薰炙, 何以效微涓. 非敢壯行色, 聊云寫我痟. 行期日促逼, 歸袖風徧褼, 肯許陪供帳. 勿忘同客氈, 辛勤具四牡. 行慶有三鱣. 臨紙離魂悄, 留毫別淚濺. 明朔灞橋望, 霜拂錦鞍韉.

辛卯仲冬

○**贈嚴書記龍湖百韻** 南海

君不見大鳳披翼集海陬, 道定使客自玄菟. 承文傳敎召文儒, 謀邑謀野敢寧居. 蕊簡函盛神鬼驅, 錦章寶翰光煥乎. 皇華歌罷六輿濡, 手持龍節倚錕鋙. 夾月星槎度金樞, 憑夷孑蜺驂天吳. 雲低滄溟平如盂, 壯哉壽山福海圖. 秦帝石橋鞭力迂, 徐福樓船芝空枯. 何如使帆周咨諏, 如砥周道豈營軀. 鰲山未曉躍赤烏, 弓掛扶桑第一株. 海岸盡處是皇都, 錦袍玉帶照九衢. 九衢迢遞山作郛, 火龍葆纛紅氍毹. 鳳簫鸞管雜齊竽, 鼉鼓銅鉦動八隅. 丘山駝背錦模餬, 朔馬秋驕力如貙. 王家貴禮師相虞, 親鄰交際簡在孚. 郵亭令嚴置金吾, 驛書夜飛汗官徒. 兩京之路千里餘, 驛樹雙行直如繻. 幾處樓臺丹碧塗, 幾家屛障雲錦紆. 唯說景星映天墟, 宛如神人入蓬壺. 觀者如堵肩摩途, 唯想鳳樓賜大酺. 欣迎抃躍爭歡呼, 咨嗟得意大丈夫. 關西諸將列侯符, 朱紫象笏出郊趨. 瑤池式宴玉流酥, 麟脯龍胎四腮鱸. 頳虯卵乳柿子朱, 金盤霜剪秋黃蘇. 謙讓寧論館穀需, 禮亭第當殽烝須. 崇敎未敢邸蠻廬, 新修精舍作鴻臚. 高門重牆誰得闟, 山斗聲名仰覬覦. 海南參軍不知愚, 堂下之言與形俱. 私覿幸喜接愉愉, 玄言奇聞飽書廚. 記室呼作行秘書, 明時豈許滄浪逋. 年方五十美髭鬚, 通雅韶潤氣不麤. 學富經尊市爭沽, 示人三尺紅珊瑚. 職事人皆比董狐, 遷固惟儔范陳奴. 孟冬十月節初渝, 金井落盡幾葉梧. 遼海朔雲盡扶疎, 神嵩白雪亦欲鋪. 澄江一練月明孤, 東籬殘花霜已蕪. 客中乍驚一歲徂, 況復短景尤須臾. 登高望遠賦豈無, 憂逐扁舟渺五湖. 愁來一斗只須斞, 興發百篇有神扶. 閣文章花樣殊, 閒見層出口吐珠. 快如長風駕晨鳧, 疾如飛箭發燕弧. 恥將闒娵對彼姝, 故投瓦礫引珣玗. 管城有口賴陣敷, 但恨未得盡區區. 最欽穆員似醍醐, 醞籍只覺吾色腴. 默契投機外形軀, 四海鄉鄰豈秦胡. 願言追隨永歡娛, 風雨來去亦干千. 俄看白日轉桑榆, 烟渚風起雁卜蘆. 玉欄酒醒寒透膚, 燭淚泣盤香燼鑪. 夜筵欲去尙踟躕, 使人三日醉周瑜. 何日金鞭再起駕, 三及休笑五枝驢. 若許溪橋同觀魚, 旗亭流霞洮眼酤.

○贈南書記泛叟五十韻 南海

鬱鬱雞林樹, 枝葉何矗矗. 矯矯飛鸞鳥, 五采戢其翼. 美矣如斯人, 孕秀生王國. 王國何處在, 出彼海之北. 于彼海之北, 數世秉明德. 敎化既光揚, 風聲復淸穆. 詩書爲君駕, 禮義爲君軾. 兼之蘭蕙英, 芳香足以服. 用之馳遠道, 安所患傾仄. 東方固西鄰, 魯衛曾敦睦. 卿士整且暇, 辭命典又則. 宣子已專對, 東里復潤色. 但是道塗邈, 所重在簡牘. 鶚薦良有人, 龍攄固相得. 南宮登堂者, 白圭愼之復. 史材兼倚相, 楙楙世所式. 三墳浚其源. 五典協其職, 載馳就東道. 萬思進雲舳, 海氣炎颰退. 海樹金𩁹肅, 玄霜晨始流. 白雁夕投宿, 濯纓臨洪波. 倚鞍望大麓, 中路遙回瞻. 中腸凄且惻, 歲暮丘有松. 秋英圃有菊, 夕露衰幽姿. 勁風何稷稷, 志操寒逾堅. 淸香晩逾郁, 洪歎屬永夜. 感物情何極, 百篇乍傾寫. 三杯良有力, 奇氣勃蓬蓬. 文鋒何鏃鏃, 精采發金璧. 淸音激綠竹, 並駕逐顔謝. 同載共潘陸, 投予五雲章. 三薰四五讀, 貴重比南金. 珍襲邁荊玉, 何用答其贈. 筐筐物何薄, 高風誰得攀. 深博誰能測, 何幸此良會. 威儀欽溫克, 辱接冠裳美. 欲解半生惑, 野鶴立鷄群. 豫章掩樸樕, 不知芝蘭室. 但覽有餘馥, 誰道新交淺. 詎言形骸隔, 天涯固比鄰. 四海皆骨肉, 何必同井邑. 然後吐胸臆, 襟懷無城府. 池勢豈區域, 一晤卽欣解. 玄契乃舊識, 已聽所未聞. 又視所未目, 羞澀傾空囊. 遽爾費探索, 又如汚衣裳. 令人屢拂拭, 只願永今朝. 勿使歸輈速, 良會於未央. 倏忽日西匿, 王事難投轄. 四美難兩卜. 聊言奏巴曲, 暗投慰寂寞.

○大坂城五十韻 南岡

浪泊眞雄府, 繁華擅一方. 長湖穿巷陌, 大陸亘山岡. 岾石成高岸, 層城壯巨防. 閭閻連百里, 舸艦簇千檣. 綺戶開金市, 雕甍接粉廂. 奇珍通越寶, 雜貨溱吳商. 傍海魚鹽足, 藏園橘柚香. 通衢分町術, 疊榭擁陂塘. 白日紅塵合, 朱欄綵幔張. 屏開金翡翠, 簾掛繡鴛鴦. 歌舞留人處, 奔馳結客場. 妖童斑錦帶, 好女紫羅裳. 談笑啣杯酒, 睢盱接劍鋩. 士皆輕戰鬪, 人或貴文章. 地淡宜秔稻, 山高産豫樟. 雄饒兼楚蜀, 佳麗培蘇杭. 秀吉專威暴, 當時恃富强. 經營開窟宅, 控制擁金湯. 桀驁窺中土, 侵凌及我疆. 群生入塗炭, 亦載肆猖狂. 久稔滔天惡, 終罹覆國殃. 人神齊憤怒, 骨肉盡殲戕. 海城凶鋒戢, 源朝赫業昌. 善鄰盟更固, 通聘幣交將. 末价叨廷簡, 新秋泛海航. 星文分折木, 地理近扶桑. 幾日淹孤島, 危途涉四洋. 下關參佛祖, 荒廟弔天皇. 暝舶燈光亂, 高樓雨氣凉. 猿山催客淚, 牛渚賓禪房. 堺浦連平野, 難津捨巨艎. 樓船耀金碧, 桂棹泝滄浪. 擊汰黃頭唱, 鳴鈴白鳥翔. 連街紛雨汗, 捲箔簇晨粧. 異俗驚章甫, 群瞻若堵墻. 掃塵棕作帚, 跨水板爲梁. 古寺停金節, 盡宵備石床. 高僧呈麗藻, 太守進花箱. 客路窮溟盡, 三時暮景忙. 殊方淹半歲, 佳節過重陽. 白雁寒號月, 丹楓晚着霜. 向風思故國, 懷橘憶高堂. 海陸行何極, 江關若更長. 只期忠信仗, 寧憚險艱嘗. 蓬島玆遊勝, 桑弧夙志償. 歸期應膈歲, 羈夢獨還鄉. 綾襪頻題句, 柳樽屢引觴. 玉羞韓子賄, 金陋陸生裝. 遠役身全倦, 長程鬢欲霜. 明晨晞我髮, 暘谷且相羊.

○和從事李南岡大坂城五十韻　　南海

文命通東海, 害鄰卜北方. 璿衡龍在卯, 韶樂鳳鳴岡. 三杰初傳信, 百夫必用防. 山雲迎羽節, 海樹卸牙檣. 車擁金芝蓋, 館開碧殿廂. 羈愁屬長夜, 佳節送淸商. 楓落錦霞散, 菊開玉露香. 無書伴鴻雁, 有夢達池塘. 賓僚皆溫讓, 雅筵屢列張. 皃鷗忘海客, 大馬識梁鴦. 正是繁華土, 郎爲翰墨場. 公侯崇禮數, 野老歎冠裳. 大坂城何峻, 迴巒森似鋩. 罘罳疎霧縠, 雕縷綺雲章. 工借魯班巧, 材資蜀郡樟. 湖聲搖地軸, 河勢泝天杭. 何披鯨鯢恣, 據斯虎豹强. 王風昔塗地, 殷鑒已探湯. 神祖臨群下, 威靈照四疆. 怒鄰憂黷武, 仇餉計回狂. 淀水恥難雪, 深隍身適殃. 鼎怡磨室反, 俘免長卒戕. 二國歡心洽, 百年熙運昌. 策書命交告, 宗社福相將. 恭敬存筐帛, 辛勤有棧航. 壯遊窮海嶽, 夙志副蓬桑. 西顧懸長白, 東行沿大洋. 尋仙輕漢武, 觀日笑秦皇. 曉枕波濤疊, 夜亭風雨涼. 長途月幾轂, 短景日初房. 目送雲中鳥, 魂隨天末艎. 襟懷加浩蕩, 詞賦更聊浪. 駿骨雄章峙, 鸞姿綵筆翔. 精工剪花樣, 富艶飾宮妝. 轡竝曹劉駕, 肩過顔謝墻. 三歎始神解, 餘響達高梁. 孝從九經庫, 恩登七寶牀. 龍門欽執御, 雲覩欲攀箱. 南斗瞻望切, 北風歸志忙. 蒹葭難倚玉, 葵藿徒傾陽. 驛馬已嘶道, 迴旌遽拂霜. 奎章行入閣, 晝錦定名堂. 仙李條逾茂, 瑞松壽自長. 沍寒衣勿薄, 水土味先嘗. 慈母將來諗, 民生望果償. 人封宜子爵, 客待鄭公鄉. 地賤仰雙履, 天緣惜一觴. 聊將託名姓, 豈敢壯行裝. 千歲誦斯美, 百憂付彼蒼. 何當生羽翼, 四海共常羊.

賓館縞紵集 卷下

稟東郭 十一月八日 南海

相隔信宿, 渴塵已萬斛矣. 不圖今日再領盛海幸幸.

答 東郭

如諭

稟 南海

前日偶有鄙什, 因霞沼寄呈, 不知旣達左右否?

答 東郭

貴詩已和了. 明日當因霞沼奉呈.

稟 南海

所辱和之詩以何字爲韻? 想前日所呈言字韻乎?

答 東郭

然矣

稟 南海

是非因霞沼所呈者

答 東郭

紛冗中忘了, 未記之, 不知何詩.

稟 南海

呈案下詩先韻百五十韻

答 東郭

今初認明. 當熟讀以和報耳.

稟 南海

瓜投豈敢望瓊報? 固所願則秦城十五勿欺趙矣. 我府舊有一箭筒,

傳是海外物, 未知其名. 今此携來, 敢請子產博物一鑒否?

答 東郭

願一見爲幸

示箭筒

稟 南海

何木

答 東郭

不知何木, 其文如龜甲, 奇哉奇哉! 送於僕處, 則當以文字記之耳.

答 南海

荷

稟 東郭

就質於三使臣前

將箭筒送去三使前

又 東郭

此物所從來處及經世久近, 詳示之, 僕當作文料矣.

答 南海

相傳海舶嘗於島中傳來, 得之已百年, 不詳所從來. 或曰柍榔木, 或曰桄榔, 不知貴國有類此者乎?

稟 東郭

柍榔桄榔皆我國所無之樹, 不能知之耳. 當初得來時已作箭筒耶? 以木得之, 剖而作筒乎? 其中本來室虛乎?

答 南海

剖而作筒耳. 三使之言何如?

三使送還箭筒

答 東郭

極以爲奇玩矣

○敬呈東郭李學士 南海

寸心相遇兩忘言，目擊由來道卽存．欽挹堪推斑竹杖，殊恩舊賜紫花墩．淸風朗月想玄度，璞玉渾金識巨源．更有瑤琴山水引，交情細向曲中論．

○敬次奉南海詞伯案下 東郭

深情欲說却忘言，杯酒從容禮貌存．厚契眞自東里紵，淸遊肯讓謝公墩．麈毛落盡談鋒盾，筆力能窮學海源．今夜寺樓分散後，客懷愁絶更堪論．

○賦一律奉呈李學士以寓離懷 南海

謬將弱羽接鵷行，邂逅無端奈促裝．離恨恨深試東海，美人相思是西方．馬頭驛樹送金節，醉裏烟霞滿錦囊．欲向盡空寫愁思，江風雁字亂無章．

○奉次南海詞仙韻 東郭

鴻鴈參池不作行，漢陽孤客理行裝．逢場最愛才三昧，別恨還生海一方．消却羈愁惟酒巵，檢來長物只詩囊．新春作伴將歸國，會見韶華滿建章．

○卒呈東郭案下 南海

材氣翩翩驕欲飛，殊方勝會世應稀．辨河直自筆端瀉，談屑時從紙上霏．海暗鴻邊含雪意，樓高鵶背乍斜暉．唱酬終日渾如響，誰道大音元自希.

稟

卿時在西廂, 與東郭對, 龍湖在客廳, 與林祭酒唱和, 聞余在玆, 因伊華野傳此語. 且道要一面. 語中所言長篇, 卽是前所錄百韻.

龍湖

辱贈長篇, 詩韻鏗鏘雄健, 筆法遒勁精妙, 令人欽服. 但隔壁而坐, 不得覩芝眉可欠, 見詩而不見其人可乎?

余遂入面

又 龍湖

今此良覯, 實是奇遇, 誠幸誠幸. 貴詩非倉卒可和, 肯俟從容, 和呈丕計.

答 南海

嘉奬過實, 僕何敢當? 方今有事與學士對話, 不得盡情爲恨, 姑期他日耳.

○贈李學士以副贐儀 南海

二國皇風仁所歸, 講和敦睦舊來依. 地中波浪通蓬島, 天上星辰護紫微. 談理難開院語簡,

說詩却恨匡來稀. 荊榛不耐留鸞鳳, 無奈天風鼓翼飛.

○奉謝祇文學詞案 東郭

君欲留行我欲歸, 別時懷緖自依依. 天文縹緲星辰隔, 雪意蒼茫島嶼微. 病客帆檣浮海遠, 故人書札出關稀. 分明兩地相思發, 應逐征鴻

萬里飛.

嘻別不堪依悵, 敬呈所用一小筆, 蓋以手澤之緣也.

○敬東祇文學詞案 幷詩

鏡湖

仰候起居狀. 貴贐泥紙, 夐出心貺感領僕僕. 行子將歸, 對晤無緣, 秖用忡悵數種不腆之儀, 聊表感篆之忱, 惟祝自愛諒察. 偶成一絶, 寄奉南海詞伯, 以寓未及話別之恨耳.

海日陰陰雪正飛, 江關歸客思依依. 嘻岐不見人如玉, 駐馬悽然淚一揮.

○敬次洪書記留別韻 南海

歸帆底事去如飛, 萍水何年得再依. 一別天涯爲隔世, 臨風客淚不堪揮.

○奉謝袛文學南海詞伯案下 龍湖

良覿不再, 別日在邇, 私悰悵惘, 曷爲其極? 辱贈長篇, 擎讀未已, 令人欽歎. 藻思敷贍, 筆法精妙, 不料天東遇此勁敵也. 窃擬龢和, 而近多詩文酬應之事, 卒卒未遑. 玆敢以兩絶, 姑先錄謹奉, 肯追後次呈. 丕計粉泥寶牋, 實出心貺, 攢謝無已, 印楮一卷, 忘略呈似, 笑留爲望.

鋪張巨筆一篇詩, 錦繡珠璣映陸離, 自笑騷壇老將在, 攻城還欲用偏師

誰寄烏絲百幅强, 粉花金葉爛輝光, 那知五鳳樓中客, 分與鸞牋侈錦囊

○遠龍湖嚴書記歸朝鮮-付東　南海

腸斷歸帆不暫停, 關雲驛樹望冥冥. 論交客館氈難煖, 恨別江亭酒易醒. 詞賦乾坤雙璧眼, 壯心湖海一青萍. 天涯知己似君少, 別後瑤琴誰又聽.

嚮謬承奬揚, 愧悚, 兼臻昨又承. 與霞沼子話, 語及不佞, 且許再披雲日, 何料? 足下於稠人中, 特枉眷顧, 可謂夙緣之深者也. 如何天之妬我二人, 不得再握手論心含觴談文, 徒用觖觖耳. 若僕者所謂好畵龍者, 一旦見眞龍出湖, 卽携家而走耳. 賓館浩擾, 歸期甚迫, 回首河橋, 杳杳雲樹, 唯有滿袖之淚痕爾. -前日龍湖, 因霞沼傳語, 願再來覿, 明日予乃往訪之. 龍湖會有事在三使前, 昏黑不遇, 悵然而歸.

○次韻酬龍湖書記二首　南海

誰是當年鍾子期, 相逢乍又說相離. 日東今日寶刀在, 傳世唯當因少師.

鷄林此去萬程絶, 夢裏相思見寵光. 白雪兼投青玉案, 爲君欲報愧空囊.

○南海寄余長篇詩, 而適爲呻吟, 未克拼和矣. 今則臨行, 卒卒逋債如山, 然盛意不可終孤, 故別構一律以謝, 惟冀恕諒耳.　泛叟

騷壇高會雪飛時, 爲子慇懃賦小詩. 試扣洪鐘求大響, 終看健筆騁

雄詞. 望洋河伯空長歎, 展步天騏孰敢追. 一片寒山寺中石, 西歸他日正相思.

○次韻謝泛叟案下 南海

相逢但恨不多時, 且慰臨風誦子詩. 最愛南容愼應對, 誰知東里善文詞. 出關雨雪休相去, 懸海雪帆不可追. 昨夜淸遊非偶爾, 天涯看月幸相思.

珍儀多品, 敬領厚惠. 乍聞歸輈已牽矣, 無緣面別, 何以陳中情聊? 攀高韻以寓離懷. 涉此長途, 祁寒日逼, 伏惟萬萬自重.

○伯玉詩稿序 稿號私題百詠, 蓋一日百首也. 東郭

譚詩者必曰天機, 天機非才之謂乎? 分而意之, 則才自我出, 天機就詩上, 尋得若岐. 而二者必有才而後能天機, 天機者不在於詩而出才乎? 所謂才不必求之於詩, 必發動於容貌言語起居動作之間而不自掩, 何待嘲風咏月而後知之哉!

余之到日東, 與祗園伯玉遊, 甚從容, 見於進退詶酢之際者皆才也, 余固已知其能於詩也. 後見其詩稿, 良然伯玉甫强冠不一日能成百篇, 何其捷歟! 非才而能若是乎? 觀其學成後所作, 皆淸婉瀏亮, 大得詩家格律, 盖其才益老成而其進於不可意也. 伯玉勉之哉!

辛卯仲冬下浣

○次南海詞伯送別韻 龍湖

梵宇經旬玉節停, 天涯節序屬玄冥. 窓梅臘近春光動, 塢竹寒生宿醉醒. 萬事風塵頭欲雪, 百年書劍迹如萍. 殊方未盡新知樂, 惆悵驪駒

不忍聽.

前呈奉和詩及所送之物 其免浮沉而傳致否 別日在邇 無緣更覿德宇 良用觖悵 長篇姑未拼和 積逋至此 不覺騂面

辛卯至日

○與李東郭書 南海

有此人而后有此美, 有此文而后有此序卷. 不然則狗尾續貂邊, 足以取笑耳. 鄕呈鄙什, 煩瀆淸覽, 不料謬惠, 高序過加嘉奬, 三都遽得玄晏價, 始倍於世惠實邁華袞矣. 淸和三篇, 詞高情厚, 披讀不能釋手, 傳以爲家寶耳. 厚饋數品拜納, 謹謝. 所用赤管最荷雅愛, 永當珍襲, 但恐會稽鼠鬚非凡手之所得用也. 薄儀二品敬貢. 微誠願言叱留, 第是歸期在邇, 不能再握手話, 慇懃勞勞亭畔臨風揮淚耳. 不備崇亮.

○奉謝南海詞案 東郭

睽違殆浹旬矣, 秖有耿耿者存于中. 此承耑書委存, 以審辱下尊履用增重良用慰浣. 僕之此來, 與諸君子遊固多矣. 而獨於吾足下, 有眷眷不能忘之情者, 以其英氣之可敬, 俊才之可愛也. 若僕則本無寸長可取, 而足卜猶且如僕之於足下眷眷者, 何歟? 亦豈非氣味之合而心期之厚歟? 君子交際, 唯義而已矣. 居止之相左, 語無之不通, 有不足論也. 第恨弦矢合席無期悠悠 此恨海不深而天不長也. 惠兩種寔出心貺, 當歸遺嬌女以誇德輝, 而私心惶媿, 難以筆舌形也. 客橐是罄, 只以詩箋十張, 略表區區之誠, 笑領如何? 行期似在數日間, 臨楮益切悵恨. 不備. 照亮.

辛卯十一月下浣

○與趙平泉書 南海

紀府文學南海衹園正卿奉書正使平泉趙公閣下. 使命之於國也其重矣哉! 孔子曰'使乎四方, 不辱君命, 可謂士矣.', 又曰'不能專對, 雖多亦奚以爲?', 盖國之於政, 弘且繁矣. 自宗廟朝廷祭祀燕饗以至兵刑錢穀之類, 莫非其重者也, 而夫子特拳使命, 以決其終身之可否者何也? 豈非以其庶政可以屢試, 而使命則不可再之耶? 堯之有天下, 其治莫急於洪水, 然猶曰'試可乃已', 鯀之治水經九年之久而後, 敢決不成, 其擧舜亦曰'我其試哉', 舜亦攝政三年而後, 讓之以天下. 夫以治水之急, 讓天下之重, 堯之聰明·鯀之不良, 猶且如此屢試矣, 況於其事之小其能之微者乎! 雖日試月考猶可也, 唯至使命則不能然, 蓋其分符樹節, 傳命鄰國, 至有郊勞 去有贈賄 執玉授幣周旋揖讓·獻酬之禮·應對之節, 一失之則恥不迴踵, 一誤之則言不可再呑, 大失賓主之欽 小貽失言之笑, 可不愼哉! 足以朝廷常難其選焉. 故當其行也 奏皇華以勞其勞, 於其還也, 歌四牡以章其勤, 其重之如此之至也. 古人曰'大丈夫生不爲將相, 得爲使則足矣', 自非其行足以信而其言足以法者, 孰能與之哉! 恭惟正使趙公閣下, 丕奉國命來臨, 斯都溫乎儀容可就而和, 巍乎氣象可望而畏. 彬彬文質, 學富材鉅, 叩焉莫不應, 問焉莫不知, 言出成章, 身動爲則, 宜乎明主擢之於上, 群僚推之於下, 委以國命而無所疑, 總以職患而無所憂, 足以峨冠裒帶從容乎金門玉堂之上, 美譽休聲洋溢乎兩國之間者, 皆可以觀焉. 詩曰'豈第君子, 四方則之', 蓋公之謂也. 僕也卑賤, 固無介紹之, 以通左右何緣, 得一與履舃之未光以白露葵傾之誠也. 景仰之久, 積實過飢渴, 是以遂忘其愚陋, 敬奏下里之野章, 聊寓鄙懷, 敢獻諸左右, 一以嘉貴朝得人之盛, 一以賀閣下榮旋之美焉耳. 伏惟亮察.

辛卯仲冬

○謹贈正使平泉趙公案下 南海

東海迎槎客, 南金權席珍. 掛帆尋玉島, 弭節問滄津. 文物逢明歲, 德音卜寶鄰, 銓總源簡要. 辭命必恭寅, 玉珮成儀盛. 珠袍光寵新, 芳聲芬似蕙. 和氣藹如春, 辨倒江河勢. 筆驅造化神, 鄉書何處達. 歲暮未歸人, 海樹天風急. 江雲雨雪頻, 顧言仰電矚. 誰爲留颷輪, 還唯載琴鶴, 行定畵麒麟. 卑賤良堪恨, 征車空望塵.

○謹謝南海詞案 至西京追和 平泉

滄海明珠出, 東南擅國珍. 含光澄濁滓, 味道漱玄津. 自是才超俗, 還看德照鄰. 襟期孚遠客, 文字結良賓. 浩蕩源流大, 輝煌藻采新. 交情紵與縞, 高調雪兼春. 可但詩無敵, 兼能筆有神. 不愁淹異城, 頗喜得同人. 傾盖嗟乖願, 傳筒豈厭頻. 微陽添弱線, 明日動征輪. 萬里行漂鷁, 三山阻馭麟. 雲濤杳無際, 回首隔音塵.

'漱玄津'語出駱賓王, '馭麟'見庾信詩
辛卯至月下浣

○與任靖菴書 南海

紀府文學南海祗園正卿奉書副使任公閣下. 士之幸得其時而不得其才, 與不幸有其才而不得其時者, 皆不能以全其美而盡其能也. 上未得其時也, 而我賢責其才於下哉! 下固有其才矣, 而我又奈其上之未得其時何哉? 上方有其時, 下亦有其才而後, 其責之方可也. 三代之後, 世之最隆者, 莫如漢與唐焉, 而人才之備亦於斯爲盛, 其實代人才之美, 豈不如漢唐之人也哉? 顧時世之變遷氣運之衰旺, 自使然耳. 今也四方萬國之地, 其最屬昇平者莫如我日本與朝鮮之久且盛也. 蓋朝

鮮於古固稱詩書禮樂之邦，其人才之美名光簡策者，斐斐可見，蓋上已有其時，下又有其才，兩者之相遇也. 我專以是望之，今之朝鮮者久矣. 恭惟副使任公閣下，粹然之氣鍾海嶽之秀，彬乎文章，奪造化之工，浩蕩傾河海，焁爛懸星斗，可謂盛世之麟鳳仙府之靈瑞也. 猗與偉與! 今乃奉使入關渡海踰嶺道，途之遼凡三千餘里，赫赫令名，人望以爲泰斗，濟濟威儀，世目以爲神仙，是豈瑣猥賤劣者之所得接光範哉! 嗚呼! 如僕者幸生明時，獲觀盛事，但以才微位卑，不得一望淸光，獨於其心 得不慊然耶! 是以敢修寸楮，仰瀆高明，兼之以荊章數言云，聊寓渴望之微忱爾. 伏惟閣下凉察其志而略其禮可也.

辛卯仲冬

○奉呈靖菴任公案下　　南海

鰈城詞臣見譽髦，飄然仙標想空勞. 名分玉節兼三鳳，氣向神山釣六鼇. 蓬島雲迎金囊美，士峯雪捧綵毫高. 候禧不問曉寒冐，奪得殿前宮錦袍.

○奉謝祇文學詞案　　靖菴

聞君譽望冠時髦，久仰聲華秪自勞. 筆勢花牋騰綵鳳，詞鋒滄海掣金鼇. 行人日域欽風遠，歸洛星槎貫月高. 最恨新知傾蓋晚，江關明發拂征袍.

頃辱淸詩 副以高文 詞彩宏麗 旨意勤摯 奉翫再三 感歎不已 第奬詡太過 乍固陋之所 可承堪慙恧 何言 館處深邃 閽阻甚苛 未獲披霧明當復路 中心悵怏 只自耿耿 噫行卒卒不盡所懷 從希崇亮

辛卯復天下浣

○與從事李南岡書　南海

紀府文學南海衹園正卿奉書從事南岡李公閣下. 楚人有鬻劍而不售者, 歷十餘國, 韇韥而還. 途適遇莫耶, 出而示之, 莫耶一見而歎曰, “是乃齊金楚鐵, 眞良鏷也. 惜乎工 未知所攻 子其試使我攻諸?” 其人爲許, 劍成, 試之, 果能斷蛟龍剸犀角, 莫不如意. 吳王聞之, 易以上卿之祿. 嗚呼! 夫鏷一耳, 衆工攻之, 歷十餘國而不售, 至莫耶鑄之則歸乃敵萬鍾, 何者? 工之得與不得也. 有人於斯, 生三十餘年 從事於斯文, 亦二十有五年矣 非有聰明敏達大過於人之資, 而其言也曰‘德無賢愚, 人無古今’, 苟不怠而爲可以成. 不幸身居海濱, 家亦窮困, 朋儔索居, 不見知己, 終來兀兀, 無所裨益, 口吐萬言而不足以爲用, 目涉百家, 茫無可取. 嗚呼! 其爲志也可謂篤矣, 其爲勤也可謂苦矣, 比諸楚人之鏷, 不亦有間乎? 苟世之爲莫耶者, 偶然遇之, 豈可無復一試之於越砥之上耶? 恭惟從事李公, 雞林之英才, 翰苑之淸望, 誠名世之宗丕, 斯文之莫耶也. 今也恭奉使命, 來留斯都, 駐節已旬有餘日矣. 僕也不幸, 未獲一與淸光以接燕間之餘論, 景仰之情, 豈翅如饑渴之於食飮而已哉! 乍聞閣下歸朝之西, 方在數日之間, 是以遂忘其卑賤, 敢呈末枝於執事, 伏願閣下察其志之所存, 擇其器之可取, 無惜燕餘之一顧, 其於榮幸, 豈啻卿相之祿也哉! 無若風胡則幸甚. 風胡古善相劍者也, 魯人有自寶鈍刀者, 示諸風胡, 風胡戱曰, “此利刀也.” 歸而渡江, 有蛟觸其舟, 魯人持刀以死焉. 夫風胡之言, 一時之戱耳. 其人持刀而死者, 不告以實也. 願閣下其亦勿使僕爲蛟所呑, 則僕當終身欽佩耳. 干瀆高明罪也實深, 從希恕諒.

辛卯仲冬

○奉呈從事南岡案下 南海

李邕材氣掩人寰, 聲譽豈居沈宋間. 能使文章稱冠冕, 敢當辭命問珩環. 鴻邊愁望天涯月, 鰲背題過海上山. 今日玄言違几杖, 明朝紫氣出江關.

○謹奉謝南海詞案 南岡

海外蓬瀛自一寰, 奇遊冠絶百年間. 節逢南去初臨線, 客欲西歸幾撫環. 到處珠璣驚洮篋, 去時花樹擬數山. 下堂未共瓊明語, 惆悵征車出武關.

辛卯至月

○與李學士書-此書當在百五十韻前 南海

僕一介書生海濱鄙夫, 所業不過讀書修文, 而目未嘗出鄕鄰之外, 足未嘗窮天下之奇, 區區一畝自以爲適耳. 然性踈放不自約, 志狂大不自量 嘗讀古人之書, 慨然有雄視一世之思, 竊謂'大丈夫居世, 落落胸襟, 豈著一物不知茫乎?' 宇宙可愕可怪者, 果爲何事? 故口呑萬丈之虹蜺,, 手提九倒之神韻, 駕霹靂乘風雨, 丘垤山嶽, 盃盂河海者, 人皆以爲奇, 而僕以爲常, 人皆以爲難, 而僕則以爲易, 何況萬鍾千金之木如一艸芥乎哉! 此其性之所固近而平昔之所固好, 未嘗待專力而然者也. 向聞李君足下隨使萬里, 望闕西來, 旗節將東, 先之數日, 都下人士引領翹足, 日求西望, 希一望軺車之後塵, 仰威儀之末光者, 跡交千里, 聲湧九天. 而僕最居其先焉, 夫氣爲居移守, 因遇變理, 或能若夫僕之性狂也, 當今日使節之東汲汲焉, 望之惟恐後於衆人者何也? 苟非足下名聲之遠才望之焉, 有足以動天地而移河嶽者, 烏能如斯哉! 昨叨忘鄙陋, 謬接光儀, 魂磈其容, 汪洋其量, 未接一言, 卽知風塵分人. 至其對客, 揮毫滿紙立成, 快然如利刀之破萬竹, 驟然如建萬石之瓴於高屋之上, 當其卒然俊發句成章, 終脫帽大叫如叱梟盧而抵掌也, 嗚呼何其壯也! 何其奇也! 詩曰'未見君子, 憂心如醉', 又曰'旣見君子, 我心則降' 宜乎使人歎服而仰慕也. 鄙言一章再呈左右, 敢希賜高和.

辛卯仲冬

賓館縞紵集卷下終

【영인자료】

七家唱和集

桑韓唱酬集

桑韓唱和集

賓館縞紵集

正德壬辰臘月

御書物所 出雲寺和泉掾

瀨尾源兵衛合刻

御書物所 唐本屋清兵衛

言即知風摩の人にして其の勤學輝毫備線立成快

然として如く利刀之破萬竹懸然として如建萬府の領括高

屋にして上に當其字然俊發句成章終脱帽文辭一如

叱の驚盧而抵掌也鳴呼何其壯也呵其奇也待

曰寒既君子憂心如醉又曰既見君子我心

降宜爭駿人歎服而仰慕也鄙言一章再異左

右歌希賜高和

辛卯仲冬

賓館縞紵集參下終

好ミ來ツテ相待ツ專ラ力ヲ以テシ而モ然ル者モ也內ニ開ク李君是レ下ニ隨テ後

萬里望闕西ノ方撥節將ニ東ス先之數日都下ノ人士

引領翹足日東西望希フ軺車之後蚤ニ仰ギ廬

儀之來光者跋交千里壽湧九天而僕最居其

先寫夫氣為居移守因遇變理或結名夫僕之

惜獨ヲ當午日使節之東放寫望惟恐後

撞泉之者行為非兩下名聲之遠才之為

有是此動天地與移河嶽者烏能如斯乃作叩

志鄙陋隨繆接光儀魂魄其容汪洋量撐

目未嘗出郷鄰之外足未嘗履其壖之上奇々區々尤
一嘔吟以為適耳此惺踈敢不自約志挹大夫不
自量嘗讀古人之書慨然尋雄視一世之思上籟
揺々丈夫居世處之胸襟豈著一物苟然乎
宇宙可怪可怪者果為何事歟口吞萬丈之虹
蜆之後扼五湖之神龍駕鶴兼乗之兵怪之山戴
盂盡河海南人皆以為奇易以僕之為常人皆
以為觀而僕剔以為易何況美鬚乎金之永如
一州茶乎我此其情之所固近而平昔之所固

江開ヲ

○謹奉謝南海詞案　　　南岡

海外蓬瀛自二寰奇發冠絶百逢閒節逢南

初低獨君歎西歸袋揀撰死製珠瑯發湘簾

時蘇樹撥鞍山下堂來共發明經情悵征車出

武門

辛卯至月

○與李夢生書　　此書當在百
　　　　　　　　　五十一韻共廿二　南海

僕一介壽生海濱卑夫所業不過讀書..文章

死シ写夫風胡ノ之言一時ノ戯耳其人特刀ヲ以ラ死ニ

病ハ不ズ造ニ此ニ家ヲ也豚閑不其ち勿痩僕ヲ為ニ暇ヲ乘

則僕當ニ終ノ身ヲ欽佩ニ于ヲ漬高明ニ非也實ニ保從希

恕諒

辛卯仲冬

○奉呈從事　南岡棠下　　南海

李邑村棄撫人寰聲琴堂居沈宋間能破文章

稱冠冕最當辭命問珮環愁聞玉溪月聲

背題過海上山今日云言蓬九杖明朝紫棄出

也恭束ッ優命ニ末風ニ斯ノ都ニ強ノ節ヲ已ニ旬ヲ云〻日ヲ久ク僕

也不〻幸ヲ末獲ト一氣ヲ清志以蒙中與ノ間ノ餘ヲ倫ニ景仰

之情豈斁如〻餞慢ヲ〻抱食飲而已乱乍開闔下

歸朝ノ〻西方在フ書ノ日ノ間〻是以遂忘ヒ其卑賤〻敢

雖〻東枝枉轍事ニ伏ノ死閤下察ノ其志ノ〻而存擇其

器ノ〻可ニ耶ヒ無情燕餘ヲ〻一顧ヲ其榮其堂當鄕

有ノ〻之祿巳就無〻〻ノ澤湖邑李甚風胡ハ古善相劍

看而魯人乞〻賓絕刀ヲ畫乐諸厝於風胡試日

吐利ノ刀ヲ也歸為渡ルル江ヲ乞〻嘆觸其舟ニ魯人特ノ刀ヲ以

五年矣非有聰明敏達大過於人之資而其之
曰德為賢愚人安古今為永慈而名可以成
不幸身屬滄溟家亦窮困儔素屠不見知焉
終年元之冬所禪益亦日吐萬言而不足以為笑
目瀆百家范無可取鳴呼其為志也而語篤笑
其為勤也可謂苦矣此諸彝人之雙彩此之間
平為咄之為莫聊者偶然遇之之堂可容復一此試
之格越砥之上耶恭惟浮事李公難棟之英圭
翰苑之清望盛名世之宗逵斯文之莫耶也今

紀府ノ文學南海ノ祇園正卿嘗テ事ヲ南岡ニ畫ク而

閣下ノ藝ノ人ニ嘗テ鑄劍シテ而不レ售ニ為ニ歴テ二十餘國ヲ聲威而

還ル途ニ遇テ莫耶ニ出テ而取之莫耶一見而驚テ曰是

乃齊會ノ整鐵モ非ノ良鑄也惜哉工未レ知所ニ攻ケ子其

試ニ護義攻シ請フ其人為許ス劍成試ス果能斷岐ヲ鏌ヲ

呼文鏌一年衆工政之歷テ十餘國ヲ而不售己莫ン

剩辟肩ノ莫子如キ意吳王聞之易ニ以テ上鄉之孫ヲ鳴

聊鏡ヲシテ己貴乃敢茅推ニ時工ノ得興不巧而

宛文三ヲ布衛ニ生テ五十餘年徒從妻桂髻ヲ交ニ出之二十有

歸途最權貫月高最恨新知似蓋晚江年明歲

掛征袍

頃屢清詩副以獻文詞彩宏濂旨實勤摯

歡再之感顏而已榮獎謝太過死固隨之歷

子永慙愧恥慮叨以會館裏深露關阻甚誑來獲

發明當復路中心張快只自耻汪晤行車

平西兩懷統希崇亮

○睽漢事事南留書

辛卯凌天下氿

南海

華所仰名

○李呈靖卷　任公案下　　南海

鱗域詞臣見舉鬈飄然仰標想空勞名兮玉馨

兼之屬氣向神山釣六鼇達島雲迎錦囊美士

筆雪捧綵毫富候禧不問晚來胃奮得殼芬亭

錦袍

○李識祇文學詞業　　靖卷

開君攀袖冠時髦久仰聲名祗句勞筆勢花發

騰緣鳳詞鋒滄溟契金鑒叙人　日域欽風達

之工浩蕩似河漢焜煉懸星芒為所謂盧騀之麟

屬仙府之靈瑞也猗歟偉與今乃劇使入開渡

海踰類道進遶凡三千餘里林之令在人望

以為泰斗廝戯儀哩日月以為神仙毛豈顚狠

賤寄崇之所幾光範哉嗚呼如僕者華生

明時獲覩盛事但以才微位卑而巫三望馬光

福於貧心得冗慊然聊是以敢修寸楮仰讀章

鳴燕之以三荊章素会聊寓鬯望之微忱畱伏惟

閣下諒察其志而罷其禮可耶

後世之最隆者莫如漢唐雪而人才之備以
於斯為盛其受代人才之美豈不如漢唐之人
乙就領時世之變遷氣運之盛衰身使然耳今
也四方萬國之地其最靈最昇平者莫如我　日
本與朝鮮之久且盛也益朝鮮指古圖稱所以書
體業之郝人才之美名先簡策者選之可見
盆上已有其時下又之其才兩者之札過也我
專以是望之今之朝鮮者久之美恭惟副使從公
因下摔然之氣鍾海嶽之秀揚乎文章奪造化

懶玄津語出弊寶
王駅蘇見其修為論

辛卯至月下浣

○與任綺菴書

　　　　　　　南海

犯府文學南海祇園正卿奉書副使侔公閣下

士之幸得其所可為而為其生與不幸之與才而師

不但其時者皆不能以金其美而處中其獨迎上

未得其時也而我失責其才於下而不圍之集

才矣而我又奈其上之未得其時何哉上元有

其特下亦有其才也尽其責矣左可哉三代之

定畫磯鱗甲賊良堪恨征車空望臺

○進南海列嬙至四座　平泉

滄海明珠出東南攬國珍含光曜濁澤味尤激

名律自是才超偉還疼德照鄰期宇達塞文

孝悌民竇浩蕩源流大輝望藻宋新交情行晤

鷄言調雪兼春可狙詩敬兼縱筆至神不愁

滿野城一殿春同人傾蓋筵班顧傳為堂獻頗

微陽泛鈞線明白轉征輪萬里行澤鶴公山鳴

駁鱗才濤劃季際田首隔秀巖

○進贈二正使平泉趙公案下一

南海

東海迎二檣喜二南金一榷二扊珍掛帆尋子玉島漫節回

滄津文物庵明母二德青卜二　審二郯紿德原簡

委辞命必恭寅玉珊娥儀窊珠袍光寵新芳芬

芳如蕙和氣複如春難俟江海勢筆驅造化神

鄕壽何重歲暮來人幽懽享湯意江雲雨

雪數顏去仲電鶴催爲留幾輪還惟載琴鶴行

辛卯仲冬

下要以國命ヲ　　西疑纔以職在ヲ世所ノ憂生

我冠裳浮客乎金門玉堂之上美譽你脅

洋溢乎兩國之間皆可以紀為誇君

子四方　　蓋公之僕也卑賤圖各介紹

之通左右行　緣以一　展揚之來生以

葵修之滅也是你之久積實賜陽是以遂志

其愚陋啟奏下里之野　寫郢懷歌獻二隅在

左二八以嘉貴朝乃入之盛二八以賀閣下榮發之

美寫身伏惟亮察焉

失賓主之歡小則失言〻〻咲可不惜哉是以朝
廷常難其選焉故當其行也奏皇華以勞其勞
於其還也歌四牡以章其勤其事〻〻如此〻〻甚所
也古人曰大丈夫生不為將相以為使臣是矣
自非其行足以任而其言足以法者孰能與之
哉恭惟正使趙公閣下丕奉國命來臨斯邦雖
乎儀容可就而親巍乎氣象可望而畏彬〻乎文
質學富材鉅叩焉莫不進問焉莫不知之出域
章身動為則宜乎明主擢之於上羣僚推之穆

舜之有天下其治莫急於權作而然狂日弑可乃
巳鯀之治水經二九年而後殛死不成其舉
舜亦曰我其弑殺舜占攝行政之半而後讓世
天下夫以鯀治水之急猶而天下之老之聽明鯀
之不良抑且如此尚慎弑矣況於殺舜之小其繼
之微者乎雖日弑猶可也吵哂云云使命以
之然蓋艾云云待樹節傳命鄰國至于郊勞恭有
顏儀執玉授體用旋揖讓獻鼎云云禮云之節
贈賄云云呂恥不逼陣一毛張云云則言不可再吞天

辛卯十一月下浣

○與趙平泉書

　　　　　　　　南海

紀府文學南海祇園正卿奉書正使平泉趙公
閣下使命之於國中其箕孔子曰使乎四
方不辱君命可謂士矣又曰不辱專對雖多亦
奚以為蓋國之樞政孤且兿其脩身宗廟朝廷祭
祀燕饗四至兵刑錢穀之繁莫非其重者而
文子特舉使命以決其脩身之可者何也蓋
彼以庶政可以要試而使命之公再臷之耶

也若僕則奉墨寸長可取而足下形且郭僕之

於足下眷々惠々春何暇兮豈非氣味之合而心期

之屬君子交際唯義而已矣居止之處無窺測

言々不通惟有不足論也竊恨弦矢合處無潮汐

悠々此恨海不深焉天不長也惠兩種寬出心肥

壽終鳥貴婚女以誇中德輝而私心惶愧難以筆舌

形上述客橐是罄只以詩箋十張略表區々之誠

笑領奈何行期惟在數日間臨楮益切悵恨不

備照亮

約匝謝ス所ノ用ル赤管最荷二雅愛ス永ク當二珍襲二但恕ス會

稽顙非ず九ㇳ手ノ之兩二得二開ル也薄儀之品敢貢二微

誠二歓ス言此二留二歓ㇳ是歸期在通二不能三再握ㇳ話二愿

蕙勞二亭畔臨二風揮二涙耳不備崇亮ㇳ

○奉謝南海ノ詞案

　　　　　　　康郭

聨產殆狹ノ旬笑羝えㇳ耿え髙存二于中二此二承ㇰ常壽

委存以ㇳ審展下尊履用増畫良閉欄涜ㇰ僕力え此

来興諸君子遊固多笑而獨挺ㇳ吾々下々春え

不能恐ㇳ情者以二貝英氣え可ㇰ敵後才ノ之可愛

否別日在邇乞緣更觀德宇良用于献帳为篇

姑来拼和積通至此不覺騂面

辛卯至日

〇與李康郭書

有此人而后弓此美有此文而后弓此法為高不

既写狗尾續貂遠是此聚笑耳鄉呈鄙什煩讀

清覽不料謬惠高序退加嘉奬三都遽以玄晏

價始儕松此惠實邁義衰美情和三篇詞气懷

辱披讀不勝釋手傳此為家寶耳厚饋數品拜

南海

後兩作皆清婉瀏亮大以詩家格律蓋其才盡

老成而其進於不可量也伯玉勉之我

辛卯仲春下澣

○以南海詞伯送別龍　　　　　　龍湖

梵宇經旬玉節停臨歧序屬玄賓臘梅臘近

春光動鳥竹寒對宵醒夢筆騰雲百

逢書劍跡如岸殊方未盡新知樂惆悵驤駒不

忽聽之

芳星和詩及所送之物其免浮沉而傳致

譚詩者、必曰二天機一、天機、豈才之謂乎、而

既來、則我出於懷、就詩上尋之、豈岐而乙嵩之必

有才而後能天機、天機者、不在於詩而在於

而謂之才不必求之於詩必發動於容顏而後楚

居動作之間而不自掩何待嘲壓乎月而後知

之、我余力之到

日東興祇園伯玉遊甚得浮容見

於進退洲脆之際者皆才也余固已知其態於

待也後見其詩稽良然伯玉甫強冠不二一日之能

成百篇何以才捷歟非才而能為變乎觀其學成

相逢但恨不多時且慰臨風瑟子待最愛南容

慎應對誰知東皐善文詞出閒自雪休杉王懸

兩〻〻航不可追明夜清遊迥偶爾〻〻〻〻幸〻

相思

珍儀多品敢領亭惠作聞歸輈已群美無緣

面別何以陳中情聊舒〻〻〻〻寓離懷涉〻〻

長途神寒日〻遍伏惟萬〻〻〻〻〻〻〻

○伯玉詩稿序

稿端〻私題百〻〻〻〻

蓋一日百首也

東郭

○南海寄余長篇ノ詩而邂為呻吟ノ末克拌和今

矣今写眺テ行卒之遺債如山然盛意不可

終孤故別構一律ニ以謝惟異恕諒セン耳

淡叟

騷壇高會雪飛時為子慇懃賦小詩試和淡鐘

起大變終看健筆聘雄詞望洋河伯空自歡展

步天驥就敢追一片寒山寺中石西帰他日正

相思

○江龍謝淡叟案下

南海

此ノ湖ヲ即チ携ヘ家ヲ而走ヰ賓館ニ洪攪ノ両期甚ダ遠ク回ル

首ノ河橋杳トシテ雪ニ對シテ嚀々タリ袖之候痕爾ニ龍湖ノ詩有リ事在ニ至リ使ノ前香ニ黒テ不遇帳然トシテ而帰ニ因ニ霞沿ニ傳フ語ヲ能ク再ビ観ヲ明日予乃往キ詩ニ之ヲ

○次ニ韻ヲ酬ニ龍湖ノ書ニ記ニ云ク首　南海

誰モ當ニ錘子ノ期相逢官ニ又説ニ杉離ニ　日東々

塞刀在リ傳世ニ信ニ因ニ少師ニ

鶴林此ノ去半程緩ク夢裏ニ相思見ラ寵光ニ白雪兼ネテ投ス

壽玉案爲ニ君ガ散報ニ愧ニ空囊ヲ

腸斷歸帆不暫停傳開雲驛樹望冥る論交喜館

纜難燒恨別江亭酒易醒詞藏乾坤雙碧眼枕

心湖海一青萍天涯知己似君少別後璚琴雅

又聽

鸚謬誤獎揚愧怵兼臻昨又衆與霞沼子語

涯及不佞且許再披雲月呵料呉下粧裀人

中將狂眷顧諳風緣之深者如何

鼓我二人ふ以再擭論心合觴談文徒用

觖云僕者所謂好畫龍者一旦見眞龍

先錄謹奉肯追後次呈盃針粉泥寶篋寶出
心既攢綃各已印榻一参忘略呈似哭留為
望

鋪張兵筆一篇詩錦繡殊璇映陸離自哭驛壇
老將在攻城還欲用偏師
誰寄烏孫百幅絹粉花金棄爛輝光那知五馬
樓中音分映鸞箋侈錦囊

○遠龍湖巖書記歸朝鮮　月東

○

南海

○歎二江瀧書記留別一韻　南海

帰帆依事太如飛滌水盈々多得二再依一

為二騰世臨一風客涙不堪揮

○奉謝二祇文學南海詞伯案下一　龍湖

良覿不二再別一日在二通松一悵惘曷爲二其極一

贈二長篇一擘讀未已令下人欽歎藻思敷賠筆法

精妙不レ料天東遇二此勁嚴一也窃擬二掃和一而近

多二詩文酬応之事一率々來邊慈敢以二兩絶一姑

之縁ニ也

○頃キ蒙ル祗文學ノ詞案ヲ弁持 鏡湖

仰ク候フ起居ノ状ヲ貴贐泥ノ紙夐ニ出ス心既ニ感領シ僕ヲ

行子将ニ歸リ對シ晤ス各縁祇ニ用テ仲悵數種不腆ヲ

儀聊カ剌ニ感ス篆ノ忱ヲ惟祝ス自愛旒察セヨ

偶成 一絶寄奉南海ノ詞伯ニ以テ寓ス末及ニ話別ノ

恨ミ耳

海日陰ヨリ雪正ニ飛ブ江関ノ歸客思依依テ臨ミ岐ニ不見

入如玉ノ魁馬悽然涙一ヒ揮

通蓬島二天上星辰遠紫微談裡難開阮籍詭

詩却恨遲来稀荊榛不耐闥窻爲色奈爾風鼓

翼飛

○奉謝祇文學詞案　　東郭

君欲留行我欲歸別時懷緒句依々天文縹緲

星夜隔雪意蒼茫島嶼微病客帆檣浮滿遠潋

人書札出閣稀分明兩地相思養疼逐征鴻羔

別天壤後悵然異彩用一小筆蓋修手澤

盟飛

余遂ニ入テ画ス

又

今此ニ良觀實ハ是奇遇誠幸ニ誠幸貴詩非ニ倉卒ニ

可ニ和ス肯ヘテ侯ノ從容和呈ス柔計

荅

嘉奨過實僕何ヲ敢當方今有ニ事興學士對話ス

　　　　　龍湖

　　　　　南海

○贈ル学士ニ以ヲ副ヒ贐儀ニ

為ニ恨ト姑ク期ス他ノ日ヲ耳

二ノ國皇風仁ノ所ニ歸講和穀睦蕭蕭崔依地巾ノ波浪

　　　　　南海

筆端瀉出談屑貴從席上靈海晴陽過盒雪意樓

高鴉非作斜暉唱酬終日渾如響遺道去青元

自希乎

稟

卿時在西廂與東亭對龍湖在於客廳一縣
林奈酒唱和又閉于余在茲因而伊華野傳於峽
語其且道要面語中兩以言
長篇即是前以以錄百韻

龍湖

奉贈長篇勤鍥雄健筆法遒勁精妙令
令鐵服但隔壁而坐不得觀其眉可文見待

而不見其人可乎

裏烟霞洲錦囊額下肉蜀空写愁思江風雁字亂

　○奉江南海詞似額　　東郭

鴻鴈參池不作行漢陽孤客裡行裝逢場最愛

才三味別恨還生海丁方侑却羈愁惟酒店檢

來長物只詩囊新春作伴將歸國會見韶華滿

建章

　○辛亥東郭棠下

村氣酬上驕歔飛殊方勝會世亞稱辨阿直旬

南海

○敬奉南海詞伯案下　東郭

竣情敍盡卽總言杯酒侭容神發存厚貺

東皐紓清遊肯讓謝公激摩毛落毫縑釋眉筆

力縱嗟學海源今東寺樓分散後各懷愁絶更

堪論

○賦二一律送李學生心寫離懷

　　　　　南海

蓼將鶡羽棲雞行瀰近多端奈保裝離恨之深

試東海美人哉里兄西方馬頭驛樹送金節辭

剖而作簡耳之使之言何如

　　之使送選箭簡

　　　　　　　　　　東郭

答

極以為奇玩矣

○敬呈東郭李學士

　　　　　　南海

寸心相遇兩忘言目擧由来道即存欽挹堪推

班竹杖殊恩為賜紫花嫩清風朗月想云慶璞

玉暉金藏巨源更弓瑤琴山水引交情細向曲

中論

相傳海舶嘗テ柁ニ於島中ニ沙ノ来ト得ナ之ヲ已ニ百金ニ不詳

答

南海

所ニ從来ル或ノ曰椶櫚ノ木或ノ曰梠櫚ト不知貴國

類ノ此ニ者乎

東郭

稟

椶櫚梠櫚皆我國所ニ多ク樹ふ不能知之ヲ耳當

初得来ル時已ニ作ニ箭筒ト耶以木ヲ乃之ヲ剖テ而作ニ筒ヲ

半丈ト中本来空虚乎

答

南海

則當以テ文字ヲ記スレ之ヒ耳

荅
　　　　　　　　　　南海

稟
就ケ質セ揆ニ三ヲ使臣ノ前一
　　持ニ箭ヲ筒一ヲ遠刊モヒルニ使ノ前ニ
　　　　　　　　　　東郭

又
　　　　　　　　　　東郭

此ノ物ノ所ノ從リ来ル慶及ヒ経ヽ世ヲ久近
詳ニ示セ之ヲ僕嘗テ作ス
文ノ料ニ矣

趙笑ヒ我府舊子ニ一箭筒傳曼海外ノ物來ル知ニ其ヲ

名ヲ今此攜來取請子産博物一ニ鑑否

荅　東郭

願フ一見ヲ為ト幸ト　示ニ箭筒ヲ

稟　南海

何ノ木ノ

荅　東郭

不知ニ何ノ木其文如ニ龜甲ニ奇也奇哉送ニ程僕ニ處

是非下因二霞沼一所レ呈青上

答　　　　　　　東郭

紛冗中忩了レ未レ記之不レ知何詩ッ

稟　　　　　　　南海

呈案下詩先韻百五十ノ韻

答　　　　　　　東郭

今初認乃鐺熟讀以和報耳

稟　　　　　　　南海

丞投豈敢望發報固所郤旦秦城十五勿歎

否　苔

貴詩已ニ和了ル明日賞因ニ霞沼ニ奉呈ス

稟

　　　　　　　　　　東郭

　　　　　　　　南海

所ノ辱和之詩以テ何字ヲ為シテ韻想ス苟日所呈言字
韻乎

苔

　　　　　　　東郭

然ノ笑

稟

　　　　　南海

賓館縞紵集巻下

紀府文学　南海　祇園餘一源正卿

稟東郭十一月八日　　南海

相隔信宿渴塵已萬斛矣不圖今日再領盛

誨辛辛

答　　東郭

如諭

稟　　南海

前日偶有鄙什因霞沼寄呈不知既達左右

賓館縞紵集卷上

曹劉駕肩過穎橋　三歎始神解　餘響遠高梁

菫後似陽驛馬已嘶道迴旌旟拂霜奎章行入玉

攀鶴南辛瞻望切北風歸志忙蒹葭倚玉

桑徳九經車恩登七寶琳龍門鈴轡衝雲觀殿

闉盡錦定名堂仙李條逾茂瑞松壽自長澄

衣忽薄水上味先嘗慈母將来諭民生望果償

人劇宣子齊客待卿公卿地賤仰雙履天緣惜

一艦聊將託名豈敢壯行裝手歲遍新美百

憂付彼巻一當下生羽裏四海共常羊

神祖臨二軍下一歳靈照二四一疆怒郁憂贖武仇餉計

向祖淺水恥難雪隍貝運獏鼎慴磨臺及儔

告宗社福将恭頴存筐帛辛勤有棧航壯遊

竆源嶽風志副蓬萊西顧懸長自東行沿二大洋

尋仙軽漢武觀日咲秦皇曉桃波濤疊衣亭屋

雨涼長逢月發穀短景日初剔刷目送雲中鳥魂

随天束腔襟懐加浩蕩詞眠更聊浪駿骨雄章

峙鸞姿绿筆翔精工剪花様富艶芓宮牧遷並

鳴岡三杰初傳信百夫必用防山雲迎羽節廊

樹折牙檣車擁金芒蓋館開碧殿廂飄愁廬長

夜陵節送商檻荷錦霞散菊開玉露秀世壽

伴鴻雁宅夢遠池塘實僚皆温讓雅送屢列張

臭鴎怒海客大馬藏梁鴛正呈絮養士即爲翰

墨場公侯崇禮數野老歡冠裳大坂城何峻回

齊森似鍵罘惡疏露鼓雕縷綺雲章工借魯班

巧材資留郡樟廟考搖地軸河静沂天杭河坡

鯨鯢怒擺斯虎豹強玉風皆塗地殷鑾已探陽

月丹楓晩著霜向風思故國懷橋憶高堂渉陸

行々回轡江海及更長只期感信仗寧憚險難

蓬島遊勝樂孤屐志愒歸期在隅歳夢獨

還凝綾裁蛱頭句柳樽屢列觴玉盤羞辭

陋陸生裝遠役身全偕長程鬢欲霜明晨晞我

髪賜谷且折辛

〇 和漢（すか）す書南審文坂城五十龍

　　　　　　南海

文命通東海審鄰卜北方璿衡龍在卯韶樂鳳

延簡新秋泛海航星支參拆木地理浜枝桑發

日庵孤島危途涉四洋開參佛祖荒廟弔

天皇眼船燈光亂高樓涼糕山催客候平

清宵禪房堺浦連平野難偉橈巨艦樓船耀金

碧桂棹沂滄浪擊汰莢唱鳴鈴白多翔連街

紛雨汗撥箔簇巖倍鷔章甫群瞻差塙墻

掃塵操作帚潑水板為梁古寺停金節養宵僕

石床高鋪呈擺藻太寺進茶筥客路窮濱盡干

時暮景忙群寺庵半歲佳節過三重陽白催寒歸

屏開金翡翠　簾掛繡鴛鴦　歌舞媚人多　壽駝駱馳場

妖童斑錦帶　好女紫羅裳　筵笑對抔酒　臨瞳

盱接劍鎧士　皆輕戰鬪人　或貴文章地　沃宜秔秫

稻山高閭豫　橋雄饒兼楚蜀　佳麗埒蘇杭　秀吉

豐廈暴常時　恃富殖經營　開窟宅控制　攬金湯

柴驚觀中土　侵凌及我疆　群生入塗炭　六戴肆

猖狂久稔淆　天惡終罹覆　閩毆人神齊　憤怒骨

肉食鏃戈浦　域弘鋒戟

源朝綸業昌　善鄰盟更固　通聘幣交將　末介叨

又如二污レ衣裳一給レ人襄拂拭ス只顧永々朝一勿レ便上歸

輈速良會邦末夬俟忽日西匪匡王事難投轄四

美難兩卜聊言奏巴曲暗投慰寂寞

○大坂城五十韻　　　　南岡

浪泊真雄府繁華檀一方長湖穿巷陌大陸亙

山岡帖石成高岸層城枕巨防間閭連百里舸

艦簇千檣綺戶開金市雕甍接粉庯奇珍通越

寶雜貨湊吳商傍海魚鹽芝藏圍橘柚香色衢

分町術疊榭擁陂塘白日紅塵合朱橺綵幔張

緣竹並駕逐頹謝日載共潘陸投予每雲章之

薰四五讀貴重此南金珍襲邁荊玉何用答其

贈筐之物叨薄禽風誰得攀淵博誰能則何幸

此良會威儀欽溫克崇棲冠裳美欲解半生惑

羣鶬立雞羣豫章擢樓采知芝蘭室但覺有

餘馥誰道新交淺言飛骸隔天涯固比鄰四

海皆骨肉何必同井邑然吐臆膽襟懷多城

府池勢豈區域一晤即放解玄契乃舊諗已聰

新未聞又視衆未目羞澀傾空囊虛爾費探索

重在蘭牆殞驚良有人龍攄固枝乃南宮登堂

裔白圭慎之復文材兼荷相林之世辭武之填

浚艾源五典協其職載馳就東道美恩進雲軸

海氣炎颷退海樹金歟肅帝雷晨始流白雁夕

投寫翟纓臨陛波倚鞍望大蕪中路遙回瞻中

腸淒且惻歲暮丘有松秋英圃弓弭少露裳雰

姿勁風何穆之志操塞逾堅情香魁逾鬱洪歡

儻承夜感物情何極百篇作頃寫三杯良有力

奇氣軼蓬上文鋒何鑲之精采裘金韓清音激

五陵麗若許汴橋同歎魚頭亭流霞浥眼酷

○贈南書記徐復叟五十韻　南海

鬱々雞林樹枝葉何矗々矯矯飛鸞鳥五采戢

其蠶美矣如斯人孕生王國何處在左

彼滄之北于彼海之北數世秉明德教化既光

揚屈辭凌清穆詩書為君駕禮義為君軾兼

蘭蕙芳青芘以服用々馳遠道安所患修及

東方固西鄰魯衛曹敦睦卿士慗且暇齋命典

又則宜子已專對東里復潤色但是道塗邐所

斗只頂斟興發百篇弖神技ニ馬閒文章從ニ猿猱
閒見鐘出ニ吐珠ヲ快如風駕ニ晃疾如ニ飛箭
發燕孤恥將閒娜對被妹ニ故投ニ碑ニ引ニ珣珒管
城多ロ賴陳敷ニ但恨未乃盡啓ニ最欽ニ穆員ニ帆筆
醒翻醞籍只覺吾色ニ脾肆契投撤外形軀ラ四ニ海
鄉鄰豈秦胡顏言追隨永歡娛風亀事事亦干
千儀看自日轉ニ桑榆烟渚屋起雁下蘆玉欄酒
醒婆遙屢焠淚汪ニ盤香爐鑪夜終飮ヲ曷跼躅
使人弖三日醉ニ周瑜ニヲ日今鞭再起ニ驚ヲ乞及休咲ヲ

聲名仰頗餒海南參軍不知愚堂下之云興那

俱私覿幸甚接愉多玄言奇閱飽書廚記室呼

作行秘書明時豈許滄浪通遑方乎中美醫贊

通雅韶潤棄不廬學高經摩市爭店示人三尺

紅珊瑚職事人皆比董孤遷固惟傳范陳奴並

冬十月節初渝金井落盞幾藥梧遠海朔雲高

扶跡神嵩自雪六欹舖澄江一練月明孤本籬

錢花霜已菩客中在營一歲祖況渡短景尤頂

吏登高望遠賦豈羨逐篇舟渺五湖愁一

令嚴置金吾驛書夜飛汗官後　兩京之路千
里餘驛樹雙行直如繡紙處樓臺丹碧塗鐵家
屏障雲錦紆唯說景星映天埴宛如神人不逢
壺觀者如堵肩摩逢唯想鳳樓賜大醑欣迎折
躍爭巘呼啓暖巧意夫丈夫開西諸将列侯符
朱紫象笏出郊趨瑤池武宴玉流酥藕脯龍脂
四腮鱸鱠扎卵乳飾子朱金盤霜剪秋芰蘇鮮謙
讓寧論館穀需禮享第當穀燕須崇教未敢卽
蜜廬新修精舍作鴻臚高門重醬谁泣闔山斗

龍鬐鯖鱗鑗次月星樓慶金樞馮夷子蜿蜒夾

吳蠻低滄溟平如盂滏杜壽山福海圓秦帝石

橋轍力匡徐福樓船芝空柘何如佳帆周洛邏

如砥周道莹荷鼊鼇山誅曉躍赤烏烹樹扶桑

第一株海嶠盡處是

皇都錦袍玉帶照九衢迢遞山作郭火龍

葆蕤紅氍龍鳳簫鸞管雜齊竽鼉鼓銅鉦動二八一

隅丘山駝背錦模鯛朝馬秋驕力如雛

王家　貴禮師村虞親舞交際簡在孠郵亭

何以發徴涓咏敢牡行色聊云寫我癢行期日

俟邊歸袖風編禔肯行陪供帳勿怱同客鵠辛

勤具四牡行慶有三鑪臨紙離寬惆留毫列淚

賤明朝灞橋望雲拂錦鞍韉

辛卯仲冬

○題嚴青記龍朔百韻　　南海

君承見大屬放蠡集海隅道之使客包玄蔑筆

文傳教君文儒謀邑謀野敢寧居慈簡函盛神

鬼驅錦章寶翰光煥于皇華歌嚴六與滴于持

落魄齊桑戀煇嵯叔虔陽招誂亞平難康慊半
塗常荒廢中路復屯邅渉豈尺之鯉助非百尺
蚯俯忘蒲橋質仰學榆枋顯脩飾丁身織媺昴
雙臂擤強顏雕朽腐事習費壇艄既以新知樂
莫懃故步姍洲遺綱似蓋遂忘筌賜辱兼
金美贄姜柬帛戔伏言呈骯骸辛為療枸睪子
午何分從仙凡難結緣方言況辜譯清眲來探
鞋安溽地符費以資天口駢苦途難援輵後會
就溽簞尺素期鴻鴈寸陰惜璧瑱以知負薑炙

葵端水硯花剪蜀江箋但見雲是端不同日過

褥文殊出機杼義固辨梧檜佶屈傳盤造逈佃

究帝巘駕空追造父釣妙越娟嬛寂和客攜酒

冥搜詢遠禪徵青遠瀏毫奇恵還瀞緩燦若曉

宵練穆如驚大卷人皆望一顧誰敢張亭巻雅

範仰光霽慶量容病扊園葵幸致忱草野敢陳

隙初味來裕蕉餘香乍得荃丞窺銛海廣内棄

絕演編但塊名鹽醍鶸迎下蔡娲豈甚千里骨

空寬九方甄弊帝向入衝彀才共世捐少曾瞥

崖弥妥在翠壁名堪鑴荷劍思初壯揮臺興忽

顙入 都鑒蝴蝶 戒路鼓鼗 車騎迎郊甸衢

羅照陌阡沙堤塵洒掃 城闕蒹葭蒸冠冕觀

文化温恭知氣妻幽懷蕭寺梧廣樂魯臺篋珠

履鴻臚倡羽儀鵷鷺歆熱樂授玉靳開

焚上將趙克圖翰林書籍仙腰間金以斗坐上

筆如椽玉署瓛羣僚天官統六員魁名騰怒揭

萬選數青錢勤政朝傳札弘文夔校偏才雄自

多歡当富似探靡光寵賜疵自精徵著太玄歷射

川ッ但驚ラ金節ッ過ヶ袋見ル玉轍圓少露鶯秋鶴曉塞

送表韓文司時傳詠兵庫暫蟹蝤既上派花嶼

復遊洛久頂祇程毎懐切叱馭載邅姫就兩

京賦程蜜東路辦合標霞標鄉湖樹翠絶沚濟

勝展遊蠟邅奇帷屬暴雲慶吞八九世界

千醉淺慈難破燈殘姿媚寧浩歌半腰霧鷗洞

濯清漣作金士峯秀遠兼函谷連陳跡頓退

絶頂雪嬋娟尾拖青龍队裏香大鳥翮玲瓏洞

玉傘峠崎削霜鋩欲采金鵝蕊高攀玉井蓮丹

烜不ㇾ愆行歡興ㇾ姓睦聘禮二邦權晉楚鄰交舊

山河信誓處重光推二鳳歷一庚剋入二商絃一遠近舟

車具道塗辨令宜行人長季礼便者漢張審晨

波鶬林外多過二馬島邊一玉麟隨羽節二畫鷁逐ㇾ樓

船在海洪潮湧扶桑旭日懸風便帆腹飽波穩

櫓頭眠龍黑云岾明此國天指隨二島嶼一轉

目八鄕雲穿鰲背金多闕鮫盤珠在ㇾ淵行裝具

羹蔂海味雞腥羶方丈思桑葉滄浪聽扣ㇾ舷樓

城團屋氣沫吐ㇾ怒鯨顏心術試氣水神挾利濟

挈拳狩　會稽美蔚　豫章　藤葉歡炎帝裕

花招攬徒狹興宋吳溯明媚呈惟媛王體壽睢

燹丹砂賤送孺吳靈昌露　俊然必奮肩思孝

尹文貞諫詩鄭道傳明良相黼黻嚴制度又紘綖

官尚漢織備科因明制延棘南懸藻鑑桂捷

衡銓存律固和協功庸更究研勇張虎帳宴智

弑龍翰篇漢惠支如鶯笑都尉射鳶恬照方耀

後偉蹟迥超芳非與斯人共惡乎終舉寫我

王承　木寶雄碎乘洪甄　休命穆檄緯為章

常猶撼咽襟開須水啁帶控漢江纏萁野霑連子

樹遼雲勉過巔觀盛使旁牛交貨市騈闐上路

車如水就亭酒以泉午陰槐柳晴春色字梅妍

士女謳歌溢都薇歡樂填松稀庭有草穀穩野

名篆禪下三峻露晴薰萬戶烟雕輿時驪望金

軺或停鞭川勉漁艇集山鳴獵火烓文竿比月

鰊芳餌緒頭鯿蠻笑逢戟鶻飛定弦應因

章柳帚豈當事游畋玉蘭王明扇強箒七寶鈿

鹹醴利賣海貝錦光交檳雜駿犀藏角雜鷺鷹

至冬龍荷寵旌玄王長有祀黎庶復知窪底土

還蒼葦聲教日蔓延歲時五紀燮典揆八條沿

禮樂移珠倍膏腴分井田閭遺局鎬守戶識徹

蠶便上國圓冇中憤古風存豈邊華夷何多羨淳

樸故當然所以詩書美永教史策塞中興尤傑

昊大業欻炎輝廟畧規摸盛宗藩瓜瓞縣綺兮

咸二德鼎峙始同鑪馬息邦家富牛肥社授狎

沸滇通地脈危斗卜星躔衍袖疏經緯方隅裁

幅幀誰知虎豹守六賴金湯堅百二皆損背尋

南海

維昔鴻荒世　方興析八埏　祖檀乘木德　奕葉布

朝鮮邈開基業　爭斯造物先　啟圖通禹蹟甲

子並堯璿徯　興青皇洽都　方自獄遷聰明　歡衰

運神化陟退乾赫彼武王烈　大拯箕子賢　發童

永無饕妖姐虎而鉛象箸見橫作　硯臺奈命後

三仁道並植獨立憂如前封崑功臣列亮乃寶

禮備珪璋眷殷後王觀周年皇極帝師貴明

庚辰節全秩原踰杞宋洽己邁齊燕振鷺須膰

此日相忘星斗干満堂坐對大東韓隨屋飄驟

鴬毛雪老節巍峨金鋪冠北海酒樽南海醉高

家翰墨李家盤峻才一揮千篇就雲夢吞来八

九寛

○同席別對州松浦兄

南海

離別三十年交游二十年天涯夢杳絕海分書

誰傳後會如何再逢良縁曾遊子闕經緯

潺涙瀑渓

○贈李夢生　東郭二百五十韻

等閑ニ詩句ニ精神ヲ客間過ㇱ燼ニ炎凉ノ節愁殺ス雛ノ方

味ㇼ返身

○韓客唱酬　太暇ナリ走筆黒ㇲ天游高君ニ

南海

翮ㇲ之名　儀鳳集ㇴ江才泰斗高ヶ名獨ㇼ你ㇺ韓學業ㇳ千年

傳領韓文章一代見ㇳ峩冠ㇱ從横健筆蛇穿ㇷ草ヲ窈

轆轤ㇴ音　珠走盤ニ把酒鳴艫屢相接ㇲ汪ㇳ只覺寸

賀寬キㇳヲ

○源ㇽ和ス　南海词伯ノ韻ㇹ

天游

僕未ｦ及ｓ知星ｦ瞻ﾃ有ﾙ何ﾉ之言耳

○敢テ呈ﾗ鏡湖浚君案下ﾆ

　　　　　　　　　南海

四龍天矯ﾆ羅ｽ雲津ﾆ奉ｼ使天涯是ﾚ並ﾙ鄰老圃ﾉ傳

奇健ｺ骨名家書賜ﾒ義居人望ﾆ来杂海帆名ｽ是ﾚ吟

過ｸ蓬山筆端ﾆ神藥險嘗ﾃ末ﾀ狂ｦ枕摩中宇ｶ壯膽大ﾆ

於身ﾆ

○奉次ﾄ南海詞伯惠韻ﾆ

　　　　　　　　鏡湖

八月星槎上ﾚ漢津二百後盟好在ﾃ

　　　　　　　和鄰ﾆ須ｸ看ﾞﾍ

樂交親ﾞ義眼ﾆ論ﾖ東西南北ﾉ人好ﾞﾉ襟懐同ﾞ卓犖ﾆ

試二和ッ以ッ呈ス耳僕別ニ彌ス南海ノ泛嗖即チ
賦ス後ノ一篇ニ

○奉ス呈ス南海ノ詞案ニ　　　　　　　　泛嗖

昨夜我ハ先ッ醉フ不ス知ラ客ノ去ル時騷壇ニ重テ此ニ
武ス為ン子カ張テ

題ス詩ヲ

○次三泛嗖見ス韻ヲ此ノ日雪ル　　　南海

陰興最深キ處北ノ居雪下ル時團橋許サ和ニ伴フ蹉背試
ス

再稟ス泛嗖ニ　　　　　南海

今開ク霞沼ガ所ヲ說初メテ知ル足ノ下既ニ賜ヒ和ヲ在二霞
沼ガ室ニ

稟溪叟

南海

前月倉卒別去来領高和偶越唱詠不勝
煩吟思第別辱一篇則幸甚想呈下謹事
者拘此吾輩鼓之

答　　　溪叟

荷前詩以何害徵甚矣下別號如何弁不

答　　　南海

芳醉筆草之已忘矣但顧別賜一篇僕

才学鶏林ノ第一流西ニ居吹送ル大濱舟黒郷ノ客
啼猿外故國青書斜雁ノ頸歳暮烟波瀏瀏海ニ
雪晴ニ江樓ニ風流更ニ卯門客新鴻爲君ヲ消ス

蚊愁ヲ

○次キ東ス南海ノ詞案　　東郭

席珍藝價總名流ヲ李郭ノ仙標共ニ一舟老境自憐ム
志爲眼ニ逢場休ス怪シ雪盈タル階ニ交情自ラ同ニ詩社ニ佳
曾居窓ニ又寺樓廬後偏ニ意ニ酒中渾ヘ覺ユ

驪愁ヲ

子山

○又賦二一絶ヲ案ニ諸実ノ詞案ニ泛嗄

昨月云々良會今宵又勝遊慇懃一梅酒相供興

難休二

發休二

○賜享學生ノ案下二

十一月五日再會此ノ日供書記出

南海

此二乃再會二欣慰何ッ既シテ月彦會玉可以此撰法

や但恐ルハ投二毛石一屬煩サヲ覧聊用二蕪詞一發敬テ

呈二一律一

河美

○次東郭示韻　　南海

書記滄浪在學士青蓮是但恥將蒹葭強對玉

樹美

○敬呈諸君　　龍湖

兩國詩篇會千年梵宇閒他時倘拈管東里陽

雨山

○敬次龍湖書記韻　　南海

萍蹤叨佳會蕭寺得清閒未見韓陵石空逢庾

兩國名子里拳賢芝二一時情海仍把葵酒慈亦更

渝待旅泊誰方杜詩團圓未可期洪崖弓奇藥佳

會怨差池事

○敬次東郭學美歌

渝支頼鄰睦挺秀應　　　明時玉燭九霞酒陂逶　　南海

萬首詩新知如元福後会憑誰期滕妻蒹良夂

不須醉書也三

○再呈諸君　　　　　　東郭

海外多仙山翠仙各の冠方知東方奇不物山

静虎楊金蓮炬送屬鳳池偶因三全節奉儻任郎

叩云門敬問奇獎譽辱荷嘉樹賞匪才難賦集

繁詩

○敬次南海詞仙韻　　　東部

天外扶桑長戟枝曉暾光彩筆端移雄郡壮観

山為障大陸環形海作池宗近氣豪驚玩賞少

才遠見清奇弟間悰緒渾名頼聊為諸順賦

一詩

○敬呈諸君　　　東部

雅趣清興不レ在レ必多何レ愁之有高吟之未レ竒

祗所レ以得二發率手枝御一題耳勿レ敢煩レ想ヲ

○再呈二東郭李君案下一　　　南海

叨奏已曲謹謝レ賜高和幸固出二望外一貴侍敎

捷琳琅奪レ目守南盈レ耳可レ謂廟堂之瑤瑟玄

團之積玉此知二紫囷一太乎之久雍之熙之

之華象自發見文章聲香之間也敬賀敬賀

再構二一律一聊寓二發愫一ヲ

桂花曾折二海東枝一奉レ使星槎海外移玉筍斑題

○敬呈南君泠叟詞案　　南海

鷄林詞客偶相逢書記宏才是士龍坐定春風底

汎蘭蕙待成秋水出芙蓉愧贈自行非東里嘉

向青雲仲容傾盍欲開平昔壘不勝微逹把

洪鐘　　　　　　　　　　　泠叟
　稟

醉其力盡末能拚稱憨戲憨戲低當興聞次

呈耳
　答

酒頒傾

詩壘峰嶵富嶽平峙會人間真罕乃莫雜絲夕

初承面　日東才子舊同名釣瀨瀟蕩森溟窔

文場較藝互爭衡敢搫偏師破一城海外卓朋

○敬次南海詞伯韻　　龍湖

華蓋似多

罵中樓臺即君平芳聲唱嚀日多歲先春午朝

鵝不加點符賜獬麟先雜名吳下谷駒推伴鸞

書記高才擁襧衡遠　隨使節到　江城賦成鶂

甲豆綠主湄闊覷魚眼知帶礦手接鄰好暴文

章一代使臣雄由來學生登瀛客先見仙才

大風

○敬次南海詞仙韻　　東新

五月珥綸出漢宮　靖州退在萬邦東星分析

志長天碧日上扶桑大海紅帆影遠隨飛島疲

筆鋒模製巨鯨雄方知玉府無多遠欲御冷

九風

○敬呈嚴君詞案　　南海

賓錦縞紵集　卷上

紀府文學

南海　祇園餘一　源正卿

正德辛卯十月廿八日菊潭水波船天瀞高

新酬偕藤室師禮視湖宅用晴寬齋源紹卿

霞州平允仲雪溪高松年南海祇正卿會朝

鮮學士東郭李礥書記龍湖巖漢重泛叟南

聖重于淺卹客館恭不青記有供不會

○敬呈東郭李君案下　　南海

金節朝分辭慈宮錦帆秋指九州東西江刷羽

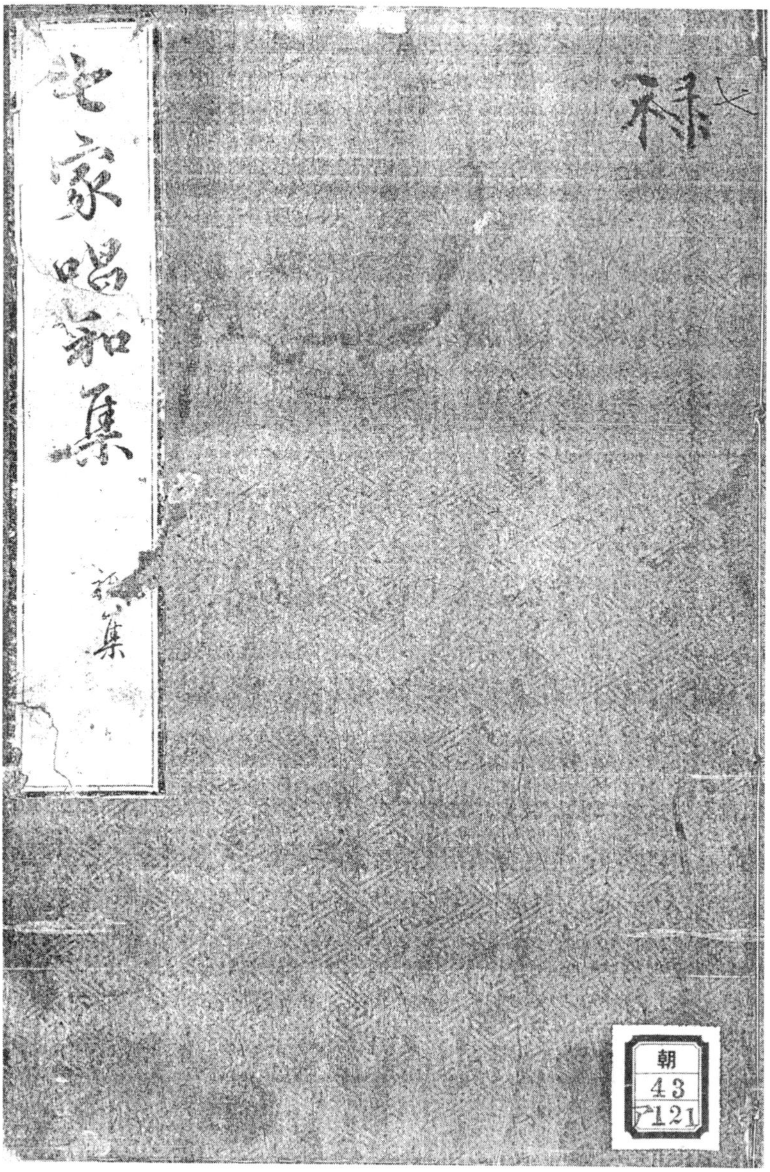
七家唱和集
朝
43
ア121

◎書二詩稿後一　東郭

詩道可レ易言哉我輕清則浮淺健則悶紆餘則
傷於冗枯淡則病於枯瘦斯可與知古道
也柞戴霞洲之詩己知其向上之路野呉
洙心無興起之心而長乃一槪也已

桑韓唱和集終

拂袂天涯我思終無縁樽酒更論文擱毛烏玉

一時出何寫停雲遠寄君

辛卯十一月十四夜

○李餞別宗禪師歸京　　霞洲

東寺遷見白毫光淨界無邊接異鄉慧月高懸

素使者端々普覆進

君王新開聖果太于佛是掃禪機不之長詞客

近陰蓮社裏常答元亮許銜觴

正徳辛卯仲冬

贈別 亞章及艸櫃祇領珍謝 一筆一墨汗呈

耳

○

次謝泛叟留別惠韻　　霞洲

○其二

三更月一片清光疑兒君

不斷霜風度藥欄燈前起坐見新文梅花枝上

○其二

翰墨場中忘世紛車書四海句同文屬流餘事

還他秘祇論朝端報聖君

○用如韻謝辱惠筆墨　　霞洲

濵隔消息發憑驛使梅

○其四

南靈菜草正宜脾蕘烈清烟病可醫珍重故人
情味在咫尺未吾日　乃和里　在謝惠烟蒭

辛卯仲冬下澣

○留謝霞洲詞伯　　　泛叟

禪窓筆硯正紛々憶昨高朋會文慚我愧歸

惠債當此生別日更酬君

辛卯南奎後日

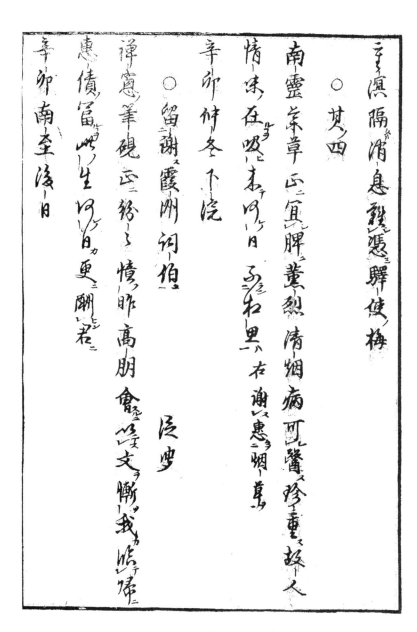

○奉次霞洲詞伯別角韵兼呈謝詞

龍湖

殊方良會恰歡顏一語慇懃贈客還怡悵七朝

相別後此生那吩二月追攀

○其二

憶昨義堂枉鶴尋瀲灩面見君山歓将別恨

謀中多少東海眉濤弟丈深

○其三

富嶽層雲蠻云開祖筵斜月照離樽西帰萬里

○奉次霞洲惠韻回程到大坂城和来

銛斯

醉後氣逾豪幕中披綠袍　日郊休道遠

敢言勞天連滄海調駬指雪山富裏逡將幕

蕭々兩鬢毛

○其二

遠害排征衣催朋送我歸新知如寫幫萬事覺

前非別促詩情拙塞多酒力微松思何雲冕回

首海雲飛

蕭〻匹馬寒〻月ハ斷ツ江南路千〻山復半〻山窗〻子睡

中〻夜

○其ノ四

慘澹タル風雲色馬行〻愁〻更〻然〻川〻途古〻多〻際リ天〻各〻倚レ

○其ノ五

南〻浦送〻別〻歸〻おる〻冬ル白〻玉〻卮天〻涯〻無〻限〻月爲ヒ〻我〻寫ヒ〻

相〻思〻

正〻德改〻元仲〻冬〻中〻澣〻

白雲多ク冬ハ海ニ天ニ開ク藩ハ未ダ壽ク條ヲ衛ルニ客ー杯ニ南ー國ニ懷フ冬ヲ

何ノ雲カ已ニ開ク矣只有リ二一枝ノ梅一

○ 奉二餞書記陵唆南詞伯二　霞洲

武昌城裡尋二空復情一所思以望二一云

只盈ツ上

○ 女二云

寄二君二

○ 其ノ二云

遙二乘ジ鶴背ノ雲ニ仙骨自ラ離レ羣東海弓ニ復草春潭　歛

是非ヲ窓ノ優ハ杯ニ色ヲ主リ夢ハ笛聲ニ微ヲ萬里ニ還テお帳ハ春

来遂ニ雁ヲ飛ス

○ 奉餞書記龍湖嚴詞伯　　霞洲

翩トタル白ト高惜ニ離聲ヲ惆悵天ヲ邊遂客還ニ發下把ニ千篠

楊柳贈ヲ灞橋雲湖テ不堪攀

○ 其云

此去殊方不可聚世期於後歳寒心清雲雙樹

天涯遠明月一枝滄海濱

○ 其云

天□□□推節婦□時歳已□□百□水北□□□□□海□□

峰西□□雪連空解遺一別後□去□思□在□相波□□

月中□

○□餞書記鏡湖洪詞伯□　霞州

駿□□馬力豪海域□同□袍□何□問帝居夢□随□王

事労身□留□　日□東久□名□□斗□南□高歸□照□鏡湖□□

○其二

清霜□□客□永□□水□送□□歸別怨□□□□□

思州ハ心因表ス後ノ悦ブ物 ふ在テ庸き形乗ニ探ノ納ニ

如きニ恚ハ況ニ居き去ニムタ為ニ我カ鞭ヲ致セニ此ノ語ヲ海ノ敬ニ懃ニ

今夜何ノ長ケ只キニ竟ヲ飛揚ス耳

一ニ望ム長ク去リ海ノ色寒シ霜楓花ニ錦ヲ照ス御ノ鞍ヲ行ク邊ニ開ク塞

浮き雲去リ雕ノ裏ニ江湖遠キ白ニ殘ス廿ニ退ク衣ノ冠高きニ祖ノ彦ニ能ク

懸ニ姓ヲ字ヲ書ニ詞ノ壇ニ壓ス慈ニ打チ愧ッ淡ノ岐ニ贈ル正シ是レ人ノ間ニ離ル

別離ニ

○其ノ二

長ク路超遙タリ新タニ道ヲ鳴ラシ…雙ヲ憂イ…橋ノ船馭書…

乍接清塵僥荷盛眷相見日淺而莫

逆之支深性質魯朽增榮改價感謝寔

多抃躍不已只恨遽趣徐暖歸轄將胸

東流西詩再會在期雪樹一塑題既稍

龜朝千愁而夕篝雛耶松于祖徐願

兔乎中山上而珠紫易鹽此情聊喝巴調

呌呈左右古云咸池爾松北里應光報

於魚自伏乞掌握之物以慰鄙懷謹謹

中旬什龍充他日之容顏烟草者杜

窮愁盡時暮京憶群漁竿佳節

陽白雁寒歸月丹楓晚霜雨風思故國

懷橋戀堂海陸行極江潮更期

忠信仗寧煇險報當逢島兹遊勝藥城風志

償歸期隔歲羈夢鄉後裝遠役身

楢數別觴玉羞辭子蛸金陋陸役身

金卷程敬蒼崑我髮暘谷且相半

○奉餞製述東郭李文鷁轎下

霞洲

庭簡新秋泛之海一航ヲ星ヲ文 今テ析ニ本ヲ地ニ理 近ニ扶ヲ桑ニ

發一日ッ淹ニ孤島ヲ皂遠涉ル四一津ニ下岡 參ニ佛ッ祖ニ荒廟

弔ス

天皇ッ瞑ッ舶燈光亂ル樓西ニ棄涼シ孤山催ス暑渡ヲ牛

渚寄禪房堺浦連平野鞍津捨ッ正ニ艘樓船遲ル

金碧ッ桂棹沂ニ滄浪擊太賞聲唱鳴鈴白鳥翔

連衛移ッ雨汗搖簧晨鼓異侶驚章宇群聲磬ル

荒墻掃驚棕作帛跨永板為梁吉寺停金

節寬宵借石床高僧呈兼廉太守進花箱窖

留入處奔馳結客場妖童班錦夢好女紫羅

尝諜笑銜杯酒雖旰接劍鎧士皆輕戰鬪人

或貴文章地沃宜杭稻山多產橡獦饒兼

楚尋佳蒹乃蓬杭秀吉專威暴當時特軍強

經營開塋宅控制擁金湯桀驁窺中土侵陵

及我彊羣生入塗炭六載肆狙狂久稔消天

惡終罹覆國殊人神齊憤怒骨肉盡殲戕御

誠凶鋒戡

原朝赫業昌善隣盟更固通聘幣交將末价

正德改元仲冬上澣

附錄

○大坂城排律五十韻　南岡

浪泊真雄府　繁華擅一方　長湖峯巷陌　大陸
亙山岡　帖石成高岸　層城壯巨防　間閻連百
里　舸艦發千橋　術戸開金市　雕甍接粉箱　奇
珍通貨　雜貨凑吳商　倚海魚鹽弓　藏困橋
柚香通衢町術　墨榭雄陂塘　白日紅壁合
朱棚彩幔張　屏開金翡翠　簾掛繡鴛鴦舞

卓絶幾子齒跳梁醉屬猢璃杓吟成玗床中

川總入筆月露已盈相ニ李丕連處客情偏苦

怡周流途可極淹滯月方陽旗晴五更而馬

千里霜連飇求　武府容輿息禪堂　金閣朝

儀肅粉聰轡思長樂存師贖調庵易牙嘗言

重摯玭玩功輕趙躃償夢魂憐故國後發殼他

鄉月挂南州禍雲飛北海膓思親將顧舍報主

已罷裝一去達其界相望阻彼蒼長鯨如可致

並馳遠方羊

閭巷狂在位怠千慮徑庭降百狹背盟多緒

怨構禍動昏戎宇宙龍精變乾坤屬紀昌考文

開治化因禮受實將恭承見皮幣愈追問後航

晉秦休閉羅吳斐止爭桑歴代惠居昔我

王仁澤洋　聖心偏惆悵鳴業更張皇享客

恩殊主交隣　德不涼來時羞玉饌仍窆備禪

房全翠盛留館綵綾輝渡艎選懷仍索寞勝景

韓聯浪上心同夕雁朝適文傳大製

麗藻見濃粧屈宋誰窺室曹劉勾盧牆高人原

滄海動運檣英僚芝題桂審朋非邂廟羹邦通

木道流序過金商地擁唐潘列人同姓字雷君色

途經蜀峽險瀨出瞿塘一節長程主雙遊近境

張磨唫歌慙蜂周雅賦駕鶩曾庭龜鼉窟卻留

桃書場霄壤分水土士女嘉冠裳　圖體存明

佐使善開混鎔作寶龍盡美泛東獨含章天器

綢棻璉高材橡供樟孤蓬可嘆一葦亞雞抗

路在三千遠心緣四十強禮爻追穆叔威震想

陳陽人異同性文名彼此疆芝靈思不幸勝

全盤進列又外甕風儀推第一文宗轍至變士共稱

鳴鶴人私以敕龍華孫隨典禮韓字埋孫從大

筆宜枉遇高談似擊鐘論交心易服悵別設難

陰我思憑明月宵々照澄江

右十一日廿五日於館唱和

　　○奉和通信從事官南岡李公大坂城排律

　　　　　　　　　　　　霞洲

休連玄于載德風觀四方敵龍離舊密修鳳出

高岡隣好朝廷賓禮徒君子防喜々掃飛盖

任ノ公ノ臺東ニ在リ巖子瀬ニ臨ミ流ル　　水清ク映シ盈ツ藥不

頁求ヲ

君以テ副使任ノ公ノ書紀ヲ束ルヲ故ニ云フ

○和シテ陵嘆見シ示ス南海ニ韻ヲ上

霞洲

雲冷山陰故恩詩戴時河梁千岩意姑養五

言讀

○臨テ別言筆ヲ贈ル書生ニ

霞洲

使善邊絶域歲律窮冬文物盡子載海山總

周廟留大賓晉館謝吾邦玉服　中殿

辛卯仲冬

○再呈東郭詞案兼贈三書記

霞洲

蓬萊島外五雲飛碣石宮高雪色微海上群仙聚此夕爲看河漢客星輝

○走次霞洲

東郭

簷端繚亂雪花飛暮靄盈林照色微醉後休教歸騎促湘堂官燭正生輝

○呈龍湖詞伯

霞洲

仍ホ此ノ日擾恊剛唱一筲多シ

○呈ス銕溟書記ニ　　　　　霞洲

平生存ス二一曲ヲ此ノ處值フ知音ヲ買フ英金ノ語兼テ開ノ月

雪吟彭蚌鄉夢裡ノ月夜歲寒限ノ浅草長河ノ名ゝ為

為ス流サ二客ヲ山ヲ吾舘ノ東言フ二川歲ノ草河二

○奉ル次ニ霞洲ノ辱韻ヲ後日和来銕溟

修益ス方違地高山流水青驪壇君獨步芸譜我

悲吟對ス桐嶧詩ヲ和シ傳林ニ抱ク芽溪男兒期ニ晚節ヲ月ス

保ス歲寒ノ心

天涯一值寞雄哉空愧摩編樽榼寺邂逅黎人

鱗次出テ風屁冬一日羽儀未畢山云二夢到口吹笛罷罷

雪将詢ニ黜把杯ヲ客生相忘多漁興紫毫真性

愁ヲ傺々上

○呈ス東郭先生

影ル所座客郎中敢東郭願参今五月古もらを茶

霞州

○路キ来霞洲詞伯業卜二

張テ著二蓬ッ言人詩迚此対多シ

　　　　　　　東郭

客懐寥落動ニ悲野ヲ秦ニ此流先荘毒ヲ何待社過屡

驛客會欵逢偶懐　　郎岩蟠池上　羅巢竹

恵林中宵露盞　語諧　須髯解鳴朝　欵擁

歸橈

○重　東新豊士

追陪北海意於何　文采賀美　一世雄上囲範疇　　霞洲

属箕聖東方冠晃　風當年撥節頓

日　機州海翁已識　書連鵬賦出揮毫第文拂

○　朝鏡版詞佰

長虹

廣洲

遊今日恰成翁醉中肝膽相輸寫三已雄力吐

紫虹

〇奉劒霞洲惠韻

　　　　　　　　銕湖

月東形勝尚舟來鍾出湄兮蹴巖才山籥偶携

佳客登巖立遷帥眾仙來高杜龍和陽春曲美

味頭露白天杯攷會殊方真濰近雪中暘蓋夏

杜瀍二

〇奉次霞洲詞伯韻

　　　　　　　　泠叟

三山伺在六鰲霜玉節空乳地下方偶値招攜

心鑒

○呈南畫記詞案　霞洲

征途豈復苦眉霜之是男兒志四方萬國觀風吾素守一家傳業蔡中郎我慚烏府齊鳩鵲人似登臺賦鳳凰紀日榮接秦海東歸帆開望也和摘

○次呈霞洲詞案　東郊

肩債分明在日東發天詩似問居雄客總已餞三秋序歸帆將懸萬里居豪客向来輕参國達

鷗催ス

往ニ有リ執ル謁ヲ于壽菅主及ヒ嚴南千壽紀二時君韓

以忌辰節達光備大鼓所望又復其諸巻

監辱者聰感荷不堪聊後俚語呈毫為棟

刪藏搜

○呈嚴書記詞案

　　　　　　　霞州

非関毅助承明崇月牡丹使者業下重和敬

皆野曲上邦表海毛齊聲風塵徹蓬莱志顯

野偏憑鷗紵情天畔陶期方歳末叵堪永衣裳

通快二我

文焔輝キ照ス海東ニ近ク階ヲ揺ス廣ニ徹シ豪雄秋ニ掛ク苑

諠歌月ニ書ス齋蘭臺ニ發ス戰風前ニ用ヒ開キ邊ヲ干武帝ノ會ニ

縁テ化ス電ヲ渭二文翁二天壌此ノ會如ク難シ再ヒ懐慨ス私ノ期ノ氣

浮二虹

〇呈ス際書ノ詞藁二

霞洲

千古遠遊上々壮武浮テ湘ニ不ニ獨リ馬遷ノ才ヲ三十ノ間ニ一ツ鶴

乘秋下リ海上ニ驥龍照ラシ夜ヲ来ル明月共ニ流テ扔拭ヒ玉ヲ書

雲ニ和シ諠ヒ見ツ衡ハ杯ヲ季真猶ホ有リ風流在ル都ニ恨ム如シ之ヲ素

龍湖

詩到字齋宴爐喧綦子笑覺口津之　那知桑海

王子里巧見驛壇第十人天節篤季修聘久金

蘭世月發交新天涯肯恨怒相識郎去若群方

德隣

○呈青泉李案下

右第二會日錄示

霞洲

一捲嵩軺之後公私匆劇山川桂硯手

文幌之日衝雪而未更覆寐坐堂

本聘ズ云フ

右十一月二日ニ贈

○珍キ某ニ霞州ノ詞案ニ　　　東館

雅館深シ燗爛紲東家獅恩者ニテ隆ニ時更ニ
澹凛得シテ異識形澓遠客車旬老夢窮傷鬱啻
表風目属シ行ル家追逝正若起塵曰ニ不霞郡仙羅
瑩霞ニ

辛卯仲冬至ノ月

○遠ニ評芳ノ恵韻ニ仰ギ呈ニ霞州ノ詞伯ニ

懸手千里齊鳥沖天驚萬人歲月閑情空寂寞

川入賦却清新他時不恨交遊隔知已狎存

北隣

○步前韻呈没叟詞案

太平四海得同羣驪窕駿聲因素聞已喜開門

占紫氣知同巷附青雲當季絕壞誰為使他

巖廊定致天傳道鳳毛繼壺谷名家東

言動

本朝明曆年中君先人壺谷先生以通信遊

霞洲

○次二龍集東韻詞栗ニ 霞州

目斷齊齊北斗辨風流入夢童多渥歌催樂

目有酒進出百祥花外車玉節功成方戀闕兼

孤志在不思家祥逢一會緣天奉更以文延酬

九十霞

君辭安嶽儘人又歷安陵太守云故侍中紀

兩地勝也

○齎前籍呈龍游詞兼 霞州

共說高帆渭濱青袍壽記属平津龍珠照乘

諭詩旅宿　誰為相逢　團圓　珠々易期世巖奇瘻偉

會思差池

上使記室供鏡湖適前忌期不來列會故云

○改歡奉謝東詞偶　　霞洲

雙劍衝星日斤橋重洗海時金闌懃密發瑤礎獲

高待弟里連雖陞百情朝限鴨逐九萬一

擊起于池

暮夜急王来克盡懷姑期後會

右十月廿八日吾館唱和

繡美リ

○銀ヲ奉ス坐上ノ諸公ニ

兩國詩ノ侶ノ會千秋楚宇閑ナリ他ノ日備ニ相憶ハ茱萸ノ偶ニ

龍湫

雲ニ山ニ

○級ヲ酬ニ嚴ニ龍湖ノ示韻ヲ

霞洲

寶刹先ニ銀燭ヲ千秋勝會閑ナリ牙檣西ニ去ル日會ニ壹ニ望ス

菜山ニ

○臨ニ散ニ又奉ス坐上ノ諸公ニ

東都

交ハリ國ヲ去テ千里ニ羣賢共ニ一時ノ情深シ仍ホ托ス契ノ酒盞ニ更ニ

渾寂寞不妨輸子驥奇才

○呈泛叟南君

始知南八毛男兒貫月孤槎形珠海樽酒數巡
　　　　　　　　　　　　　　　　霞洲

一堂會論文咫尺愜辭暉

○頓奉諸公
　　　　　　　　　　　　　　　　東郭

海外有真仙群賢各乃是方知日東秀不獨山

○奉復青雲生
　　　　　　　　　　　　　　　　霞洲

何美

東方君子邦相值覽今是筆下珠璣多胸中錦
　　　　　　　　　　　　　　　　霞洲

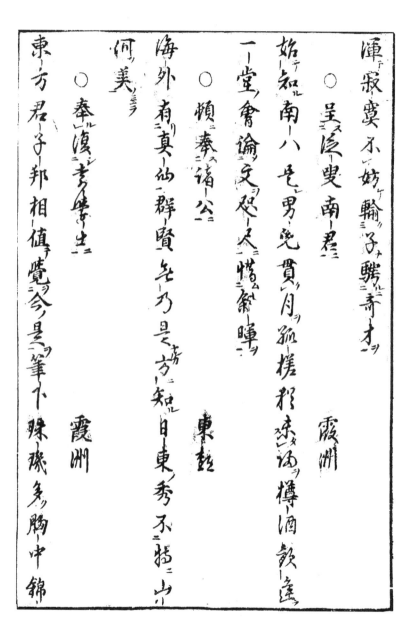

龍湖鷗鷺已寒盟謾逐東檣萬里大瀛出没危舟

経險瀨間關從駕越曾城長途關塞眼全白勝

地俺留眼始明托軒休言人萬里士八雖知已自

多情

○吳東郭詞案

霞洲

懷抱縈迴今復開萬歲暮漫相催言侵辱五

○次奉霞洲

飛雄雜步不過一識捷才

東郭

客懷今牽到是開歸計叵須旅月催滯思悄悄

節君功報聖君坐者諸公文藝寫煥猷他日樹
奇勲

○呈李學士兼贈嚴南二書記

霞洲

文旆東臨修萬盟風烟渺渺度滄瀛秋帆月挂
高砂浦曉騎雲迎大坂城虎豹重開多壘壯芙
蓉一嶽美來明詞臣到日錦囊重萬裏青山寄
夜情

○次韻霞洲詞伯

龍湖

紫霞

○ 次韻ヲ呈ス霞洲ノ詞伯ニ　　龍湖

彩鷁初メテ傳フ大海ノ濱　牙旗久シク帶ブ武陵ノ津　誰カ知ル博...

參樓空...宵...城都雜...石ヲ人　書...色ヲ翰...傳...

裳...觀...神...儀...疆域...隔...國文...

善...

○ ...霞洲詞伯　　涇雲

句...運...驛...隨...群...烟...兩...海　西ニ臨...

...郷山北ニ理...歸...波...光...

爲開練紅葉度林旌涂雲鼎呂功高能報國江
湖路遠更憂君歸朝濟玉堂上渾識常年第
一勳
咫尺接範親承謦欬謾屬菲辭以備一粲伏
祈郢正

○敬次霞洲詞伯韻　東郭

富嶽峨峣郭外斜雄都迥壓海門涯蒼蒼雲繞
詩仙筆驛路万里遠客車衣錦背從大步生文
章自是大才家魄余無骨終難蛻安得征衫携入

○呈ス青-記嚴-詞伯ノ案下ニ　　霞洲

雙旌幝駢武-陵-濱　飛-蓋連-翻此-奧-津名ハ

還作リ使-德ハ如天-馬ノ尚依ル人ニ披雪ヲ

蓋相知ッ不ン覽へ新ヲ江-山夜助ケ臺高-拂テ

僻-隣ヲ

○呈ス書-記南-詞-伯ノ案下ニ　　霞洲

早ク飲青名ヲ忽ッ接雅儀ニ於朴何ノ已シ聊述ニ巴唱ヲ

呈ス左-右ニ伏シ乞フ斤-和

銜命殊-方ニ氣出華ヲ南-宮姓字渡曾閣ノ白-霜連

彩霞ヲ

醉フ今日擬二通家一相看不レ恨去青雲堂上又文光

朝臣ノ馬太守ノ兩隨ヘ使者車玉案少く耐ヘ鶯座孤

雷声ニ笑フ芙蓉劍氣交リ分ケテ符稍自ラ游龍郎官星ノ錦

○呈二學士青玉紫下一

霞州

右次月晦和来

渉ル樓ニ

朝日ニ待盡春遊沈ム数報後堀ニ顯ハル風和ヲ萧々ト

各藁古才望ス元權第平流良瞭浦深ク傾盡瀆彤交

通ニ越ノ絶ヲ千餘ノ民物半ハ秦餘雲烟ノ地ハ即チ連ぐ二ニ文

學ノ人ハ多ク冨西車忽チ見ル新詩ノ投控揚姑知ル名下士

无此處

辱ク聯リル倹句兼ネ惠待篇ノ詞章清新禮意勤ム藝僕

夫レ固リ陋何ヲ以テ承ルニ堪第緣ニ發腐之餘羅病愈甚

不能ハ牧旅精思構成驍詞秖將褒篇仰塞盛ニ

旨性荷優旅昌勝中嚼ニ

○奉誦ス霞州ノ詞章ニ

海右ノ奇觀更ニ九州ニ住ム本禪宏轉濟弘文章善哉

　　　　　南岡

客天二

蒙惠詩儷俱極典森精工之廈遜嘆如獲百

朋第奬與太過死僕而堪擬人豈不為

知言有累耶感荷雖深靦悚不氣顒征途疲

蘭未克縟構長語以此短律仰酬感盛眷懶頁

甚笑佗盖不願戒轄斯迫行當吾狹快獲披

襟唯日顒企幸賜鑒餘

　　○奉謝霞州詞案二

　　　　　　　　　　靖菴

扶桑霞彩照征裾刑勝江闊畫不如第思厚媿

上前巨鎮望全州一洞多宅山最是幽泉千尋

鎖海嶽文宗一代起風流登高共讌大夫賦專

豈偏看使者遊東海片樓還絶域客心豈復在

凭樓

右十月廿五日贈

○奉謝霞州詞案　　　　　謙齋

挟桑咫尺日高懸城闕連雲氣色鮮萬里仙樓

来壺馬鞍一時文苑盛諸賢賭難持俚曲刪高調豈

玄玄詞工奪化權作盃偶成賓館会詫開銀燭飲

漢廷策國士　原稱吳主賢　外使還高品　賓吟

臺職重五曹　權衙達玉節光　俱動吾劍吾涯更

倚天

○上通信副使緒養住公　　霞州

憶向金門籍曳裾連轡完璧是相如龍門發喜

驂驥近虎觀談經後割鷄日問中流仍擊楫渡

凩九折弓曲車巨鼇一釣知何處鄉園隥

亦虚

○上通信從事南岡李云云　　霞州

故ニ伯樂過ニ冀北ヲ而獨リ取ル其ノ良者ハ非ス真ノ伯樂ニ也弁

取ル其ノ不良者ヲ而治養之ヲ以テ使ム其ヲ以テ為ニ良馬ト則伯

樂之良ヤ今足下道名ノ内外才兼ス古トモ之ニ入テ居学

士〻之職ヲ出テ操ニ使者之權華轂指ス處彩毫驚スニ人ヲ其ノ

為ニ伯樂ハシヤ点タ大哉偽シ使僕出テ群乎異北ニ亦只在ル

足下之一顧耳知ラ以テ為ニ何如時將フ樞衣ヲ移ル龍

門聊々述ヲ鄙懐ヲ以テ完賛儀統祈恕察ス不備

○上通信正使兼齋趙公ニ　　霞洲

眸東雙星海上ニ懸ル翩ト冠盖包ス朝鮮将軍肯テ問

容貌嘿嘿局影不受飲人夢食者蓋不鮮矣

僕生逢為之下散磽埆同弱羽纖鱗无所依

附僅處宦于翰墨濫獲之書衣冠退而飾詩書

進不買名聲才學无狀敢稱文字于大賢之門

下教雛狀互鄉之難乎夫子猶進之於瑰珀不靚

腐芥之磁石不受文曲針者犯若人之美談竊

喜大賢君子不必无翠子乎古云伯樂一名興北

而羣遂空解之情旦无浪馬也僕謂乎金乎

馬墮世乎伯樂而雲㷀失其毎金恐秋檻可傷我

○呈李東郭書　　　　霞洲

踐修舊好、君ハ人トシテ盛業也、駁陵殊方ニ者ハ、仕官ノ

々美事也、故ニ列國交聘春秋必ス書シ之ヲ、大夫顯勞

風雅乃チ弥々之ヲ恭惟書簡是下雅望凰ニ成榮問休ヲ

暢方ニ今来使扨芳里ヲ外ニ時更ニ裘葛萬路因ニ風波

辛勤之甚キふ乄知ル所ヲ慰文候佳勝載馳抵ル此ニ千萬

珍重多抑く仙ヲ軺之嗟我國ニ也域内ノ人士引テ領而出

視者拭ヒ目ヲ聴者辣ツ耳ヲ在ニ逖ク陬遠郷ニ而犹ヲ想フ其ノ凰

柔ヲ況ヤ居ニ都邑尺寸之間ニ者乎然モ此ニ官守有リ方稱

漢孝南岡幸名臺下價超〔天馬〕名比〔人〕龍風神

清直職掌秘要家寶國形俎受〔无疆〕〔福〕時宗

民望固價〔多〕士〔選〕惟文惟質歆尋〔經〕微言

禮云樂云猶想〔三代〕舊義英華獅〔中麕〕外志彙

色乾捷坤風流離〔文物〕赫〔玉〕其潤復金

彼堅成道不加修才彌為賓監飾樸棟性遠

追驍騰之行素〔五車〕不能博聞常欠兩發

耐周覽詩隨季路評待波南一登弓容耶俱

異伏乞盛亮不備

轂轆前ヲ驅テ房之ヲ向テ清道ヲ遙ニ促ス載ニ贐之ヲ行ニ披キ雲ヲ覩ルヲ乞フ

出井ヲ诸海ニ咸ク殻啓寡見词陋学疎才無半斗喜

浮沈之宇之間ニ逢テ及テ弱冠ニ陰籌神ヲ復ニ草蔦具ツ

照発篠鼠窺江海鯨鯢客将ニ企息趨封庚萬戸徧

求識韓ヲ修東片言最切ニ慕蘭統祈慈照セ不備

　○呈南岡ニ啟

　　　　　　　　霞洲

伏以執事之古而然権節之才至今形在

忠信渡波涛永稱周代文人～威衝摩廬ニ

空瓊淡年老将ニ歌士民喜達都邑覩恭惟

片時之奇縁同ニ伸ニ寸丹ヲ銃頭名鑑不備

○呈二任靖菴啓

　　　　　　　　霞州

伏以鰻鱉一道歓志四牲中鯨波弟至か

六籠土處橐縁何同尤遂使挂帆多慕

瀍同覲之還荊儀章欣觀名教誠善恭惟性副使

靖菴任公臺下夭章獨藏人瑞間出職居侍講

之重位在通訓之尊一時閥閣早出表楊名家

歴代規模多因燕諮太子衣冠皆推領袖棄屋

共仰棟梁豈徒翰墨芳榮兄演作教太著朝班

他邦ニ視テ日ヲ如ニ歳神経継キ好國賓善隣恭惟正使

謙斎趙公臺下士林蘭蕙人藪鳳麟天錫星辰

之精地供河嶽之氣允武允文継摸驚奧秘之

道為將為村出入負經綸之才學探九流職資

六典銓鏡追唐文部鈞衡仰周官飛塘迴為

鹽梅國家共稱桯石功重祺閣名高龍門挙朝

揚眉華姓撲首成束技幹材庸流薄官誦書不

多深愧大識鳫文其拙常思上國屋情

數藝傾路殊雀曜請半面之英盼式偹乏素非

桑韓唱和集

霞洲 土肥平元成

正徳元年辛卯十月韓使來聘
命下僑曹筆語唱和臣元成亦列班二會謹茲
編
上之

○呈趙謙齋啟　霞洲

伏以乾坤位平帶礪長侑千歳之盟南北路迴
舟車新通萬里之國藏掌王事惟君知臣周旋

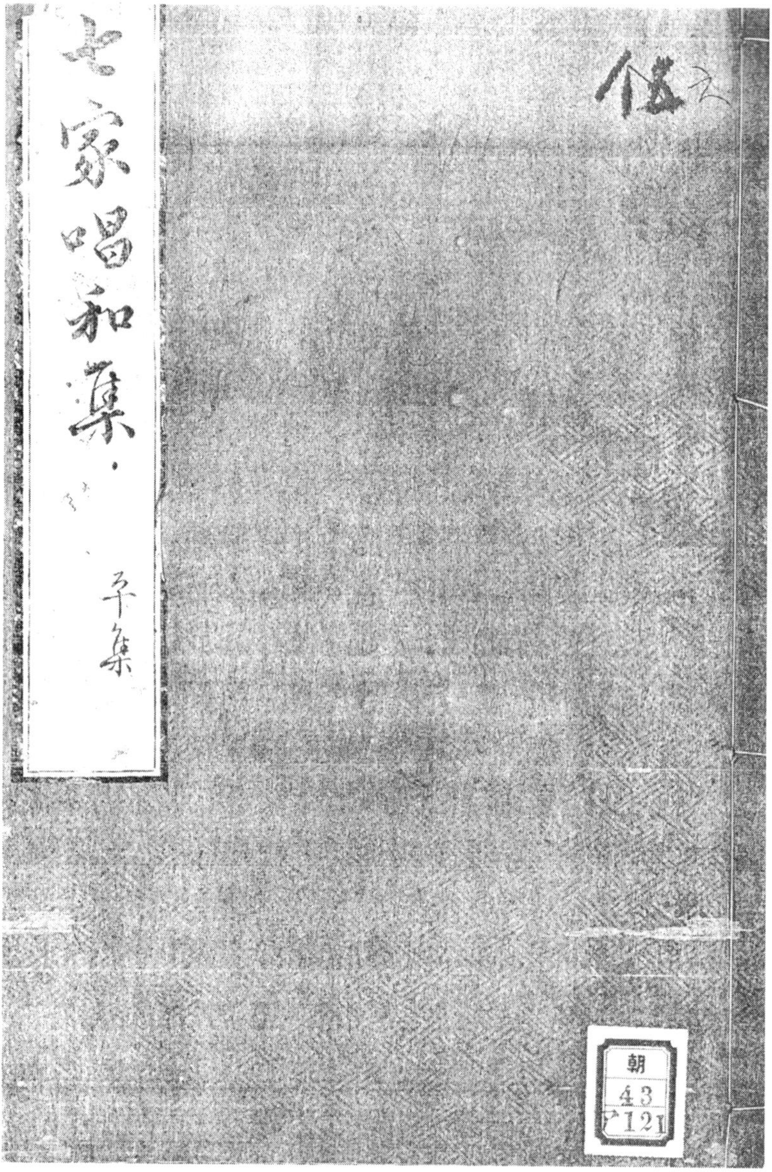
七家唱和集
子集
朝
43
ア121

肆五
朝

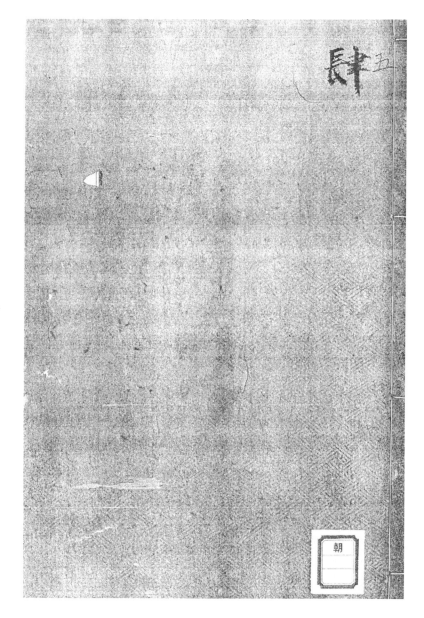

桑韓唱酬集

○呈東皐李公文九二

　　　　　　寛齋

　　　　寛齋　源保庸

久懷慕藺幸獲儀荆今日之邂逅洵千歲之

奇遇也不勝欣躍謹賦蕪詞一律以擴鄙懷

萬里風煙露壯遊百年鄰好使臣修

山川異潮差森灑日本流曲裏陽春傳郢調腰

同霜氣佩吳鉤萍踪輤駐江東館寧逐仙查問

女牛

○敬次寬齋詞伯韻　　東郭

雄節何成海外遊兩邦詞命慕前修山如屬翼

攬天起水忱二龍腰抱郭流正好催詩頻擊鉢何

須取興各藏鉤仰違避近真妃偶庸滯休　數

土牛二

國購東西崖援清儀景仰之思今日尤慰

敬賦菲律一首以呈龍湖嚴詞兄拈右二

　　　　　寬齋

龍師翻空攎上才海門波穩錦帆未東開持節

霜華動西嶽駐鞍雪色開第里炙餃同管鮑

場朋好似陳雷獨秀燕市夸金駿豈攬筆裘向

釣臺

○　東汶寬齋訶伯乐蘇　　　龍湖

輙門草檄愧微才慎府翻上載筆表西國幣書

誠信著一堂孟酒笑談用飽経俗阻險盈雪慣

聽聲名耳灌雷回首桐江遯釣臺不堪影上望

鄉臺

○　久開風采忽摭盛儀為幸巳多恭賦下調

一扇ヲ以テ呈ス遜叟南詞兄吟案ニ

寛齋

使寄ま名達古今孤身萬里挂丹心天涯知己

新傾蓋序上嘉賓此盞籌驛樹東未楓葉老江

開西望海雲深鍾期去後君還在流水高山好

鼓琴ヲ

○次寛齋詞伯韻

遜叟

一邦文物盛程今松筏能無相悦心僩鳴自慚

鼎雪曲客床頻藉挂朝簪沖玄日暮歸去壺庭

院、屋ニ多ノ廬ノ榮、保ニ禄ノ酒、團圞聊ヵ永タヲ兔ル、教王羈ヲ抱ニ奏中

南琴ヲ上

○頌ヲ奉ニ諸公一

海外ヲシテニハニ仙群賢、各乃是方紀九　　　東郭

山河ノ美ニシテ二三

○走筆ヲメテ次ク東郭詞伯ノ韻ヲ　　寛齋

文翰萬丈、何ソ倫セント與是此ノ會、從ヒ吉龍、今日ノ其ヲ

四美ヲ

○録シテ奉ニ座上ノ諸公一　　　龍湖

曰東ノ秀不二特

両國苻仙會于今逴楚字開さ他日倘柏愼萬里隔二

雲丁ヨ二

○

逴ㄠ二龍湖詞伯惠毅

座久斜陽沒酒盃來色閑毎逢歡洪會二一別限二　寛齋

紅山

○臨散又奉ル摩上、諸公二　東郭

兩國㠯千里群賢サ二一叫情深修㧞契ヲ酒象テ更二

論詩張泊誰ヵ祒團圓速易朋洪崖ㄋㄋ寿藤佳

會恐差池三

上使記室洪鏡湖適以忌朔不來列會故云

寛斎

○走次東郭詞伯韻

論文逢雅會此興在何時人擁千歳節情深草字詩酒酣通晤語波靜喜佳朋共坐殊方客筆花濡硯池。

○曩逢半面今接懿範誠愜素願深幸何勝

謹賦野律一章以呈鏡湖洪詞兄文榻

寛齋

使星ノ光彩映ス文奎ニ白舫青簾皀不迷沸ク形容

庸日ノ月五澄風倍隔二東西一嘯歌初テ聴蘇門鳳驛

路阿須函谷鶴萬里ノ江山多逸興好將彩筆八

新題

○玄洲寛齋惠歔

天上苟霄星衆奎大座嘗産思運速逢迎

　　　　　鏡湖

萍浮水章秦明倫東渡西浩迩文瀾江倒頑昴

昴風範鶴群鶴持歸欲替二他時面為我壓慰情

筆慰

○呈二東郭一詞伯吟九一二　　　寛齋

自レ違二汪度一倏忽經旬夢寐不レ忘二紫懷殿

望二參後一接二雅範一感佩有二餘數一聯二十絶以

逆レ懷ヲ

文場一別殘盈旬夢寐教レ人憶二畫紳一嘗語二東君

謗一不レ愧流傳海内永為レ珍ト

仙露遺骨李青蓮會後相思日無レ違文雅微レ旣

君復續二遺音一鏗爾動二朱絃一

○次二東ル寛齋詞伯一

東郭

庵湾東都二己映句艶君慢冠朝神銀授筆翰

先餘幸白皙風流兒彦珍

君詩艶仙水中蓮江湖相逢歴暮年千載賞音

難再見為愕奏牙絃

○席上走筆再次前韻以呈東郭詞伯

　　　　寛齋

賓館庵留歓二旬風雲夜入簪紳歸舟明日

如相志文彩時思命世珍

秋風吹断越溪蓮露後霜來半慶筆山水書善

勝策竹君程筮慶聽濤綸

〇重賦一絶以呈鏡湖門約兄

寛齋

邂逅相逢賀素真清談風韻美

匆匆勝游目湖光入興新

芳草人千秋判曲

〇奉次寬齋韻

鏡湖

休之符彩任天真一見知君君子人餘事文章

擁獨步偶吟漫詠出精神

〇再瞻英標猗之交お文壇欲奮迺深漫役二

絶句呈龍淵嚴詞伯　　寛齊

上國佳人學刺繡
萬篇雕鏤似蠲琚建安才子

誰和比絶勝陳琳尺乙書

賓經過之人凍々白霜如雪入在衣餘姚華冑

君亡莊名興富春爭國輝

○（　　）高詞　　

　　　　龍湖

知爾積學富三餘大故情龍拭玉琯開倪炎郡

爲若龍要覩奉代火前書

爾晏云々陸彥玉歸北風飛雪攬書衣堂隨博邯

仙槎客盧負栩江客宙輝

○重搖雅儀深范高風感刻明齋竹賦江池

呈澄叟章韵足

竟齋

重搖風流阮姑平賢遊昔日識佳名西寺点

青々器玉爵冰壺秀棄清

結髮男兒事壯遊客中心怒懸登樓河陽定

兩征他好向東孝附水流

真寬齋祗園

澄叟

醉碁力尽末能拂和憨歡歟從當無與同次

呈せ耳

○ 風塵偶聚萊都撥醉飲醜搔馮轍感昌辰

辛賊七律一首以畫事兼東韶音生兼呈世

轅瞰嚴說湖南淺叟三書記

　　　　　　　寛齋

蘭苑渡此驚文歡濟分壇盟乾坤端圖國扇風

後苦在八條豊報乞残乘檣應乎張驚興撃

稿形成祖幽希述作乾轄陶謝於情場文派起

波瀾一

○汲三東ル寛齋詞案二　　　　東郭

毎到蓬場瓢煮嶽座中和氣集眉端爐烟惹鬢

茶香動竹雪侵衣酒力殘吟倚人邪千里應對

暮雲豈二心看世同交態金多少翻覆正

似瀾

○留謝寬齋詞伯　　　　澄叟

幾月從遊海上仙崎岐惆帳夢依然懸知別後

難忘雲倚醉月吟白雪天

辛卯南至後日

○ 奉和陵使詞伯留謝韻　寬齋

人見蓬萊第一仙　蓬萊萬里隔采侶瓢鉢歸舟明日
青容隔淵樹汀之碧海天

○ 再疊荷龍詞次呈　寬齋

子須滄海更遊仙　身在三山思渺然　案上明珠
南來底月高於想白雲天

○ 送嚴龍湖詞伯西歸　冕泉

使齋歸天末錦帆飛海涯祖筵分手地夜南高星
原時聚散長程阻參名尊古畫風流明日惜再

會恨後期

○奉和別韻呈寬齋詞案

龍湖

倦迷染漢分歸心漢水涯一自陽溝別幾客

遅時只蓋情新治賒歧溪歡盡高標體再觀帷

引夢中期

辛卯南至後之日

○送芝東詞伯西海二十歡

寬齋

脂轄回轄廷驪駒唱客堂桼附裘換葛去日燠

成涼津壽摩烟合郷山道涉長氣歳遲摩鷹行

色入氷霜麗上物杏早城邊柳桑荒節旌邊漢

水駅彌出　扶桑王事孤心赤年恩兩鬢蒼層

樓干廛棄峻阪度羊腸亞酒葡萄綠吟粧欄抽

茛壯懷揮彩筆弥夢徒牙橋離館懸徐搦驛亭

見陸裝駝達書眼好更對月眉良摘藻才滋

渝交道愈龍金豪邊緒契竹帛永流芳出人

千里両邦海一寸涯龍命駕雪堂桑航未

馨文歡洽空愁會面忙々轟峡壤隔参

商坐久燈生暈夜深月照梁匆匆達祖帳相憶

起彷徨

○送鏡湖詞伯西帰

客路遲々北暮々満地東薜蓬洋此潤魚催

難逢過海浮文鵜揮毫吐彩虹江梓弥近餞

度慕言風

寛齋

○送南溪叟詞伯西帰

寛齋

什日雨胡近驟歌送儂臣朔風多云雪西節備

胡秦匹馬千山居征帆萬里人海門知浪趣仙

侶豈迷津

桑韓唱酬集終

【영인자료】

七家唱和集

桑韓唱酬集

桑韓唱和集

賓館縞紵集

여기서부터 영인본을 인쇄한 부분입니다. 이 부분부터 보시기 바랍니다.

조선후기 통신사 필담창화집 번역총서를 간행하면서

20세기 초까지 한자(漢字)는 동아시아 사회의 공동문자였다. 국경의 벽이 높아서 사신 외에는 국제적인 교류가 불가능했지만, 문자를 통한 교류는 활발했다. 중국에서 간행된 한문 전적이 이천년 동안 계속 한국과 일본을 비롯한 주변 나라에 전파되었으며, 사신의 수행원들은 상대방 나라의 말을 못해도 상대방 문인들에게 한시(漢詩)를 창화(唱和)하여 감정을 전달하거나 필담(筆談)을 하며 의사를 소통했다.

동아시아 삼국이 얽혀 싸웠던 임진왜란이 7년 만에 끝난 뒤, 조선에 군대를 파견하였던 중국과 일본은 각기 왕조와 정권이 바뀌었다. 중국에는 이민족인 청나라가 건국되고 일본에는 도쿠가와 막부가 세워졌다. 조선과 일본은 강화회담이 결실을 맺어 포로도 쇄환하고 장군이 계승할 때마다 통신사를 파견하여 외교를 회복했지만, 청나라와 에도 막부는 끝내 외교를 회복하지 못하고 단절상태가 계속되었다. 일본은 조선을 통해서 대륙문화를 받아들일 수밖에 없었고, 그 방법 중 하나가 바로 통신사를 초청할 때 시인, 화가, 의원 등의 각 분야 전문가를 초청하는 것이었다.

오백 명 규모의 문화사절단 통신사

연암 박지원은 천재시인 이언진(李彦瑱, 1740~1766)이 11차 통신사 수행원으로 일본에 다녀온 지 2년 만에 세상을 뜨자, 이를 애석히 여겨 「우상전」을 지었다. 그 첫머리에 일본이 조선에 다양한 전문가들로 구성된 문화사절단을 파견해 달라고 요청한 사연이 실려 있다.

> 일본의 관백(關白)이 새로 정권을 잡자, 그는 저축을 늘리고 건물을 수리했으며, 선박을 손질하고 속국의 각 섬들에서 기재(奇才)·검객(劍客)·궤기(詭技)·음교(淫巧)·서화(書畵)·여러 분야의 인물들을 샅샅이 긁어내어, 서울로 모아들여 훈련시키고 계획을 갖추었다. 그런 지 몇 달 뒤에야 우리나라에 사신을 파견해 달라고 요청하였는데, 마치 상국(上國)의 조명(詔命)을 기다리는 것처럼 공손하였다.
>
> 그러자 우리 조정에서는 문신 가운데 3품 이하를 골라 뽑아서 삼사(三使)를 갖추어 보냈다. 이들을 수행하는 사람들도 모두 말 잘하고 많이 아는 자들이었다. 천문·지리·산수·점술·의술·관상·무력으로부터 퉁소 잘 부는 사람, 술 잘 마시는 사람, 장기나 바둑 잘 두는 사람, 말을 잘 타거나 활을 잘 쏘는 사람에 이르기까지, 한 가지 기술로 나라 안에서 이름난 사람들은 모두 함께 따라가게 되었다. 그런데 이들 가운데서도 문장과 서화를 가장 중요하게 여기지 않을 수가 없었다. 왜냐하면 그들은 조선 사람의 작품 가운데 한 글자만 얻어도 양식을 싸지 않고 천리 길을 갈 수 있기 때문이었다.

도쿠가와 이에하루(德川家治)가 쇼군을 계승하자 일본 각 분야의 대표적인 인물들을 에도로 불러들여 조선 사절단 맞을 준비를 시킨 뒤, "마치 상국의 조서를 기다리는 것처럼 공손하게" 조선에 통신사를 요청하였다. 중국과 공식적인 외교가 단절되었으므로, 대륙문화를 받아들이기 위해 조선을 상국같이 모신 것이다. 사무라이 국가 일본에는 과거제도가 없기 때문에 한문학을 직업삼아 평생 파고든 지식인들이 적어서, 일본인들은 조선 문인의 문장과 서화를 보물같이 여겼다.

조선에서도 국위를 선양하기 위해 여러 분야의 문화 전문가들을 선발하여 파견했는데, 『계림창화집(鷄林唱和集)』이 출판된 8차 통신사(1711년) 때에는 500명을 파견했다. 당시 쓰시마에서 에도까지 왕복하는 동안 일본인들이 숙소마다 찾아와 필담을 나누거나 한시를 주고받았는데, 필담집이나 창화집은 곧바로 출판되어 널리 읽혔다. 필담 창화에 참여한 일본 지식인은 대륙의 새로운 지식을 얻었을 뿐만 아니라, 일본 사회에서 전문가로서의 위상도 획득하였다.

8차 통신사 때에 출판된 필담 창화집은 현재 9종이 확인되었으며, 필담 창화에 참여한 일본 문인은 250여 명이나 된다. 이는 7차까지 출판된 필담 창화집을 모두 합한 것보다 훨씬 많은 수인데, 통신사 파견이 100년 가까이 되자 일본에서도 한문학 지식인 계층이 두터워졌음을 알 수 있다. 8차 통신사에 참여한 일행 가운데 2명은 기행문을 남겼는데, 부사 임수간(任守幹)이 기록한 『동사록(東槎錄)』이나 역관 김현문(金顯門)이 기록한 또 하나의 『동사록』이 조선에 돌아와 남에게 보여주기 위해 일방적으로 쓴 글이라면, 필담 창화집은 일본에서 조선과 일본의 지식인들이 마주앉아 함께 기록한 글이다. 그러기에 타인의 눈을 통해 자신의 모습을 객관적으로 볼 수 있다.

16권 16책의 방대한 분량으로 다양한 주제를 정리한 『계림창화집』

에도막부 초기의 일본 지식인은 주로 승려였기에, 당연히 승려들이 통신사를 접대하고, 필담에 참여하였다. 그 다음으로 유자(儒者)들이 있었는데, 로널드 토비는 이들을 조선의 유학자와 비교해 "일본의 유학자는 국가에 이용가치를 인정받은 일종의 전문 지식인에 지나지 않았다"고 규정하였다. 그 가운데 상당수는 의원이었으므로 흔히 유의(儒醫)라고 하는데, 한문으로 된 의서를 읽다보니 유학에도 관심을 가지게 된 것이다. 이노 작스이(稲生若水)가 물고기 한 마리를 가지고 제술관 이현과 서기 홍순연 일행을 찾아가서 필담을 나눈 기록이 『계림창화집』 권5에 실려 있다.

이 현 : 이 물고기는 우리나라의 송어입니다. 조령의 동남 지방에 많이 있어, 아주 귀하지는 않습니다.

홍순연 : 이 물고기는 우리나라의 농어와 매우 닮았습니다. 귀국에도 농어가 있는지 모르겠지만, 이것과 같지 않습니까? 농어가 아니라면 내가 아는 물고기가 아닙니다.

남성중 : 이 물고기는 우리나라 송어입니다. 연어와 성질이 같으나 몸집이 작으며, 우리나라 동해에서 납니다. 7~8월 사이에 바다에서 떼를 지어 강으로 올라가는데, 몸이 바위에 갈려 비늘이 다 떨어져 나가 죽기까지 하니 그 성질을 모르겠습니다.

그는 일본산 물고기의 습성을 자세히 설명하고 조선에도 있는지 물었지만, 조선 문인들은 이 방면의 전문가들이 아니어서 이름 정도나

추정했을 뿐이다. 홍순연은 농어라고 엉뚱하게 대답하기까지 하였다. 조선 문인이라면 모든 것을 알 수 있을 것이라고 기대했기에 생긴 결과인데, 아직 의학필담으로 분화되기 이전의 형태다. 이 필담 말미에 이노 작스이는 이런 기록을 덧붙여 마무리했다.

> 『동의보감』을 살펴보니 "송어는 성질이 태평하고 맛이 달며 독이 없다. 맛이 진기하고 살지다. 색은 붉으면서 선명하다. 소나무 마디 같아서 이름이 송어이다. 동북쪽 바다에서 난다"고 하였다. 지금 남성중의 대답에 『동의보감』의 설명을 참고하니, '鮏'은 송어와 같은 것이다. 그러나 '송어'라는 이름은 조선의 방언이지, 중화에서 부르는 이름이 아니다. 『팔민통지(八閩通志)』(줄임) 『해징현지(海澄縣志)』 등의 책에 모두 송어가 실려 있으나, 모습이 이것과 매우 다르다. 다른 종류인데, 이름이 같을 뿐이다.

기록에서 보듯, 이노 작스이는 다수의 의견에 따라 이 물고기를 '송어'라고 추정한 후, 비교적 자세한 남성중의 대답과 『동의보감』의 기록을 비교하여 '송어'로 결론 내렸다. 그런 뒤에 조선의 '송어'가 중국의 송어와 같은 것인지 확인하기 위해 중국의 여러 지방지를 조사한 후, '송어'는 정확한 명칭이 아니라 그저 조선의 방언인 것으로 결론지었다. 양의(良醫) 기두문(奇斗文)에게는 약초를 가지고 가서 필담을 시도하였다.

> 稻生若水 : 이 나뭇잎은 세 개의 뾰족한 끝이 있고 겨울에 시들지 않으며, 봄에 가느다란 꽃이 핍니다. 열매의 크기는 대두만하고, 모여서 둥글게 공처럼 되며, 생길 때는 파랗고, 익으면 자흑색이 됩니다. 나무

에 진액이 있어 엉기면 향이 나고, 색이 붉습니다. 이름은 선인장 나무입니다. (줄임)

기두문 : 이것이 진짜 백부자(白附子)입니다.

제술관이나 서기들이 경험에 의존해 대답한 것과 달리, 기두문은 의원이었으므로 자신의 지식을 바탕으로 확실하게 대답하였다. 구지현박사의 연구에 의하면 이노 작스이는 『서물류찬(庶物類纂)』이라는 박물지를 편찬하기 위해 방대한 자료를 수집·고증하고 있었는데, 문화 선진국 조선의 문인에게 서문을 부탁하여, 제술관 이현이 써 주었다. 1,054권이나 되는 일본 최대의 백과사전에 조선 문인이 서문을 써 주어 권위를 얻게 된 것이다.

출판사 주인이 상업적인 출판을 위해 직접 필담에 참여하다

초기의 필담 창화집은 일본의 시인, 유학자, 의원 등 전문 지식인이 번주(藩主)의 명령이나 자신의 정보욕, 명예욕에 따라 필담에 나선 결과물이지만, 『계림창화집』 16권 16책은 출판사 주인이 직접 전국 각 지역에서 발생한 필담 창화 원고들을 수집하여 출판한 것이다. 따라서 필담 창화 인원도 수십 명에 이르며, 많은 자본을 들여서 출판하였다. 막부(幕府)의 어용 서적을 공급하던 게이분칸(奎文館) 주인 세오겐베이(瀨尾源兵衛, 1691~1728)가 21세 청년의 몸으로 교토지역 필담에 참여해 『계림창화집』 권6을 편집하고, 다른 지역의 필담 창화 원고까지 모두 수집해 16권 16책을 출판했을 뿐 아니라, 여기에 빠진 원고들까지 수집해 『칠가창화집(七家唱和集)』 10권 10책을 출판하였다.

『칠가창화집』은 『계림창화속집』이라고도 불렸는데, 7차 사행 때의 최대 필담 창화집인 『화한창수집(和韓唱酬集)』 4권 7책의 갑절 규모에 해당한다. 규모가 이러하니 자본 또한 막대하게 소요되어, 고쇼모노도코로(御書物所)인 이즈모지 이즈미노조(出雲寺 和泉掾) 쇼하쿠도(松栢堂)와 공동 투자하여 출판하였다. 게이분칸(奎文館)에서는 9차 사행 때에도 『상한창화훈지집(桑韓唱和塤篪集)』 11권 11책을 출판하여, 세오겐베이(瀨尾源兵衛)는 29세에 이미 대표적인 출판업자로 자리매김하게 되었다. 그러나 안타깝게도 38세에 세상을 떠나, 더 이상의 거질 필담 창화집은 간행되지 못했다.

필담창화집 178책을 수집하여 원문을 입력하고 번역한 결과물

나는 조선시대 한문학 연구가 조선 국경 안의 한문학만이 아니라 국경 너머를 오가며 외국인들과 주고받은 한자 기록물까지 연구해야 한다는 생각으로, 첫 번째 박사논문을 지도하면서 '통신사 필담창화집'을 과제로 주었다. 구지현 선생은 1763년에 파견된 11차 통신사 구성원들이 기록한 사행록 9종과 필담창화집 30종을 수집하여 분석했는데, 박사학위를 받은 뒤에도 필담창화집을 계속 수집하여 2008년 한국학술진흥재단의 토대연구에 『조선후기 통신사 필담창수집의 수집, 번역 및 데이터베이스 구축』이라는 과제를 신청하였다. 이 과제를 진행하면서 우리 팀에서 수집한 필담창화집 178책의 목록과, 우리가 예상한 작업진도 및 번역 분량은 다음과 같다.

1) 1차년도(2008. 7.~2009. 6.) : 1607년(1차 사행)에서 1711년(8차 사행)까지

연번	필담창화집 책 제목	면 수	1면 당 행수	1행 당 글자 수	예상되는 원문 글자 수
001	朝鮮筆談集	44	8	15	5,280
002	朝鮮三官使酬和	24	23	9	4,968
003	和韓唱酬集首	74	10	14	10,360
004	和韓唱酬集一	152	10	14	21,280
005	和韓唱酬集二	130	10	14	18,200
006	和韓唱酬集三	90	10	14	12,600
007	和韓唱酬集四	53	10	14	7,420
008	和韓唱酬集(결본)				
009	韓使手口錄	94	10	21	19,740
010	朝鮮人筆談幷贈答詩(國圖本)	24	10	19	4,560
011	朝鮮人筆談幷贈答詩(東京都立本)	78	10	18	14,040
012	任處士筆語	55	10	19	10,450
013	水戶公朝鮮人贈答集	65	9	20	11,700
014	西山遺事附朝鮮使書簡	48	9	16	6,912
015	木下順菴稿	59	7	10	4,130
016	鷄林唱和集1	96	9	18	15,552
017	鷄林唱和集2	102	9	18	16,524
018	鷄林唱和集3	128	9	18	20,736
019	鷄林唱和集4	122	9	18	19,764
020	鷄林唱和集5	110	9	18	17,820
021	鷄林唱和集6	115	9	18	18,630
022	鷄林唱和集7	104	9	18	16,848
023	鷄林唱和集8	129	9	18	20,898
024	觀樂筆談	49	9	16	7,056
025	廣陵問槎錄上	72	7	20	10,080
026	廣陵問槎錄下	64	7	19	8,512
027	問槎二種上	84	7	19	11,172

028	問槎二種中	50	7	19	6,650
029	問槎二種下	73	7	19	9,709
030	尾陽倡和錄	50	8	14	5,600
031	槎客通筒集	140	10	17	23,800
032	桑韓醫談	88	9	18	14,256
033	辛卯唱酬詩	26	7	11	2,002
034	辛卯韓客贈答	118	8	16	15,104
035	辛卯和韓唱酬	70	10	20	14,000
036	兩東唱和錄上	56	10	20	11,200
037	兩東唱和錄下	60	10	20	12,000
038	兩東唱和後錄	42	10	20	8,400
039	正德韓槎諭禮	16	10	18	2,880
040	朝鮮客館詩文稿(내용 중복)	0	0	0	0
041	坐間筆語附江關筆談	44	10	20	8,800
042	七家唱和集－班荊集	74	9	18	11,988
043	七家唱和集－正德和韓集	89	9	18	14,418
044	七家唱和集－支機間談	74	9	18	11,988
045	七家唱和集－朝鮮客館詩文稿	48	9	18	7,776
046	七家唱和集－桑韓唱酬集	20	9	18	3,240
047	七家唱和集－桑韓唱和集	54	9	18	8,748
048	七家唱和集－賓館縞紵集	83	9	18	13,446
049	韓客贈答別集	222	9	19	37,962
예상 총 글자수					589,839
1차년도 예상 번역 매수 (200자원고지)					약 8,900매

2) 2차년도(2009. 7.~2010. 6.) : 1719년(9차 사행)에서 1748년(10차 사행)까지

연번	필담창화집 책 제목	면수	1면 당 행수	1행 당 글자 수	예상되는 원문 글자 수
050	客館璀璨集	50	9	18	8,100
051	蓬島遺珠	54	9	18	8,748
052	三林韓客唱和集	140	9	19	23,940
053	桑韓星槎餘響	47	9	18	7,614

054	桑韓星槎答響	106	9	18	17,172
055	桑韓唱酬集1권	43	9	20	7,740
056	桑韓唱酬集2권	38	9	20	6,840
057	桑韓唱酬集3권	46	9	20	8,280
058	桑韓唱和塤篪集1권	42	10	20	8,400
059	桑韓唱和塤篪集2권	62	10	20	12,400
060	桑韓唱和塤篪集3권	49	10	20	9,800
061	桑韓唱和塤篪集4권	42	10	20	8,400
062	桑韓唱和塤篪集5권	52	10	20	10,400
063	桑韓唱和塤篪集6권	83	10	20	16,600
064	桑韓唱和塤篪集7권	66	10	20	13,200
065	桑韓唱和塤篪集8권	52	10	20	10,400
066	桑韓唱和塤篪集9권	63	10	20	12,600
067	桑韓唱和塤篪集10권	56	10	20	11,200
068	桑韓唱和塤篪集11권	35	10	20	7,000
069	信陽山人韓館倡和稿	40	9	19	6,840
070	兩關唱和集1권	44	9	20	7,920
071	兩關唱和集2권	56	9	20	10,080
072	朝鮮人對詩集1권	160	8	19	24,320
073	朝鮮人對詩集2권	186	8	19	28,272
074	韓客唱和/浪華唱和合章	86	6	12	6,192
075	和韓唱和	100	9	20	18,000
076	來庭集	77	10	20	15,400
077	對麗筆語	34	10	20	6,800
078	鳴海驛唱和	96	7	18	12,096
079	蓬左賓館集	14	10	18	2,520
080	蓬左賓館唱和	10	10	18	1,800
081	桑韓醫問答	84	9	17	12,852
082	桑韓鏘鏗錄1권	40	10	20	8,000
083	桑韓鏘鏗錄2권	43	10	20	8,600
084	桑韓鏘鏗錄3권	36	10	20	7,200
085	桑韓萍梗錄	30	8	17	4,080
086	善隣風雅1권	80	10	20	16,000
087	善隣風雅2권	74	10	20	14,800
088	善隣風雅後篇1권	80	9	20	14,400

089	善隣風雅後篇2권	74	9	20	13,320
090	星軺餘轟	42	9	16	6,048
091	兩東筆語1권	70	9	20	12,600
092	兩東筆語2권	51	9	20	9,180
093	兩東筆語3권	49	9	20	8,820
094	延享五年韓人唱和集1권	10	10	18	1,800
095	延享五年韓人唱和集2권	10	10	18	1,800
096	延享五年韓人唱和集3권	22	10	18	3,960
097	延享韓使唱和	46	8	14	5,152
098	牛窓錄	22	10	21	4,620
099	林家韓館贈答1권	38	10	20	7,600
100	林家韓館贈答2권	32	10	20	6,400
101	長門戊辰問槎상권	50	10	20	10,000
102	長門戊辰問槎중권	51	10	20	10,200
103	長門戊辰問槎하권	20	10	20	4,000
104	丁卯酬和集	50	20	30	30,000
105	朝鮮筆談(元丈)	127	10	18	22,860
106	朝鮮筆談1권(河村春恒)	44	12	20	10,560
107	朝鮮筆談1권(河村春恒)	49	12	20	11,760
108	韓客對話贈答	44	10	16	7,040
109	韓客筆譚	91	8	18	13,104
110	韓人唱和詩	16	14	21	4,704
111	韓人唱和詩集1권	14	7	18	1,764
112	韓人唱和詩集1권	12	7	18	1,512
113	和韓文會	86	9	20	15,480
114	和韓唱和錄1권	68	9	20	12,240
115	和韓唱和錄2권	52	9	20	9,360
116	和韓唱和附錄	80	9	20	14,400
117	和韓筆談薰風編1권	78	9	20	14,040
118	和韓筆談薰風編2권	52	9	20	9,360
119	鴻臚傾蓋集	28	9	20	5,040
예상 총 글자수					723,730
2차년도 예상 번역 매수 (200자원고지)					약 10,850매

3) 3차년도(2010. 7.~ 2011. 6.) : 1763년(11차 사행)에서 1811년(12차 사행)까지

연번	필담창화집 책 제목	면수	1면당 행수	1행당 글자수	예상되는 원문 글자수
120	歌芝照乘	26	10	20	5,200
121	甲申槎客萍水集	210	9	18	34,020
122	甲申接槎錄	56	9	14	7,056
123	甲申韓人唱和歸國1권	72	8	20	11,520
124	甲申韓人唱和歸國2권	47	8	20	7,520
125	客館唱和	58	10	18	10,440
126	鷄壇嚶鳴 간본 부분	62	10	20	12,400
127	鷄壇嚶鳴 필사부분	82	8	16	10,496
128	奇事風聞	12	10	18	2,160
129	南宮先生講餘獨覽	50	9	20	9,000
130	東渡筆談	80	10	20	16,000
131	東槎餘談	104	10	21	21,840
132	東游篇	102	10	20	20,400
133	問槎餘響1권	60	9	20	10,800
134	問槎餘響2권	46	9	20	8,280
135	問佩集	54	9	20	9,720
136	賓館唱和集	42	7	13	3,822
137	三世唱和	23	15	17	5,865
138	桑韓筆語	78	11	22	18,876
139	松菴筆語	50	11	24	13,200
140	殊服同調集	62	10	20	12,400
141	怏怏餘響	136	8	22	23,936
142	兩東鬪語乾	59	10	20	11,800
143	兩東鬪語坤	121	10	20	24,200
144	兩好餘話상권	62	9	22	12,276
145	兩好餘話하권	50	9	22	9,900
146	倭韓醫談(刊本)	96	9	16	13,824
147	倭韓醫談(寫本)	63	12	20	15,120
148	栗齋探勝草1권	48	9	17	7,344
149	栗齋探勝草2권	50	9	17	7,650
150	長門癸甲問槎1권	66	11	22	15,972

151	長門癸甲問槎2권	62	11	22	15,004
152	長門癸甲問槎3권	80	11	22	19,360
153	長門癸甲問槎4권	54	11	22	13,068
154	萍遇錄	68	12	17	13,872
155	品川一燈	41	10	20	8,200
156	表海英華	54	10	20	10,800
157	河梁雅契	38	10	20	7,600
158	和韓醫談	60	10	20	12,000
159	韓客人相筆話	80	10	20	16,000
160	韓館應酬錄	45	10	20	9,000
161	韓館唱和1권	92	8	14	10,304
162	韓館唱和2권	78	8	14	8,736
163	韓館唱和3권	67	8	14	7,504
164	韓館唱和續集1권	180	8	14	20,160
165	韓館唱和續集2권	182	8	14	20,384
166	韓館唱和續集3권	110	8	14	12,320
167	韓館唱和別集	56	8	14	6,272
168	鴻臚摭華	112	10	12	13,440
169	鷄林情盟	63	10	20	12,600
170	對禮餘藻	90	10	20	18,000
171	對禮餘藻(明遠館叢書 57)	123	10	20	24,600
172	對禮餘藻(明遠館叢書 58)	132	10	20	26,400
173	三劉先生詩文	58	10	20	11,600
174	辛未和韓唱酬錄	80	13	19	19,760
175	接鮮瘖語(寫本)1	102	10	20	20,400
176	接鮮瘖語(寫本)2	110	11	21	25,410
177	精里筆談	17	10	20	3,400
178	中興五侯詠	42	9	20	7,560
예상 총 글자수					786,791
3차년도 예상 번역 매수 (200자원고지)					약 11,800매

1차년도에는 하우봉(전북대) 교수와 유경미(일본 나가사키국립대학) 교수를 공동연구원으로 하여 고운기, 구지현, 김형태, 허은주, 김용흠 박

사가 전임연구원으로 번역에 참여하였다. 3년 동안 기태완, 이지양, 진영미, 김유경, 김정신, 강지희 박사가 연구원으로 교체되어, 결국 35,000매나 되는 번역원고를 마무리하였다.

일본식 한문이 중국식 한문과 달라서 특히 인명이나 지명 번역이 힘들었는데, 번역문에서는 독자들이 읽기 쉽도록 한국식 한자음으로 표기하고, 첫 번째 각주에서만 일본식 한자음을 표기하였다. 원문을 표점 입력하는 방법은 고전번역원에서 채택한 방법을 권장했지만, 번역자마다 한문을 교육받고 번역해온 과정이 다르기 때문에 재량을 인정하였다. 원본 상태를 확인하려는 연구자를 위해 영인본을 뒤에 편집하였는데, 모두 국내외 소장처의 사용 승인을 받았다.

원문과 번역문을 합하여 200자원고지 5만 매 분량의『조선후기 통신사 필담창화집 번역총서』를 12,000면의 이미지와 함께 편집하고 4차에 나누어 10책씩 출판하는 과정이 복잡하고 힘들었기에, 연세대학교 정갑영 총장에게 편집비 지원을 신청하였다.『조선후기 통신사 필담창수집 번역본 30권 편집』 정책연구비(2012-1-0332)를 지원해주신 정갑영 총장에게 감사드린다.

『조선후기 통신사 필담창화집 번역총서』를 편집하는 과정에 문화재청으로부터『통신사기록 조사 및 번역, 데이터베이스 구축』 연구용역을 발주받게 되어, 필담창화집을 비롯한 통신사 관련 기록을 세계기록유산으로 등재하는 작업에 참여하게 된 것도 기쁜 일이다. 통신사 관련 기록들이 모두 데이터베이스로 구축되어 국내외 학자들이 한일문화교류, 나아가서는 동아시아문화교류 연구에 손쉽게 참여하게 된다면『통신사 필담창화집 번역총서』의 사명을 다하는 것이라고 생각한다.

조선후기 통신사가 동아시아 문화교류 연구에 중요한 이유는 임진왜란 이후에 중국(청나라)과 일본의 단절된 외교를 통신사가 간접적으로 이어주었기 때문이다. 통신사 필담창화집 번역총서 60권 출판이 마무리되면 조선후기에 한국(조선)과 중국(청나라) 지식인들이 주고받은 척독집 40여 권도 데이터베이스로 구축하여, 일본에서 조선을 거쳐 청나라로 이어지는 '동아시아 문화교류의 길' 데이터베이스를 국내외 학자들에게 제공하고자 한다.

▒ 기태완(奇泰完)
중앙대학교 문예창작과 졸업.
성균관대학교 국어국문학과 석사·박사 졸업. 문학박사.
홍익대학교 겸임교수와 연세대학교 연구교수 역임.
저서로는 『황매천시연구』, 『곤충이야기』, 『한위육조시선』, 『당시선』 上·下, 『천년의 향기-한시산책』, 『화정만필』, 『송시선』, 『요금원시선』, 『명시선』 등이 있고, 역서로는 『거오재집』, 『동시화』, 『정언묘선』, 『고종신축의궤』, 『호응린의 역대한시 비평-시수』, 『퇴계 매화시첩』, 『심양창화록』, 『집자묵장필유』 8책 등이 있다.

조선후기 통신사 필담창화집 번역총서 16
七家唱和集-桑韓唱酬集·桑韓唱和集·賓館縞紵集

2014년 8월 28일 초판 1쇄 펴냄

역 자 기태완
발행인 김흥국
발행처 도서출판 보고사

등록 1990년 12월 13일 제6-0429호
주소 서울특별시 성북구 보문동7가 11번지 2층
전화 922-5120~1(편집), 922-2246(영업)
팩스 922-6990
메일 kanapub3@naver.com
http://www.bogosabooks.co.kr

ISBN 979-11-5516-291-0 94810
979-11-5516-055-8 (세트)

정가 30,000원

이 도서의 국립중앙도서관 출판예정도서목록(CIP)은 서지정보유통지원시스템 홈페이지(http://seoji.nl.go.kr)와 국가자료공동목록시스템(http://www.nl.go.kr/kolisnet)에서 이용하실 수 있습니다. (CIP제어번호 : CIP2014024650)